콩쥐꽃쥐왕

著者 尹泳容 康麻

제 2 권

光明利民
광명이민

대륙과 반도,
열도에 있는 환국(桓國) 흔적들이 백제의 꿈을 영글게 한다.
밝달로 인도하려는 새로운 사람들. 왕이 되겠다는 다짐.
더 큰 하늘의 뜻과 파란만장한 근초고의 삶.

天 하늘은	4
一 한 뜻으로	22
一 하나인데	38
地 땅 또한	56
一 한 편으로	72
二 둘이며	90
人 인간은	108
一 한 우주로	126
三 셋이다	138

一 하나가	156
積 쌓여서	174
十 열이	192
鉅 되는데	212
無 끝없이	234
匱 담으면	254
化 변하여	272
三 삼이다	288

天 하늘은

인간을 이롭게 하려고 시작했다. 그러나 인간은 하늘을 쳐다보는 자와 하늘을 보지 않는 자로 이루어져 있다. 백제 대천관 신녀는 언제나 하늘을 보면서 살아왔다. 그런데 요즘처럼 혼란스러운 적이 없었다. 자신의 삶이 길다고 하면 길고 짧다면 짧았지만, 여호기 같은 자는 이제까지 없었다. 그래서 더 혼란스러웠다. 천하가 이렇게 어지러운데…

천제를 지낸다-

책계왕의 명이다. 장소는 대륙백제의 위례성이었다. 제천(祭天) 대제(大祭). 이는 전쟁의 승리를 기원하고 백제의 안녕을 하늘에 빌자는 것이다. 무엇인가 책계왕의 본뜻이 숨어 있는 것 같았다. 불안한 마음으로 신녀는 대륙백제 위례성으로 향했다. 뱃길은 멀었다. 칠일이 지나 도착했다. 순풍이었다.

전쟁 준비는 잘 된 것 같았다. 곧 낙랑태수 장통이 대방을 공격할 것이다. 전쟁의 시작이다. 백제가 낙랑과 대방, 즉 대륙 북부의 패권을 장악하게 된다. 대륙 경영의 토대다. 책계왕은 위례성을 내려다보고 있었다. 백제의 도성, 신궁에는 어디나 첨탑이 있었다. 9층 누락은 곧 하늘의 계시를 받는 곳으로 왕과 신녀에게만 허락되어 있었다. 왕은 그곳에서 하늘의 계시를 받은 신녀와 그들만의 비밀을 간직한다. 이제 준비는 다 되었다.

여호기다-

책계왕의 말에 신녀는 놀랐다. 무에 그리 놀라느냐. 여호기에 대해서 여호기의 신탁을 알아보자는 것이다. 책계왕의 말은 신녀를 숨 막히게 했다. 여호기의 신탁? 왕은 여호기에 대해서 의식하고 있었다.

전쟁이 아닙니까-

그래! 전쟁은 어차피 우리가 이긴다. 질 수 없다. 그런데 여호기가 의심이 간다. 노회한 책계왕은 전쟁보다도 여호기를 더 경계하고 있다. 신녀는 이렇게 직감했다. 그리고 신녀는 책계왕이 자신도 의심하고 있음을 알았다. 책계왕이 어떤 사람인가. 온조계가 아닌 비류계 초고왕계 후손이 왕이 될 것이라는 신탁을 알고 초고왕계 본가를 멸문시킨 사람이 아닌가. 자신이 받은 신탁 때문에 대륙백제에서는 아무도 모르게 책계왕의 비밀 무사대가 비류계 본가를 없앴다. 권력의 변동을 줄 변수는 미리부터 제거하는 사람. 그 사람이 지금 여호기를 의심하고 있다.

남행의 성과가 너무 컸다-

과유불급(過猶不及). 여호기의 이번 남행은 무예대전 우승보다도 백제의 절대 권력자인 책계왕을 긴장시켰다. 권력에 대한 집착이 남다른 책계왕은 아들 태자 여휘도 한때 의심했던 사람이다. 그래서 아들인 태자 여휘보다 한참 나이가 어린 손자 설리를 더 가까이하는 것이 아닌가. 태자의 반란이 있으면 그 아들로 막는다. 그 아들은 바로 자신의 아들 태자 여휘 대신 볼모로 잡힌다. 권력의 속성을 너무도 잘 아는. 고금을 통틀어 가장 많은 반란자는 바로 아들이었다. 아들도 의심할 수 있는 책계왕이 하물며 여호기야. 여호기의 목숨이 경각에 달린 것이다. 문제는 신탁이다. 그러나 그것은 신녀 마음대로 할 수가 없다. 오로지 하늘의 뜻일 뿐. 게다가 이 일은 백제 대천관 신녀인 자신에게만 시킬 책계왕이 아니다. 이미 다른 누구에게 또 물었을 수도 있다. 같은 답이 안 나오면 의심할 것이다. 그것이 문제다. 분명히 절대무왕의 쾌가 나올 것이다.

　죽인다-

　책계왕은 그렇게 생각하고 시작했다. 지금 전쟁을 눈앞에 두고 있지만, 백제 내부 반란의 씨앗은 잘라내야 한다. 권력이란 그렇다. 왕은 오로지 하나여야 한다. 한 맥으로 이어져야 한다. 그러나 백제에는 두 맥이 있었다. 대륙백제의 비류계와 한성백제의 온조계. 대륙을 기반으로 했던 비류계는 끝없이 대륙을 탐했다. 온조계 또한 대륙에서 밀려온 비류계를 초기에 받아들이면서 국가의 세를 넓히긴 했으나 권력을 양분해야 했다. 이제 대륙으로 재진출하려는 즈음 온조계는 대륙백제의 비류계를 품어야 했다. 대륙의 명문세가는 문제가 아니었다. 문제는 왕의 씨앗들, 즉 비류계 본가였다. 그 씨족을 멸했다. 아무도 모르게. 그 일은 신녀와 자신, 그리고 그 일에 참가했던 태자와 왕가의 무사들밖에 알 수 없었다. 이제 여호기가 대륙 백제 사람이라고 한다면 혹시 그 본가의 일족이 아닐까? 의심하기 시작한 것이다. 이유는 오직 하나 여호기가 남달랐다. 뛰어났다. 그런 여호기를 지켜보면서 책계왕은 대륙백제의 본가가 생각난 것이다.

　"여호기 군장의 신망이 정말 높습니다."
　"대륙백제의 백성 또한 이번 성과에…"

태자 여휘와 설리의 입에서 나왔다. 태자 여휘는 여호기를 칭찬하고 있었고 태왕손 설리는 여호기를 경계하고 있었다. 책계왕은 태자가 못 미더웠다. 저렇게 사람을 잘 믿어서야. 설리가 그런 책계왕의 안색을 살폈다. 하지만 지금은 때가 아니다. 저 신망, 여호기를 어떻게 할 것인가. 우선은 아무것도 모르는 것처럼 여호기의 공을 칭찬해야 했다. 책계왕의 우려는 생각보다 깊었다. 이 일은 여호기를 좋아하는 태자에게 시킬 일이 아니라고 판단했다. 책계왕은 태자와 태왕손을 보내고 태왕손만을 따로 또 불렀다.

"태손은 아무도 모르게 은밀히 현녀를 찾아가거라!"
"예-"

현녀(玄女). 흑천의 주인이자 일명 어둠의 어머니, 땅의 본질. 대천관 신녀인 진혜의 어미. 한(恨)이 쌓인 어미는 흑천에 닿는다. 전설은 사실이었다. 구천 현녀. 그녀가 있다. 그리고 그녀를 책계왕과 설리가 알고 있었다.

천신(天神), 지신(地神), 인신(人神)의 세 가지를 통합해서 믿어 온 하나의 신, 즉 우리 민족의 삼신이다. 수천 년 이어져 온 신앙이다. 수(水), 목(木), 화(火), 토(土), 금(金)의 오계(五戒)가 삼

라만상(森羅萬象)의 생원(生元)이며 비로소 일원성(一元性) 삼신이 생긴다. 이어 신원(神元), 신명(神命), 신령(神靈)이 이루어지니 삼신이 된다. 하늘에는 천신, 땅에는 지신, 물에는 수신, 인간에게는 인신이 이루어지는 것이다.

전설은 이렇게 이어진다. 천존(天尊)께서 아들 환웅(桓雄)을 삼의 태백, 즉 백두산(白頭山)에 내리시어, 삼신을 숭앙하시었다. 천존께서는 구천 현녀로 하여금 천부인(天符印) 방울, 부채, 칼을 지니게 하시고 하강하게 했으니… 삼신을 모시는 그 구천 현녀. 현녀를 설리가 찾으러 갔다.

암흑-

깊은 어둠 속에 흑천의 주인이라고 하는 현녀가 있었다. 나이를 짐작할 수 없는 그녀는 어림잡아 칠십은 넘어 보였다. 어찌 보면 아흔 살이 넘은 듯도 했다. 그렇게 얼굴은 온통 주름에 덮여 있었다. 나이에 비해 눈빛이 강했다. 그리고 몸집이 작았다. 마른 겨울 저녁처럼 음산했다. 한동안 말을 잃고 현녀를 바라보던 설리의 귀로 쇳소리 같은 가늘고 거친 말소리가 파고들었다.

"여호기라?"

이번 전쟁보다 그 사람이 더 중요한가? 현녀는 설리가 자신을 찾은 까닭을 알고 있었다. 설리는 그렇다는 눈빛을 보냈다. 현녀는 깊고 깊은 기도에 들어갔다. 암흑천의 주인이라는 현녀는 신통했다. 그리고 그 예지력은 타의 추종을 허락하지 않았다. 백제 대천관 신녀가 겨우 견줄 터였다. 잘 보았다.

보였다-

알이다. 그 아이 알에서 태어났다. 그 빛. 그리고 피. 핏물이 보인다. 죽음의 시체들. 잃으면 얻고, 얻으니 잃는구나. 그러나 큰놈이구나. 그렇게 현녀는 말했다. 그리고 육효(六爻)를 보았다.

"왕께도 태자님에게도 아무런 해가 되지 않는다고 그렇게 전하십시오. 그자는 왕께도 태자에게도 절대 큰 도움이 되실 자입니다."

그렇게 해석이 됐다. 현녀는 그렇게 말하고 입을 다물었다. 설리는 더 물어볼 수가 없었다. 백제에 해가 되지 않는다니 다행인데… 어떻게 알에서 태어나나- 더욱 신비하기만 했다. 설리는 이 말도 안 되는 얘기를 왕에게 가서 전해야 했다. 난감했다. 그런데

"정말 아무런 해가 되지를 않느냐?"

뒤에서 정적을 가르는 목소리는 책계왕이었다. 설리를 보내놓고도 마음이 놓이지 않아 현녀가 있는 흑천을 찾아온 것이다. 의외였다. 왕께서 직접 변복을 하고 나타나다니.

"예- 태자님에게는 아주 좋은 후원자입니다. 게다가 얻으면 잃으니 공망수가 대놓고 나타납니다. 그런 운명을 가진 자는 절대무왕이 될 수 없습니다. 절대무왕은 잃으면 얻는 자입니다. 하나를 잃어도 백을 얻는 자. 아니, 하나를 잃어서 수만을 얻는 자여야 합니다."

절대무왕? 설리는 의아했다. 여호기를 보고 책계왕이 절대무왕? 그렇게 알아보라고 한 것인가. 생각했다. 하나를 잃어도 수만을 얻는 자. 얼핏 여호기가 그런 사람 같다고 설리는 생각했다. 그러나 아니다. 여호기는 아니라고 한다.

"분명히 아닌가?"
"아닙니다. 분명히 아닙니다!"

그랬다. 책계왕은 지금까지 현녀에게 물어온 것은 모두 절대무왕에 관한 이야기였다. 백제 영화 천 년을 어떻게든 이어줄 절대무왕의 탄생. 그것을 책계왕은 자신의 후계에서 찾고 싶었다. 그 비밀을 열면 이룰 수 있으리라 여겼다. 태자는 왕의 신탁을 받았다. 책계왕은 태자 또는 태손이 그 소임을 해주길 원했다. 책계왕은 자신, 그리고 자신의 아들, 그 아들의 아들 대에서 절대무왕이 일어날 것을 알고 있었다. 패권을 쥐는 신탁을 받은 설리에게 그것을 연결하고 싶었다. 현녀에게 계속해서 절대무왕을 물어온 까닭이었다. 현녀도 천하를 뒤지고 있었다. 그래서 책계왕은 현녀에게 물었고 다행히 여호기는 아니었다.

책계왕과 설리가 물러나자 현녀는 흑천 서위를 불렀다. 그리고 말했다.

"한성백제로 가야겠다."

현녀의 이야기를 듣고 나서 책계왕은 위례성 신궁의 첨탑 9층으로 향했다. 현녀의 신탁이 어둠, 암흑천의 계시라면 백제 대천관 신녀의 신탁은 빛의 계시, 곧 광명 하늘의 계시다. 책계왕의 물음에 신녀는 솔직히 말했다.

"어둠에서 일어났습니다. 알… 알에서 나왔습니다. 모든 것을 잃었습니다. 그리고 살았습니다. 목숨 값으로 일가를 잃은 것 같습니다. 그래서 겨우 한 스승을 얻은 것 같습니다. 아마 제 아비인 듯싶습니다. 하지만 잃을 것이 너무 많습니다. 하나를 곁에 두면 다 잃고, 또 두면 또 잃습니다. 지금은 매우 좋아 보이나, 글쎄… 많은 것을 잃어야 겨우 하나 얻는 팔자입니다."

같다-

책계왕은 빙그레 웃었다. 신녀는 보았다. 책계왕의 미소를… 그리고 깊은 호흡으로 가슴을 쓸어내렸다. 그렇게 여호기의 위기가 이 순간만큼은 사라진 것이다. 또한 신녀 자신의 위기도 함께 넘어가고 있었다. 신녀는 책계왕이 자신의 얘기를 들으며 생각을 곱씹는 왕의 안색을 보았다. 누굴까? 책계왕을 미소 짓게 한 사람은. 그 사람은 여호기의 다른 것을 보았을까.

아닐 것이다-

신녀를 만나고 나와서 책계왕은 마음이 한결 가벼워졌다. 특히,, 설리는 흑천 현녀를 만난 직후 아직 경계를 풀지 않은 책계왕의 표정과 이제는 확연히 달라진 책계왕에게서 여호기에 대한 염려를 덜었다. 얼마나 노련한 책계왕인가. 신녀에게 아비 근자부와 관계있는 여호기에 대해 물어놓고서 또 현녀를 통해 먼저 듣고 간다. 신녀 또한 시험에 걸린 것이다. 그런 면에서 신녀는 왕가의 절대 신임을 받을 만했다. 책계왕은 이번에 다시 신녀에 대한 믿음을 더욱 키웠다. 이제는 절대 신뢰였다.

신녀가 돌아간다-

하루라도 빨리 한성백제로 가야 했다. 전운이 피바람을 몰고 올 것이었다. 왜 책계왕은 이번 전쟁의 승패에 대해서 물어보지 않았을까. 신녀는 두려웠다. 어서 한성백제로 돌아가야 했다.

한성백제에도 변화의 바람이 불고 있었다. 그 변화는 여호기가 중심이었다. 대해부 상단이 한성백제 중심가에 꾸려졌다. 그 상단을 지원하기 위해 여호기는 매일 대해부의 상단에 들렀다. 야마다에 이어 한성백제에서의 꿈결 같은 시간이 여호기와 선화 사이에 흐르고 있었다.

우복은 요즘 여호기 보기가 지방관리 임금 만나기보다 어려웠다. 여호기는 대해부 상단 일에 지나칠 정도로 지극했다. 어떤 약조가 있었기에 저럴까. 우복은 궁금함을 참지 못하고 이내 대해부 상단을 찾았다. 상단의 지원을 평계로 술 한 상을 요구했다.

"내 아우입니다."

의제(義弟). 우복을 여호기는 그렇게 불렀다. 그러나 신녀 선화는 상단의 행수로서 예를 다할 뿐 미청년 우복을 보고 미동도 하지 않았다. 신녀 선화는 우복에게서 다른 기운을 느끼고 있었다. 묘한 냄새. 비릿한 기운. 여호기와는 근본이 다르다. 경계지인(警戒之人). 선화는 우복을 경계할 사람으로 분류해 놓고 있었다. 다만 여호기가 의제라 하는데 달리 나서서 둘 사이를 끊을 필요는 없었다.

"행수가 형수 같습니다."

뼈있는 농담이었다. 선화를 보자 우복은 선화와 여호기가 보통 사이가 아님을 단박에 알아챘다. 그래서 농을 건넸다. 여호기도 선화도 당황했다. 우복은 그런 두 사람을 한성백제의 정치적 대변수라고 여겼다.

하료와 다르다-

전쟁에 쫓겨 이리저리 떠도는 유민(流民)들이나 평범한 백성에게조차 따스한 여호기였다. 그런 애처로운 사람들을 사랑하는 마음을 가진 여호기였기에 평범한 사람들과도 잘 어울렸다. 특히,, 바닷길을 개척하고 있는 상단에 대한 관심이 많았다. 우복은 그런 여호기의 모습을 자주 보았다. 자신의 흑우가 상단 사람들도 여호기에 대해 호의적이었다. 스스럼없이 얘기하고 그들의 삶을 좋아하는 여호기에 대해 귀족들은 근본이 천해서 그렇다고 떠들었다. 그러나 우복 자신은 도대체 해봐도 안 되는 그들과의 어우러짐에 대해 여호기로부터 배우고자 했다. 따라 해보기도 했다. 쉽지 않았다. 그들은 자신을 어려워했다. 여호기는 편하게 대하지만 자신은 어려워해서 난감했었다. 다만 위엄의 차이라고 위로했다. 자신이 더 귀한 몸이기에… 그런 생각을 하면서도 여호기의 그 친화력에 대해서는 부러웠다. 저것은 권력이다. 라는 생각이 들었기 때문이다.

사람이 권력이다. 우복은 그 이치를 알고 있었다-

사람을 끄는 매력을 가진 여호기. 천민들과도 잘 어울리는 여호기를 아내 하료는 정돈시키려 했다. 위엄을 갖추고 지배하라고 했다. 그러나 남편 여호기는 그것이 잘 안 되었다. 가여운 이를 보면 나눠주었다. 굶은 자들이 있으면 곡식 창고를 열어주었다. 여비가 떨어진 자는 재워주었고 상단이 무너질 지경이면 무이자로 재물을 빌려주었다. 그런 여호기에 대해서 하료는 불만이 많았지만, 한편으로는 진심으로 사랑했다.

요즘 안 만나시나요-

그러던 어느 날, 하료가 우복에게 물어왔다. 우복은 잠시 고민했다. 그리고 말했다. 대해부가 상단에 있을 것입니다. 형님께서 조금 달라진 것 같은데… 말끝을 흐렸다. 그때 비로소 깨닫는다. 하료는 명료해졌다. 염려한 대로였다. 하료는 여호기 뒤에 사람을 붙였다.

선화였다. 역시 그 이국적 미모의 행수. 여호기에게 다른 여인이 있었다. 자신밖에 모르던 여호기에게 다른 여자가 생긴 것이다. 게다가 한술 더해 매일 그 집에 들어가 있는 것이다. 일국의 군장이. 장수가. 그렇게 여색에 빠진 것이다. 하료를 긴장하게 했다. 갈등을 일으켰다. 하료는 왕비족의 세력을 대주고 있었다. 여호기의 장래를 책임지고 있었다.

그런데 감히, 여호기가-

잘 정제되었고 권력지향적인 왕비족 출신 하료는 여호기에게 늘 정치적 계산을 앞세웠다. 여호기는 그런 하료보다 이국적 미모의 선화에게 급속히 빠져들었다. 위(倭)의 무역거점인 외곽에 거처하면서 여호기와 밀애를 즐겼다. 그녀의 행복만큼 하료의 질투는 커졌다. 선화에 대한 증오심 또한 여호기에 대한 사랑만큼 깊어 갔다.

우복의 간계는 성공했다. 일거양득. 여호기에게 힘이 실리고 있었다. 이를 흩트러 놓아야 했다. 모든 일은 가화만사성(家和萬事成). 집안이 편해야 한다. 돌은 던져졌고 잔잔했던 연못에 파문(波紋)이 인다. 하료의 성정을 누구보다 잘 아는 우복이었다. 태자 여휘와 여호기, 그리고 우복 셋이 함께한 세월이 얼마였던가. 그런 생각이 들자 조금은 미안해졌다. 하지만 할 수 없었다. 흑우가 상단이 장악하고 있던 한성백제의 상권에 대해부가 왕비족 진루와 연결되어 숟가락을 놓으려 덤벼들고 있었다. 진루가 누구인가. 내신좌평이다. 한성백제의 내치(內治)를 담당하고 있다. 막강한 내신좌평에게 열도의 대해부 상단은 그야말로 날개다. 그 날개를 온전하게 달아주어서는 안 된다. 그리고 무엇보다도 자신보다 뛰어난 여호기를 용납할 수가 없었다.

여호기를 혼란케 하자—

우복의 간계를 알길 없는 여호기는 여전히 우복을 좋아했다. 여호기는 농으로 우복이 여인을 모른다고 했다. 미청년 우복은 백제 최고의 무예 태을신검을 얻기 위해 동정(童貞)을 지켜야 한다고 말해왔다. 태자 역시 여호기의 농담에 그렇게 여겼다. 그러나 우복의 속내는 달랐다. 여인. 가까이하지는 않지만, 우복, 그는 야심과 야망이 넘치는 인물이었다. 여인은 곧 정복의 대상이고 지배할 대지였다. 다만 우복의 야망이 그 지배욕을 누르고 있을 뿐 여인을 모르는 사내는 아니었다. 권력을 향한 열등의식이 지금보다 강한 힘을 얻을 때까지 욕망의 분출을 막고 있었던 것이다.

언젠가는-

우복의 남성을 아는 것은 하미가 유일했다. 단단한 남성. 우복은 그랬다. 그렇게 하미만 알고 있는 우복은 분명히 남성이었다. 남자의 질투는 우복에게 여호기의 여성을 정복할 대상으로 보게 했다. 우복은 여호기에 대한 호의를 그렇게 위장한 모습으로 내비치고 있었다.

"형님 계십니까?"

우복은 선화에게 빠진 여호기 대신 하료를 만나고 있었다. 심중이 허(虛)해진 하료는 하미와 함께 집에 들락거리는 우복과 셋이서 술잔을 나누는 일이 잦았다. 그럴수록 하료는 여호기가 미워졌다. 제까짓 놈이… 감히 나를… 밖으로 표현은 못 하지만 하료는 여호기에 대해 분노하고 있었다.

그년 때문이다-

하료가 여호기와 선화의 일거수일투족을 살피고 있을 때 선화와 여호기는 여전히 밀애를 즐기고 있었다. 야마다 신녀인 선화는 여호기보다 냉철했다.

 선화는 여호기로부터 우복의 흑우가 상단에 대해 들었다. 본능적으로 대해부가를 경계할 것으로 생각했다. 만만치 않은 자. 그러면서도 음산한 느낌. 비릿한 냄새. 맹수의 본능을, 발톱을 숨기고 있는 우복에 대해 여호기에게도 경계할 것을 얘기했다. 여호기는 호방하게 웃어 버렸다.

 그 웃음-

 우복은 겉으로 하료와 여호기를 걱정했다. 때로 하미가 없어도 우복은 찾아왔다. 위로하는 우복에게 하료는 술에 취해서 넋두리를 늘어놓는 일이 많아졌다.

 "가만 놔두지 않겠어."

 우복은 그런 하료에게 동조했다. 아니 교묘한 조장이었다.

 "언제든지 지시만 하십시오."

 우복의 말은 충심에 가까웠다. 의심하지 않았다. 그리고 우복을 의지하기 시작했다. 술친구. 남편의 술친구가 자신의 술친구가 된 것이다. 의도적인 접근이라고 생각하지 못했다. 우복 역시 대해부 상단에 대한 분노 때문에 동병상련(同病相憐)의 배신감을 느끼고 있는 것이라고 믿었다.

대륙백제의 전쟁 상황이 매우 급해졌다. 낙랑태수 장통은 예와 맥족 유민들, 그리고 고구려의 군사까지 연합하여 책계왕의 대륙백제와 대방을 치려 했다. 여호기 또한 급히 대륙백제로 출정해야 했다. 열도에서 출발할 대해부가 대륙백제 위례성에 도착할 때를 맞춰서 움직였다.

한 뜻으로

남자와 여자를 만들었다. 둘은 따로 또 같이 세상을 살아간다. 나온 곳은 들어갈 곳으로 향한다. 현녀(玄女)는 한성백제에 급히 왔다. 만나 봐야 할 사람이 있었다. 여호기. 그 사람을 보아야 했다. 그리고 또 한 사람. 우복이었다.

현녀는 흑우가 상단의 대행수인 우상(羽狀)을 만났다. 우상이 흑우가 상단의 한 외곽 객점에 현녀의 비밀 거처인 흑천각(黑天閣)을 만들어 놓았다. 지상 위에 있는 건물은 거대한 객점이었다. 고급 명품점도 겸하고 있었다. 숙박과 상점, 게다가 오락장까지 함께 있었다. 하지만 지하 깊숙이에는 흑천각이 있었다. 사람들이 자주 왕래하고 들락거리는 객점 지하에 있던 이유로 누가 드나드는지를 아는 자는 적었다.

참 오랜만이구나-

우상을 보고도 현녀는 내색하지 않았다. 흑천의 수장, 현녀는 이렇게 대륙과 반도, 열도에도 자신의 거점을 가지고 있었다. 그녀는 아주 오래전부터 이렇게 흑천의 뜻과 부(富)를 얻기 위해 애를 썼다. 우상의 흑우가는 흑천의 백제 지부와 같았다.

"오셨습니까?"
"아이는요?"
"잘 자라고 있습니다."
"언제 오나요?"
"내일 데리고 오겠습니다."

아이는 우복이었다. 우복에 대해서 현녀는 애정을 드러내고 있었다. 아이… 이미 오래전부터 알고 있었다. 깊은 관계였다.

"여호기는…"
"대륙백제로 갔습니다."
"출정한 것인가요?"
"아닙니다. 남행에 대해 보고하러 간 것입니다."
"책계왕이 치하할 것입니다. 아니면 벌써 죽을 뻔했지."
"예? 누가요?"

도대체 무슨 말인지. 우상은 현녀의 말이 도무지 이해가 가지 않는다. 여호기가 죽을 뻔했다는 것 같았다. 언제… 누가… 아, 책계왕이? 이런저런 생각은 많아도 더 묻지 못했다.

"언제 올까요?"
"글쎄요. 출전하지 않으면 그리 길지는 않을 것입니다."
"음—"
"오면 즉시 데리고 오도록 하겠습니다."
"여호기보다 먼저 그 부인을 볼 수가 있을까요?"
"그 부인을요?"

사내를 보기 전 그 부인을 먼저 보는 것. 그러면 그 앞길을 알 수 있다. 여호기와 그 내자를 보아야 했다. 책계왕에게 현녀는 한 가지를 말하지 않았다. 여호기. 그릇이 크다. 그런데 책계왕과도 태자와도 어긋나지는 않았다. 어차피 책계왕은 이제 그 소임을 다했다. 문제는 새로운 인물인 여호기에게서 전혀 다른 기운이 느껴졌다는 것이다. 그것이 현녀를 혼란스럽게 했다. 그래서 급히 한성백제로 향했던 것이다.

"여호기는 어떤 사람입니까?"

현녀의 물음에 우상은 아는 대로 답했다. 그것이 현녀를 더욱 혼란스럽게 했다. 자신과도 얽히고설킨 인연이 엿보였다. 가슴이 답답해졌다. 그래서 더욱 하료가 보고 싶었다. 현녀의 안광이 더 빛을 내고 있었다. 무서울 정도로 집착했다. 우상은 더는 현녀에게 물어볼 수 없었다. 흑우가 상단의 부(富)를 이루는 데 결정적인 역할을 한 흑천이었다. 흑천은 태고이래, 전 대륙과 반도 그리고 열도를 넘나드는 상단이었다. 밀무역의 중심세력이자 비밀결사요 정보망이었다. 흑천의 선택은 곧 지배자를 의미했다. 그 흑천의 주인이 한성백제에 온 것이다. 오로지 여호기를 만나기 위해.

돈과 명예, 수명(壽命)을 관장한다-

하료에게 가장 솔깃한 얘기였다. 명예. 돈… 하료는 자신의 미래를 훤히 볼 수 있다는 곳 흑천을 우복에게서 소개받았다. 우복도 갈 요량이란다. 우상이 믿고 따른다는 흑천의 여주(女主), 현녀(玄女). 옛 단군조선 제후들의 건국 역사에서 황제 헌원, 그리고 위만조선에 이르기까지 흑천의 신비를 얻지 않고 천하를 얻은 바가 없었다. 그 흑천의 여주, 현녀를 만난다. 이런 비밀스러운 얘기들을 우복은 하료에게 은밀히 들려주었다. 아니 우복은 이제 하료에게 속을 다 내비치고 있었다. 그렇게 하료가 느끼도록 우복은 하료의 마음을 열고 있었다.

"저는 아침 일찍 갈 것입니다."

우복의 말대로 객점은 번화했다. 그 객점에는 온갖 잡상인들과 잡배들, 그리고 복잡한 미로에 이어 도박과 여색을 탐할 수 있는 색루(色樓)까지 없는 것이 없었다. 외부에서는 별천지요, 인간사 쾌락의 집합소 같았다. 거기 흑천이 있다고 했다.

좀 이르다-

하료는 흑천으로 향했다. 실은 현녀(玄女)가 하료를 유인한 것이다. 하료를 통해 여호기를 먼저 보고 싶었던 것이다. 하료가 당도하자 현녀는 자신이 우복을 만나는 곳 바로 밀실 옆으로 들어오게 했다. 우복은 기도 중이었다. 우복- 현녀는 우복을 통해 새로운 왕이 날 것임을 알고 있었다. 우복은 왕의 아버지가 될 신탁이다. 이를 다시 한 번 확인해야 했다. 이렇게 복잡해진 것은 다 여호기 때문이었다. 자신이 알고 있었던 책계왕, 그리고 태자, 다음… 여설리가 아니었다. 설리는 왕재가 아니었다. 그는 패주가 될 것이다. 결코 왕재가 아니었다. 그 왕재는 바로 여기 우복에게 있었다. 우복을 다시 살피기로 했다. 현녀는 그것을 알았기에 우복을 다시 불렀다. 그리고 우복에게 내린 왕기를 흑천 비기(秘器) 청동거울을 통해 보기로 했다.

하료는 잠자코 기다리기가 무료했다. 그래서 슬쩍 우복의 신탁을 엿보기로 했다. 그 일이 얼마나 큰 파장을 가져올지 모르고 하료는 궁금함을 참지 못했다.

현녀는 보았다. 분명히 왕은 아니지만, 왕기가 어려 있다. 왕의 신탁– 하늘과 땅, 인간이 하나로 연결된다. 그 신탁이 또 나왔다. 분명하다. 우복에게는 왕의 아비가 될 운명의 끈이 엿보였다. 이것이…. 틀림없었다. 현녀는 혼잣말로 중얼거린다.

"역시 왕의 아비가 될 운명이요!"

우복은 이 말을 두 번째 들었다. 왕의 아비가 될 운명. 자신이 뭔가를 해야 한다. 반드시 이루어서 자신의 아이가 왕이 되도록 해야 한다. 현녀는 자신의 예지가 틀림없을 것이라 여겼다. 우복을 돌려보냈다.

우복이 돌아가는 모습을 현녀 말고 한 사람이 더 보고 있었다. 하료였다. 하료는 깜짝 놀랐다. 현녀(玄女)가 분명하게 말했다. 흑천이 선택한 사람. 절대 지배자, 즉 왕을 선택한다는 그 흑천의 신탁은 우복에게 왕의 아비가 될 운명이라고 했다. 왕이 될 자의 아비. 하료의 머리가 복잡해져서 현녀를 기다리는 장소로 돌아왔다. 되새겨 보아도 분명히 들었다. 왕의 아비가 될 사람, 그 사람이 우복이었다. 혼란스러운 머리를 흔들었다. 그 순간-

"오셨습니까?"

하료는 아주 신비한 여인, 현녀를 코앞에서 보게 됐다. 나이를 가늠할 수 없는 여인. 작고 늙었지만, 그 눈빛은 신비하게도 젊은 여인의 그것보다도 강하고 맑았다.

"하료입니다."
"하료? 요하?"

단번에 알아들었다. 요하(遼河). 진루의 딸이구나. 현녀는 내신 좌평 진루도 알고 있었다. 그에게서 딸이 있었다. 그 딸 이름. 그 아이가 자신의 앞에 있었다. 현녀는 하료 출생의 비밀을 알고 있는 듯 했다.

"요하를 보고 낳았다고 하더이까?"
"예"

요하- 흑천에게 요하는 어떤 곳인가. 그 거대한 하늘 민족. 천족이 발원한 곳이 아닌가. 그 나라의 흥망성쇠에 흑천이 있었고 현녀가 있었다. 그 요하, 이 아이는 그 요하의 이름을 가지고 있었다. 왜?

생년 일시를 물었다-

하료의 생년월일시(生年月日時). 그것을 아무에게도 가르쳐주지 말라고 아비 진루는 말했었다. 그리고 시(時)를 바꿔주었다. 사주를 다르게 가르쳐 주는 것은 오래된 하료의 습관이었다. 그러나 오늘 이 현녀는 다르다. 권력을 주는 흑천이다. 제대로 알고 싶었다. 자신의 운명을 똑바로 알고 싶었던 하료는 본디 생년월일시를 가르쳐 주었다. 현녀는 깊은 생각에 빠진 듯 했다. 순간 부르르- 현녀의 몸이 떨렸다.

천지인 삼통이다-

왕이다! 그렇게 말했다. 현녀는 하료에게서 놀라운 충격을 받는다. 왕기다. 왕비. 그런 신탁이다. 하료는 본인에게서 왕기가 있다는 말을 처음 들었다. 이것이다. 아비와 대천관 신녀가 쉬쉬하고 있는 자신의 신탁. 이제 그 이유를 하료는 알았다. 현녀를 통해서.

그럼 여호기는-

왕재였다. 보나 마나 왕재다. 현녀는 하료에게 아들의 생년월일시를 달라고 했다. 걸걸의 생년월일시. 여호기의 탄생 일시 등은 전혀 모르지만, 아들이야 자신이 더 잘 알고 있었다. 하료의 말을 듣고 현녀는 다시 신기(神氣)를 모았다. 그리고 감았던 눈을 뜨고 이렇게 말했다.

귀대부-

왕과 왕비의 기운을 받고 태어난 귀인. 그러나 수명(壽命)이 짧다. 귀인이기는 하나 왕재는 아니다. 보통. 평범한 것보다 못하다. 왕이 될 수 없는 왕자의 운명이다. 그래서 현녀는 하료에게 물었다.

"큰아들 때문에 걱정이군요."

아, 예… 하료는 자신의 심중을 여는 현녀에게 감탄했다. 남들이 보기엔 전혀 걱정이 없는 사람. 특히,, 큰아들 걸걸은 그랬다. 착한 아이. 순한 아이. 그러나 큰 재목은 아니다. 잘 따르는 상(相)이다. 그런 걸걸을 하료는 걱정했다. 하료의 욕심에는 큰아들 걸걸이 못 미쳤다. 그걸 현녀가 꿰뚫어 본 것이다. 그럴 수밖에 없다. 하료가 보통 여자인가. 남자라면 왕이 되고자 했을 것이다.

이제 그녀에게 왕비족의 피가 흐른다는 것을 현녀가 알았다. 그리고 한숨을 내쉰다. 이게 어찌 된 일인가. 왕이 될 남자와 왕비가 될 여자. 그리고 왕의 아비가 될 남자의 운명이 엉킨 실타래처럼 꼬여 있었다. 그리고 그들은 책계왕이나 태자의 후예가 아닌 전혀 다른 사람들이었다.

현녀는 하료를 선택했다—

하료는 그날부터 현녀와 함께 차(茶)를 마셨다. 현녀는 세상 남자와 여자에 대해서도 얘기했다. 하료는 요즘 자신에게서 멀어진 남편 여호기를 돌려놓고 싶었다. 그래서 현녀에게 물었다. 현녀는 알 것 같았다.

"남녀란 것이 어떻습니까?"
"대체 음양 법도의 교접이라는 것은 어떻게 해야 합니까?"

하료가 묻자 현녀가 대답했다. 교접의 법도에는 원래 그 형태나 상태가 있다. 그렇게 하면 마음이 더욱 즐거워지고 기력은 더욱 왕성해진다. 남성은 여성을 느끼게 되므로 딱딱하고 늠름해지며, 여성이 이것에 감응해서 서서히 벌어져 확대되면 두 기(氣)가 정(精)을 섞어 서로 흐르게 하고 서로 통(通)하게 되는 것이다. 남성에게는 지켜야 할 여러 가지 법도가 있고, 여성에게는 아홉 가지 규율이 있다. 이러한 법도나 규율을 생각하지 않고 함부로 교접하게 되면 남성에겐 악성 종기가 생기고 여성은 월경 불순이 생겨 백 가지 병을 얻고 끝내는 목숨을 잃게 되는 수도 있다. 그러나 그 기를 잘 알고 교접을 하게 되면, 즐기면서 튼튼하고, 오래 장수하게 되며 얼굴엔 윤기가 돌아 아름다운 꽃과 같을 것이다.

현녀(玄女)는 태초부터 내려온 흑천의 비기, 즉 현소(玄素)의 도(道)라는 것을 하료에게 가르쳐 주었다. 이는 본디 황제와 황후 사이에 있어야 하는 음양(陰陽) 교접(交接)의 도(道)였다. 이를 잘 분별 할 수 있다면 즐기면서 장수할 수가 있다. 장수(長壽)와 향락(享樂), 이것이 방중술이다.

하료는 됐다 싶었다-

현녀는 하료에게 흑천의 비기를 가르치기 시작했다. 하료는 더 나은 여인이 되고자 했다. 남편 여호기를 위해. 그 행수에게서 여호기의 마음을 찾아와야 했다.

세상의 만물은 음과 양의 두 요소로 나누어져 있다. 사람의 몸도 음양의 지배를 받지 않는 곳이 없다. 남자는 양, 여자는 음으로 성별에 의하여 그 지배가 서로 다르고 신체에서도 허리 이상은 양, 또 배 부위는 음, 피부는 양이며, 피하는 이미 음에 속한다. 내장 가운데 5장, 즉 주된 장기인 간(肝), 심(心), 비(脾), 폐(肺), 신(腎)은 음에 속하고, 육부, 즉 담(膽), 소장(小腸), 위(胃), 대장(大腸), 방광(膀胱), 삼초(三焦)는 양이다.

이처럼 만물은 물론 인간은 음양의 지배를 받아 상대적으로 균형을 유지하여 조화를 이루고 있었다. 따라서 음양의 이치에 맞을 때는 건강하고 생리적이지만 음양에 역행하면 병적이 되며 심할 때는 질병으로 나타난다.

그렇게 하료는 현녀로부터 흑천의 비기를 배웠다. 현녀는 백제의 왕비가 될 여인 하료를 얽어 놓아야 했다. 흑천은 오래전부터 각지의 지배자를 미리 알아보고 순서에 맞추어 거래를 해왔다. 누가 왕재인가. 그 왕재와 연을 미리 닿아놓고 은밀하게 거래를 한다. 그 권력의 연속성을 이어왔다. 태고이래.

낙랑의 태수 장통도 그중 하나였다. 흑천은 이미 오래전부터 북부대륙에서의 전쟁을 즐기고 있었다. 전쟁은 곧 혼란이다. 혼란은 많은 이문을 남긴다. 당장 낙랑과 대방은 무역하지 않는다. 그 밀무역은 흑천이 하고 있다. 또한 흑천은 그 사이에서 정보를 주고받는다. 낙랑과 대방, 고구려와 백제 등은 모두 흑천의 비밀 정보가 필요하고 세력이 필요하다. 그렇게 연결되어 있었다. 광명천은 서로 알아보지만, 암흑천에서는 누가 누군지 알 수 없다. 오직 흑천의 길과 선택만 있을 뿐.

흑천은 하료를 선택했고 하료는 흑천을 선택했다-

그때 남행보고를 위해 여호기가 대륙백제로 향해 있었다. 이미 대단한 성과였다는 것이 위례성에도 파다했다. 여호기는 출정을 기대했다. 남행의 큰 공도 세웠다. 곧 출전이 임박했다는 소식도 듣고 왔다. 위례성 일원은 전쟁에 대한 긴장감으로 팽배했다. 전쟁이 몇 달 남지 않았다.

한성백제에서 공급되는 물자도 엄청났다. 여호기가 한성백제에서 배 삼십 척에 군량미와 함께 야마다에서 가져온 건량미도 싣고 왔다. 건량미는 비상용 군량으로 아주 오랫동안 약한 불에 볶은 쌀이다. 부피가 작아 소량을 가지고도 물만 있으면 바로 먹을 수 있는 매우 훌륭한 군량이었다. 가볍고 작다. 특수전에 나서는 전투 부대의 식량으로는 최상이었다. 그리고 야마다의 진상품도 가져왔다. 대해부를 책계왕에게 소개해야 했다.

대해부는 내신좌평 진루와 조약을 하자마자 야마다로 향했었다. 야마다에서는 선화의 동생 인화가 선화의 행세를 하고 있었다. 일반 백성은 물론 중신들조차 눈치를 채지 못했다. 대해부가 야마다를 떠나기 전에 일러두었던 물품들이 쌓여 있었다. 이를 가지고 한성백제에 들러 대해부 상단에 일부를 놓아두고, 여호기와 함께 대륙백제에 왔다.

　남행의 성과-

　여호기에게 책계왕은 흡족해했다. 백성의 환호도 용납했다. 태자 여휘와 설리도 반겼다. 설리로서는 언젠가 진출해야 할 열도의 거점을 여호기가 먼저 마련했으니 비록 질투 나는 대상이긴 하지만 어찌 보면 고마울 따름이었다. 설리는 현녀의 신탁을 듣고 난 뒤 그렇게 여호기에 대한 경계를 조금이나마 풀었다. 책계왕과 대륙백제의 사람들은 그렇게 후방 지원군으로 열도의 야마다를 받아들이는 것에 크게 환영했다. 책계왕은 대해부에게 백제와 야마다와의 긴밀한 관계를 위해 백제 위례성에도 상단을 설치할 것을 허락했다. 그리고 대해부를 은밀히 불러, 야마다 비미호, 즉 여왕 신녀와 자신의 태손 설리와의 연(緣)을 논의했다. 대해부는 감사했다.

　생각이 있었다-

　이미 선화는 여호기 사람이 되었다. 그런데 다시 설리를 거론할 수는 없었다. 묘수는 인화였다. 선화와 나이 차이가 거의 없는 동생 인화를 설리와 엮을 것이다. 이는 이미 선화가 여호기를 선택할 때부터 세워놓은 방안이었다. 책계왕은 급했다. 대해부에게 이번에 설리를 데리고 가라고 했다. 연이은 태사자였다. 야마다를 이번 기회에 제대로 묶어놓을 심산이었다.

대해부는 대만족했다. 여호기는 물론 태왕손 설리도 엮은 것이다. 선화의 대비로 말미암아 만약의 위험을 피할 수 있었다. 선화는 여호기를 위해서라면 언제든지 비미호 여왕을 내놓을 생각도 하고 있었다. 이제 야마다의 비미호 여왕은 선화와 인화가 번갈아 해야 했다. 다른 이가 눈치 못 채도록. 선화는 인화의 노릇을, 인화는 선화 노릇을 하며 백제 권력과 협력해야 한다. 설리와 대해부는 곧 대륙백제의 철 생산지에서 만든 철정(鐵釘)과 특산물을 가지고 열도 위(倭) 야마다로 향하기로 했다. 긴 여행이 아니라 전쟁 전에 문서로 맺은 조약(條約)에 대한 확인이 필요한 짧은 일정이었다. 그리고 설리가 돌아올 때에는 대해부 야마다의 지원군도 함께 선발해서 올 예정이었다. 설리는 기대에 부풀었다. 자신이 다스릴 영지(領地)가 하나 늘어난 것이다. 또 이미 여인국과 백제 왕실 간의 오래고 긴 거래를 알고 있었기에 설리의 열도행은 기대가 만발한 흥겨움이었다. 그래서 더욱 여호기에게 호감을 표하고 있었다.

다행이었다. 여호기는 어서 한성백제로 돌아가고 싶었다. 한성백제에 있는 선화가 그리웠다. 선화는 태기(胎氣)가 있었다. 야마다의 행복했던 일들이 생각났다. 한성백제에서도… 그랬다. 잠시라도 떨어져 있으니 그 그리움이 더욱 사무쳤다. 그런데 이번 대륙백제에서는 태자 여휘가 붙잡고, 설리도 넉넉해진 마음으로 여호기에게 야마다 풍경이며 사람들 풍습 등을 물어오는 통에 매우 바쁜 일정을 보내야 했다.

대륙에서의 전쟁은 국지전에서 전면전으로 확대되기 일보 직전이었다. 각 진영의 간자(間者)들 전황보고에 긴박감이 흐르고 있었다. 이번 전쟁은 왕께서 친히 나선다. 그러므로 더 철저히 준비해야 한다. 백제는 좌장(左將) 등 전쟁의 선봉에 가장 믿을 수 있는 장수를 내세워 왔다. 그런데 이번 전쟁에서는 책계왕 본인이 의욕을 내비치고 있었다. 그만큼 군비 마련도 준비도 철저해야 했다.

— 하나인데

서로 탐하게 했다. 여호기의 집 내실에서 모였다. 하료의 신탁은 백제 대천관 신녀와 흑천의 신탁이 같았다. 왕비가 될 여자. 왕자들의 어머니였다. 하료는 여호기에 대한 신탁을 백제 대천관 신녀와 아버지 진루에게서 듣지 못했다. 아니, 하료 자신의 신탁도 아비 진루는 비밀로 하고 가르쳐 주지 않았다. 그런 이유로 하료는 흑천의 신탁만을 듣고 고민에 빠졌다. 그런데 그 시대에. 같은 시대에 왕의 아비가 될 우복이 있었다. 게다가 현녀로부터 흑천 비기를 전수받는 동안 하료는 몸이 달았다. 여호기는 이제 막 대륙백제에 가고 없었다. 아무도 몰래 묘수를 부리기로 했다. 여호기의 집 내실에서 모였다.

교접주(交接酒) -

즉 하나로 만들어주는 술이 있다. 일명 화합주(和合酒). 부끄러움을 없애는 술이며 남녀의 성행위를 부드럽고 원만하며 강하게 해주는 술이다. 그 술을 만드는 비법이 왕비족에게는 있었다. 하료는 우복과 하미를 자신의 집 내실로 불렀다. 하료 집 내실은 네다섯이 모여 놀기에 알맞은 크기의 교탁과 두 사람이 누워도 될 널찍한 의자 그리고 바로 옆 침실 방문이 이어져 있었다. 잘 정돈 되어 있었다. 하미와 우복이 같이 왔으니 올 곳이지 주인 여호기가 없는 이곳에 우복이 혼자 올 곳은 아니었다. 그래서인지 첫날 분위기는 하료의 비밀이 열리는 것 같아서 다들 들떴다.

하료는 동충하초를 듬뿍 넣은 보양식과 숫누에의 비기(秘器)만을 따로 모아 담근 술을 내놓게 했다. 왕비가에게서만 전래 되어 내려온 왕실의 교접주(交接酒)로 한 잔에 사내 양기(陽氣)가 움직이기 시작하고 두 잔에 사내의 심지(心地)가 들썩이며, 석 잔에 전신(全身)이 동(動)한다고 한다. 석 잔이면 성(性) 불구(不具)의 사내도 여인을 가까이할 수밖에 없다는 술이다. 하료는 시녀들을 모두 물러나게 했다. 셋이서 밤을 새워서라도 즐겁게 마시자고 했다. 하료는 술자리에서의 좌담(座談)을 꺼냈다. 남녀 교접에 관한 이야기. 하미와 우복은 얼굴이 빨개졌다. 하료는 그런 둘을 놀리는 재미 반으로 황제와 소녀가 나눴다는 방중술에 대한 얘기를 시작했다.

중국 황하유역에서 한 나라를 다스리며 살아가고 있는 황제가 있었다. 황제(皇帝)는 더욱 쾌락적이고 오래도록 살아가려면 성생활(性生活)을 어떻게 하는 것이 효과적일까? 고심하다가 한때 복희(伏犧)씨를 섬기며 남녀 간에 성교하는 법을 잘 알기로 유명한 소녀(素女)란 여성을 불러들이게 했다.

"인간이라는 동물이 허약해지는 가장 큰 원인 중의 하나는 온몸속 뼈마디마다 진기(眞氣)를 뽑아내는 성생활 아니면 그 성적(性的)인 습성(習性)이나 도리(道理)란 것을 잘못하는 데서 비롯되옵니다. 대체로 여자는 정력이 남자보다 유연하면서도 충만합니다. 그래서 따지고 보면 남성보다 여성이 더 성적지향이라 할 수 있사옵니다. 이를 비교하여 보면 여자는 흐르는 바다와 같아 음(陰)이 되고, 남자는 타오르는 불인 태양과 같아 양(陽)이 된다는 천성(天性)과 같사옵니다. 그러므로 동등한 처지에서 보면 여성인 물(陰)이 남성인 불(陽)을 꺼뜨려 버립니다. 이것이 이치입니다. 그래서 이러한 성적 도리를 알고 교접을 한다면 약탕기 하나에 수많은 보약을 끓이는 것과 같은 것이옵니다. 따라서 남녀 간에도 이러한 성의 도리를 알고 성생활을 하게 되면 크게 걱정할 것이 없습니다. 이를 좀 더 자세하게 아뢴다면, 음양오행(陰陽五行)의 이치를 알고 남녀가 정사하면 무한한 쾌락을 맛보고 건강도 잘 보전할 수 있습니다. 그렇지 못하고 맹목적으로 정사에만 몸을 달구면 황홀한 경지보다는 오히려 병이 들어 일찍 죽게 되는 것이옵니다."

소녀의 논리 정연한 말에 황제는 기쁨을 감추지 못했다. 마른 침을 꿀꺽 삼키며 몸을 약간 부자연스럽게 몇 번 움직이고서는 혼자만의 비밀인 자신의 조루증에 대해서도 넌지시 물었다. 소녀가 진지하게 대답했다.

"황제께서는 조루증 따위는 걱정하시지 않아도 됩니다. 조루증은 올바른 성생활을 하지 않는 데서 비롯된 것이옵니다. 예를 들면 자위행위를 지나치게 한다든가, 과음한다거나, 이부자리를 깔기 전에 몸이 달아서 그렇습니다. 마치 밥을 빨리 먹어치우려고 씹지도 않고 그냥 삼키면 체하여 위장병이나 각종 소화불량이 생기는 것과 같은 이치입니다. 오랜 시간을 여유 있는 마음으로 밥알 하나라도 꼭꼭 씹어 먹어야 하는 것처럼 남녀가 성교할 때에도 오랫동안 이곳저곳을 어루만지어 적당히 열기(熱氣)를 올린 다음, 돌을 다듬어 하나의 작품을 만들어내는 석공(石工)의 기술처럼 세세히 움직여야 합니다. 또한 해가 지면 달이 뜨고 달이 뜨면 해가 지는 이치같이 성교하는 남녀가 서로 리듬을 잘 맞추어야 하는데, 특히 요철(凹凸)의 원리는 해와 달이 바뀌는 것과 같이 중요하옵니다."

음탕하기 그지없는 얘기였다. 소녀와 황제의 대사를 하료는 우복과 하미 앞에서 펼쳐 내었다. 마치 두 남녀에게 그리하라고 채근하는 것 같았다. 멀쩡한 남녀가 함께 듣기에는 묘하게 흥분되는 얘기였다. 이제 세 사람의 밤이 뜨거워진다. 한 남자 우복과 두 여자, 하료와 하미가 그런 밤을 은밀한 내실에서 교접주를 마시며 보내고 있었다.

지아비를 둔 하료의 눈에 우복과 하미는 아직 애였다. 성 교접의 비밀도 모르는 아이들과 같았다. 그러나 우복과 하미는 남녀간의 통정을 이미 잘 알고 있었다. 그래서 하료의 말에 더 후끈 몸이 달았다. 우복도 하미도 술기운이 치밀었다. 뜨거운 기운이 온몸에 퍼지고 있었다. 우복은 자신이 처음 품은 하미가 바로 옆에 있었다. 얘기하는 하료 또한 진한 여인의 냄새를 풍기고 있었다. 어찌할 바를 모르는 그 난감함이 우복과 하미에게 술을 거푸 들이켜게 했다. 하료의 말을 들으면서… 우복과 하미는 벌써 취기가 돌아 눈꺼풀의 무게를 이기지 못한다.

다들 취했다-

우복과 하미는 그렇게 여호기와 하료의 내실에서 정신을 잃었다. 실상은 하료가 둘의 마지막 술잔에 몽환약(夢幻藥)을 몰래 타 넣었다. 둘은 마땅히 정신을 잃어야 했다. 둘만의 시간이 필요했다.

그 둘은-

우복은 뒷머리 골이 띵했다. 아주 천천히 눈을 떴다. 그리고 한참 동안 멍해져 있었다. 잠시 숨을 고르자 내실 천장이 보였다. 그러자 "일어나셨습니까?" 하는 말소리가 들렸다. 하료다. 하료는 벌써 술에서 깨어 있는 듯 했다. 탁자 위에 해장국이 놓여 있었다. 날이 밝은 듯 창문으로 아침 햇살이 비집고 들어와 내실을 비추고 있었다.

하료였나? 그런 생각 하며 우복은 바짝 긴장했다. 얼른 흐트러진 몸을 추슬렀다. 몸을 일으키니 옆 침실 방문이 열려 있고, 침대 위에 하미가 보였다. 아, 하미였구나… 그랬겠지. 다행이다. 우복은 주섬주섬 자리에서 일어나려 했다. 하료는 조금 더 쉬고 일어나라고 했다. 하미도 깨고 있었다. 일어났다. 우복도 하미도. 낯빛이 민망해졌다. 남의 집에서 이게 무슨 추태인가. 그렇게 생각하고 하료가 권하는 해장국을 제대로 먹지도 못하고 얼굴만 벌게졌다. 특히,, 우복은.

아무리 그렇다고 해도 너무했다-

너무 했었다. 어젯밤. 몸이 달았다. 그렇게 솟아오를 수가 없었다. 더 참을 수 없을 만큼 팽창했을 때 우복은 여인의 그것이 자신의 남성에게서 느껴졌다. 그리고 우복은 그 여인의 속으로 깊이깊이 들어갔다. 탐했다. 그것도 한 번, 두 번, 세 번… 그렇게 지칠 줄 모르도록 치르고 또 치렀다. 우복은 꿈인가 싶었다. 그러나 우복은 무인이다. 꿈이 아니다. 분명. 했다. 하고 있었다. 우복의 이성(理性)은 마비되었고 오직 앞에 있는 여체만을 탐했다. 여인의 그것 또한 자신의 욕구를 다 받아주고 있었다. 그렇게 잠깐 꿈인 듯 잠이 들었었는데… 벌써 아침이다. 누구인지, 어떻게 그리 되었는지 어둠 속, 우복은 기억이 나지 않았다.

하미도 부끄러웠다. 사촌 언니네 안방 침실에서 자신이 사랑하는 정인과 함께 술에 취해 잠자리에 든 꼴이었다. 소문이라도 나면 안 되었다. 부끄러워서 낯빛을 바로 할 수 없었다. 어찌 그리 깊이 잠들 수가 있을까. 더욱이 잠 속에서 우복이 자신을 범하는 꿈도 꾸었다. 얼굴을 바로 보기도 부끄러웠다.

이래도 되는가-

우복은 하료의 집을 나섰다. 하료가 둘 사이를 묘한 시선으로 보고 있었기 때문에 더 있을 수도 없었다. 다만 부끄러워하는 하미를 보면서 어젯밤 자신이 벌인 일에 대해 마음을 놓았다. 하료의 집 밖으로 나오자마자 도망치듯 자신의 집으로 향했다.

한성백제의 낮은-

밝다. 바다 때문에 습한 야마다와는 또 다르다. 한성백제에서 야마다의 신녀 선화는 새로운 인생을 살고 있었다. 태기(胎氣)였다. 아무도 눈치 못 채도록 몸조리를 해야 했다. 비미호 여왕 신녀로서 열도로 갈 수도 없었다. 한성백제 대해부가 상단에서 몸을 풀어야 했다. 다행히 대해부가에겐 딸이 둘이 있었다. 자신과 똑같이 닮은 동생 인화가 백제의 태왕손 설리를 맞이해야 했다. 비미호 여왕은 공식적으로 나서야 할 때마다 진한 화장을 했다. 특히,, 선화와 인화는 몸집이 비슷하고 목소리가 거의 똑같았다. 화장을 짙게 하고 나면 아버지 대해부를 제외하고 두 사람을 한눈에 구분하는 이는 없었다. 야마다 신궁(新宮)에 지금 비미호 여왕은 인화가 대역으로 있었다. 선화는 아이를 낳을 때까지 한성백제에 있을 요량이었다.

여호기가 대해부와 함께 대륙백제로 향한 후에는 그 그리움을 가득 안고 한성백제의 밤을 태중의 아이와 함께 보냈다. 선화에게는 전혀 다른 느낌이고 삶이었다. 그것은 이 세상 무엇과도 바꿀 수 없는 기쁨이었으며 행복이었다. 발차기하는 태아의 몸짓을 얼른 여호기에게 느끼게 하고 싶었다. 여호기는 아이의 이름을 구(九)라 하고 싶어 했다. 완전한 숫자, 아홉을 넣은 이름을 지어

주고 싶어했다. 그래서 태아를 감싸 안은 선화의 속옷에 크게 그림 그리듯 글을 써 놓았다. '구야 건강하게 있다가 나오너라!' 였다. 옛 단군조선의 글자인 가림토 문자와 녹도 문자가 어울려 신대(神代) 문자(文字) 풍으로 써놓은 것이다.

옛 단군조선의 문자는 대륙의 녹도문 갑골문자와 청동기 금석문, 그리고 반도의 가림토와 신지 문자, 그리고 열도의 신대 문자로 이어졌다. 대개 상형의미가 있어 그 뜻은 비슷했다. 다만 그것을 읽는 사람들의 발음상 차이가 많이 났다. 옛 단군조선의 선인(仙人)들은 다 읽고 쓸 줄 알았다. 한 문자를 다 터득하면 다른 문자를 이해하기가 쉬웠다. 그 뿌리가 같았기 때문이다. 대륙과 반도, 열도 등이 서로 교역하는 데 부족함이 없었던 가장 큰 이유는 옛 단군조선의 가림토 문자를 기초로 여러 문자가 생겼기 때문이었다. 서로 통할 수 있었던 것이다.

여호기는 스승 근자부로부터 가림토와 신지 그리고 녹도문은 물론 갑골문자와 금석문, 신대 문자를 다 배웠다. 비슷비슷했다. 가만히 들여다보면 서로 뜻이 통했다. 그만큼 뿌리가 같다는 것은 서로 끌어당기는 무엇이 있다는 것이다.

원하고 있다—

우복은 다시 하료의 집에 부름을 받았다. 역시 하미와 함께였다. 머리가 영악한 우복은 하료의 태도가 수상했다. 뭔가 있었다. 그래서 우복은 하미가 아닌 하료를 예의주시했다.

하료는 지난번과 같이 아주 진한 누에보양식과 귀한 왕비족의 술을 다시 내놓았다. 술은 역시 몸을 달궜다. 우복은 무인(武人)으로서의 기본이 잘되어 있는 사람이다. 심법(心法)을 통해 기(氣)를 보했다. 술이 다소 취해 오르자, 허, 이거 원, 요즘 너무 피곤했나 봅니다. 왜 이리 취하는지… 하고 아예 먼저 술에 취한 듯 한쪽에 누워 버렸다.

아니 벌써 취하셨어요-

우복을 깨우려던 하미도 곧 술에 취해 늘어졌다. 뒤처리는 역시 하료였다. 하료는 시녀들을 불렀다. 하미를 침실로, 우복은 식탁 옆에 있던 긴 의자에 눕혔다. 우복은 눈을 감은 채 그들의 하는 모양을 다 느끼고 있었다. 자신이 예상한 대로 하료는 별로 취하지 않았다. 하료는 취한 척했을 뿐이었다. 하료는 시녀들을 모두 내실에서 내보냈다. 그리고 잠시 후, 방안의 모든 불을 끄고 하료가 나갔다. 침실의 하미가 생각났다. 역시 그날도 하미였구나 하고 어두운 방안에서 우복은 침을 꿀꺽 삼켰다. 남성이 솟구쳤다. 우복은 몸을 움직이려다가 멈칫했다.

스윽-

　옷 스치는 소리가 멀리서 들렸다. 우복은 조금 더 기다리기로 했다. 시간이 조금 더 흘렀다. 방문이 열리는 소리가 들렸다. 우복은 더 취한 척, 자는 척을 해야 했다. 그리고 바로 조금 뒤 어둠 속에서 자신의 얼굴에 얼굴을 살짝 대는 여인을 느꼈다. 우복은 더 취한 척했다. 그때 자신의 솟아난 남성이 무언가에 잡혔다. 여인의 손이다. 그 손은 능숙하게 자신을 꺼내고 있었다. 놀라움도 잠시 아주 은밀한 그 행위가 우복을 더욱더 흥분시켰다. 조심하고 있었다. 하미가 아니다. 생각이 거기에 이르자 우복의 남성은 더 참을 수 없었다.

　하료였다-

　남의 것. 질투가 나는 자의 것. 범할 수 없는 관계의 그녀를 범하는 흥분이 우복을 덮쳤다. 더욱이 자신을 연모하는 하미가 바로 옆 침실에서 자고 있었다. 모르게… 속이는… 그런 긴장감이 우복을 그리고 하료를 흠씬 달궜다. 하료의 그것이 우복을 삼켜버렸다. 그리고 하료는 우복을 가졌다. 왕의 아비가 될 남자의 씨를 자기 것으로 받고 있었던 것이다.

절대무왕-

 백제의 대천관 신녀는 절대무왕의 탄생을 예언했다. 이는 저 멀리 소서노 모태후가 동명성왕검을 숨기면서 남긴 유훈의 실현이기도 했다. 소서노 모태후는 비류백제와 온조백제를 세우고 두 형제의 후예들 사이에 피 말리는 골육상쟁이 있을 것을 예상했다. 소서노 모태후는 자신이 곧 졸본의 신녀였으며 무(巫)였기에 알았다. 혼돈이 끝나고 새 질서가 올 것을. 새 질서를 세울 사람. 백제의 천 년을 더 이어주고 미래를 영글게 할 사람, 그 절대무왕이 탄생할 것을 예언했다. 이를 위해 준비해야 했다. 그 준비의 하나로 소서노 모태후는 자신이 가지고 있던 동명성왕검을 숨겼다. 그리고 그 검을 지킬 옛 단군조선의 치우대를 모았다. 옛 단군조선을 멸망하게 한 무제와 반역자 위만을 없애고자 했던 전쟁의 신(神), 치우천왕(蚩尤天王)의 후계를 자처했던 전사들. 그 전사들의 일부와 옛 단군조선의 선인들에게 망자의 섬을 주고 오랜 지원을 했다. 소서노 모태후는 천일이 백번 지나면 그 절대무존이 등장할 것을 알았다. 당시 옛 단군조선의 대선인 또한 소서노 모태후의 말대로 대군장(大君長)이 인연되었음을 알았다. 그래서 소서노 모태후의 제안을 받았다. 백 명의 치우대와 선인들은 세상을 떠돌며 후계자를 고르고 망자(亡者)의 섬에서 수련하게 했다. 그 망자의 섬은 야마다 대해부가의 든든한 지원을 받고 있었다. 야마다의 또 다른 거래자는 바로 소서노 모태후였다. 이를 아는 사람은 오로지 야마다의 대해부와 신녀 선화 이외에는 없었다. 그렇게 이어져 왔다. 삼백 년 동안. 전설 같은 이야기는 실제였다. 대해부는 소서노 모태후의 특명을 받았던 졸본 부여계 천족(天族)의 후예다.

그렇게 기다려 왔다-

쥬신의 별, 북두의 큰 별이 하늘 가득 빛을 내리던 날 밤, 한성백제의 내신좌평 진루와 백제 대천관은 한성백제에서 머지않아 대군왕(大君王)이 탄생할 징조를 보았다. 머지 않았다. 그 대군왕은 한성백제에서 태어날 것이다. 대천관 신녀는 왕비족이 그 권력의 중심에 다시 설 것이라는 계시를 받는다. 왕비족으로 명맥만 이어올 뿐 고이왕도 책계왕도 태자 여휘와 태왕손 여설리와도 연이 닿아 있지 않았다. 왕비족 진가(辰家)는 곧 마한(馬韓) 조선(朝鮮)의 후예다. 최초의 거대한 제국, 옛 단군조선의 제후국으로써 오랜 명목을 이어온 선인(仙人)들의 나라. 그 마한의 임금이 비류천왕과 그의 아우 온조에게 나라를 세울 수 있게 땅을 내어주었다. 비류천왕과 협의한 온조 시조는 나라를 십제(十濟)로 시작하여 대륙백제와 합해 백가제해, 즉 백제를 이루었다. 훗날 마한 세력 대부분은 백제에 편입되었다. 당시 마한의 수장이었던 진씨족은 백제의 왕비가가 되어 최고의 명문가로 자리를 잡았다. 현재 마한의 남은 세력은 네 개의 큰 읍(邑)과 작은 씨족만 남아서 반도의 한수(韓水)를 중심으로 한성백제와 가야, 신라 그리고 나주벌 위(倭) 세력의 일부와 접하여 그 명맥을 유지해오고 있었다.

진루로부터 절대무왕의 신탁 예언을 듣게 된 하료는 깊은 고민에 빠졌었다. 흑천에게서 우복의 신탁, 즉 왕의 아비가 될 남자에 대한 신탁을 들었었다. 하료는 술을 빙자해 우복의 씨를 남몰래 받았다. 우복조차도 하료의 그런 의도를 알 수가 없었다.

하료는 우복도 훔쳤다-

우복은 그런 하료와의 은밀한 정사를 심각하게 생각하지 않았다. 그저 여호기의 바람 때문인 홧김이라 여겼다. 덕분에 누구하고도 말할 수 없는 비밀을 하료와 자신이 갖게 되었다는 것을 오히려 즐겼다. 누구도 모르는 비밀. 하료조차 우복이 멀쩡한 정신으로 자신과 정사(情事)를 나누고 있다는 것을 알 수 없었다. 우복은 그것이 얼마나 비극적인 결말을 가져올지 몰랐다. 그저 그런 복을 가진 것을 보면 정말 자신이 운이 좋은 놈이라고 생각했다. 세상 여자들이 다 자신을 원하고 있다고 생각하며 우쭐한 마음을 버리지 못했다.

왕의 아비가 될 운명의 신탁을 받았다는 우복. 그것을 몰래 들어 알고 있던 왕비가 될 운명을 가진 하료는 양수겸장의 묘수를 생각했다. 그리고 몇 번에 걸쳐 그 씨를 얻었다. 하료는 알고 있었다. 우복이 술을 많이 마시지 않고도 피곤함을 핑계로 항시 먼저 취해서 자리에 누워서 잤다. 몽환약을 타기도 전에… 그래서 하료는 조금 더 긴장되었다. 몽환약을 안 먹은 우복이 잠에서 깰 수도 있었다. 그런 긴장감이 하료를 더욱 흥분되게 했다. 두 번 더 그 일을 하면서 알게 됐다. 우복이 어쩌면 자신과의 정사를 즐기고 있는지도 모른다고, 그런 느낌이 있었다. 하료는 알았다. 우복이 즐기되 단지 숨기고 싶었을 뿐이라고 생각했다.

하료는 왕비족으로 남몰래 내려오는 전설, 즉 소서노가 예언한 절대무왕을 자신이 낳으려 했다. 이제 천일이 백번 지나고 있었다. 그때가 다가오는 것이다.

대천관 신녀는 보았다. 북두의 별이 빛을 발했다. 북두법(北斗法)으로 기도하던 중에 칠원성군 중에서 천권성(天權星)이 움직였다. 무곡(武曲), 파군(破軍) 등과 함께 삼성(三星)으로 백제를 밝히고 있었다. 그래서 대군장은 한성백제에서 태어날 것이라는 소서노 모태후의 예언을 믿지 않을 수 없게 되었다. 백제 대천관 신녀는 이 이야기를 책계왕에게 할 수가 없었다.

대군장-

얼마나 기다린 말인가. 옛 단군조선의 치우천왕 같은 무신(武神). 절대무존, 절대무왕의 예언을 얻으려 했다. 하료와 선화는 그런 예언이 있다는 것을 아는 여인들이었다. 그래서 이번 태기에서 칠성줄을 잡고자 했다. 선화의 태기를 까맣게 모르는 대천관 신녀 진혜나 진루는 하료가 가진 둘째의 임신에 큰 기대를 걸고 있었다.

됐다―

대천관 신녀는 여호기의 신탁을 통해 여호기로부터 그 절대 군왕의 왕기가 있음을 알고 있었다. 그런 차에 하료가 임신한 것이다. 그것도 북두의 별이 빛을 발하던 바로 그때였다. 놀라운 기대감으로 대천관 신녀는 가슴이 벅찼다. 진루 또한 대천관과 함께 그 의미를 나누고 있었다. 절대무왕이 드디어 탄생한다. 자신들의 울타리 안에서. 그렇게 감격도 잠시, 행여 누가 알까 아무도 이 일에 관심조차 두지 못하게 조심해야 했다. 이 일은 알려지면 큰일이다. 자칫 멸문지화를 당할 엄청난 일, 바로 역모가 아닌가. 노회한 책계왕이 이를 안다면 대륙백제의 전쟁은 당장 그만두고서라도 그 발원지를 쓸어버릴 것이다. 책계왕의 후대가 망한다는 신탁이 아니고 무엇인가. 한마음으로 절대무존의 탄생에 대해서는 함구(緘口)하고 또 함구하고 있었다.

그렇게 세월이 화살처럼 지나가고 있었다-

현녀는 북두칠성 중 천권성이 한성백제를 밝히고 있자 불안해졌다. 천권성(天權星)은 곧 하늘의 권력을 땅에서 행사하게 한다. 흑천의 결계(結界)를 푸는 별이다. 이제까지 흑천이 누리던 권력을 풀어헤쳐 본디 자신, 즉 천권성의 기운을 받은 자가 행하게 될 것이다. 흑천의 위기. 현녀는 그렇게 받아들였다. 그리고 또한 현녀의 쾌는 역풍지사(逆風之事)의 역할이었다. 방패연(防牌鳶)을 높이 날리려면 역풍이 불어야 한다. 현녀는 자신의 쾌에 대해 씁쓸해진다. 그러나 이 또한 하늘의 뜻이라 여겼다.

전쟁의 기운이 너무 강하다-

대륙백제의 상황이 긴박해졌다. 여호기는 곧 돌아갈 것으로 생각했다. 그러나 이번에는 태자 여휘만이 있었다. 우복이 없는 관계로 태자 여휘는 여호기를 아꼈다. 여호기도 태자 여휘를 깍듯이 따랐다. 진심이었다. 그런 모습에 책계왕은 흐뭇해졌다. 태왕손 여설리가 야마다에서 열도의 무사들마저 합류시킨다면 이 전쟁의 긴 대치를 끝낼 수 있다고 생각했다. 정보에 의하면 낙랑에도 고구려 등의 연합세력이 형성되고 있었다. 세 모으기가 대결의 변수로 떠오르고 있었다.

地 땅 또한

열도는 달랐다. 대륙백제의 상황이 긴박해도 좋았다. 태왕손 여설리는 돌아가고 싶지 않았다. 그만큼 야마다는 설리에게 즐거운 곳이었다. 오는 뱃길에 험한 파도가 많았다. 수부(水夫)들은 기술이 좋았다. 설리는 설귀와 함께 힘들게 열도로 왔다. 산속 높이 우뚝 솟아 있는 야마다 신궁(新宮)에서 비미호 여왕과 시간 가는 줄 모르는 세월을 보낼 것이다. 인화는 대해부가 야마다를 떠날 때부터 비미호 여왕으로서 백제의 왕자를 맞이할 준비를 하고 있었다.

선녀다-

설리 앞에 불려 온 인화는 선녀 같았다. 이국적인 몸매와 미모는 마음에 동요를 일으켰다. 아름다운 미녀였다. 본디 설리는 십

사오세 이후부터 여색을 좋아했다. 그래서 설리는 중국 황제가 즐겼다는 방중술을 자신도 섭렵했다는 것을 명문세가 후계자들에게 자랑하곤 했다. 황제에게 채녀가 가르쳐 주었다는 팽조(彭祖)라는 사람의 신선 방중술. 그 기술을 비미호 여왕 신녀인 인화에게 마음껏 쓸 요량이었다.

설리가 한참 동안 넋을 잃은 채 바라보고 있자 인화는 조금은 부끄러운 모습으로 미소를 지었다. 술 한 잔에 눈빛이 어우러졌다. 대해부는 곁에 있을 이유조차 없었다. 설리는 얼른 대해부가 나가주기만을 바라고 있었다. 이번 남행의 목적이 무엇인가. 빨리 도장을 찍어 확인해야겠다. 대해부는 씁쓸했다. 설귀를 데리고 대륙백제로 데려갈 군사를 선발하기로 했다. 대해부와 설귀가 술좌석에서 비켜났다.

시동 시녀들은 그런 설리와 비미호 여왕의 교접을 흥분으로 기대했다.

태왕손 여설리는 경험이 많았다. 성생활을 하면서도 건강을 해치지 않고 샘물이 솟아나듯 하려면 우선 정신적 수양을 해야 했다. 부인이 셋이니 정력 낭비를 삼가야 했다. 보약만 먹고 힘을 낭비해 버리는 것은 좋지 않은 처사라고 명문세가의 후계들에도 역설했다. 그리고 남녀가 한몸이 되어 황홀경에 이르게 되는 것 또한 하늘과 땅이 창조되는 것과 같은 이치이므로 잠자리에도 법도가 있다 했다.

인화를 눕혔다—

먼저 기분을 부드럽게 하면 옥근(玉根)이 누워 있는 황소가 일어나듯 슬며시 서게 되고, 이어서 여자의 옥문(玉門)에 넘쳐나는 음기를 입으로 빨아들이면, 그 음기가 뇌수(腦髓)를 비롯한 온몸의 신경에 영향을 주게 된다. 발기(發氣).

설리는 잘 알았다—

여자가 욕정이 일어날 때의 형상, 첫 번째가 남자에게 안기고 싶으면 자연히 숨을 크게 몰아쉬며, 두 번째로는 여자가 남자와 접촉하기를 갈망할 때 코와 입이 벌어지게 되는데, 그 모양은 황소가 교미를 시작하기 직전 코와 입 등을 벌렁벌렁하는 모습과 같다. 세 번째로는 옥문에서 쌀뜨물 같은 진액이 흐르게 되고, 이런 상황이 오면 몸을 꼬며 남자를 와르르 껴안게 된다. 이때의 눈빛은 마치 충혈된 황소의 눈과 같은 모양이다. 네 번째로는 황홀경에 들어가면 땀이 흘러 옷을 적시기도 한다. 다섯 번째로는 최고의 쾌락에 이르면 온몸을 바르르 떨며 아예 눈을 감아 버린다. 여섯 번째, 두 손으로 상대방을 껴안는 것은 될 수 있으면 몸을 바싹 붙여서 서로의 것을 맞대고 싶은 마음에서다. 일곱 번째는 두 다리를 사람 인자(人字) 모양으로 짝- 벌리는 것은 몸과 마음을 다 바쳐 맞물리고 싶은 생각 때문이다. 여덟 번째는 복부가 팽창하여 팅팅 소리가 날 정도면 최고의 쾌락을 느끼는 순간이고, 아홉 번째로 엉덩이가 좌우로 또는 상하로 움직이는 것은 쾌감을 느끼면서도 더 느끼고자 하는 반응이다. 열 번째, 두 다리를 감아 돌리는 것은 성기를 좀 더 깊이깊이 밀어 넣어주기를 바라서이다. 열한 번째, 허리를 좌우로 흔들어대는 것은 자신의 속 이곳저곳에 자극을 주어 쾌감을 얻어내기 위한 것이며, 열두 번째, 몸을 일으켜 남자의 목을 껴안고 온 힘을 다해 매달리는 것은 이미 무아의 경지에 빠져들어 자신의 숨소리도 분간 못 할 정도로 쾌감을 느끼기 때문이다. 열세 번째, 몸을 쭉 뻗고 엉덩이를 상하로 움직이면서 발목을 떨고 눈에 눈물이 글썽이면 지금까지 맛보지 못한 쾌감을 느꼈기 때문이다. 마지막으로 옥문 밖으로 음액(陰液)이 흘러 넘쳐 이부자리에 끈적끈적 묻을 정도면 이미 이 세상에서 부러울 것이 전혀 없을 만큼 만족했음이다. 이렇게 황제와 채녀가 나누었다는 신선 방중술을 태왕손 설리는 인화에게 펼쳤다.

   인화의 몸은 처음이었지만 설리의 손은 음란했다. 인화는 설리로부터 세상을 배웠다. 그리고 그렇게 여호기와 선화에 이어 태왕손 설리와 인화가 백제와 위(倭) 야마다와의 강한 조약을 몇 날

밤에 걸쳐 하고 있었다.

대륙으로 간다-

이 얼마나 열도의 무사들을 설레게 하는 말인가. 대륙 백제로 향할 지원군 무사들이 곳곳에서 선발되었다. 설귀의 눈은 예리했다. 대해부는 설귀와 함께 열도 곳곳을 누볐다.

그리고 짧고도 긴 밤-

태왕손 설리는 야마다 비미호 여왕 신녀 인화를 두고 떠나야 했다. 설리는 떨어지지 않는 발걸음을 옮겼다. 병사들을 모으기가 그리 쉽지는 않았다. 하지만 이미 열도에 새로운 바람이 불고 있었다.

야마다를 중심으로 30여 개 소국이 여호기의 소문을 듣고 있었다. 백제에 불세출(不世出) 큰 장수가 나왔다. 백제 제일자. 그가 또 왔다.

설귀는 처음엔 이게 무슨 소리인가 했다. 지난번 여호기가 남행을 했을 때 가야 각국과 신라를 제압하면서 가야와 신라, 그리고 백제의 연합으로 열도에 온 것이 입소문을 타고 계속 퍼져 나간 것이다. 그리고 백제 제일자. 무예에 대한 놀라움과 그 인간미 등이 전설이 되고 있었다. 설귀는 열도 곳곳을 돌면서 여호기가 하나의 전설로 자리 잡고 있음을 알게 되었다. 특히,, 설귀에게도 무예를 가르쳐 달라는 소국들이 많았다. 그의 무예. 어쩌면 여호기보다 더 화려하고 고수일지도 모른다. 그러나 설귀의 무예를 보면서 열도의 무사들은 우승자 여호기를 더욱 높이 생각할 뿐이었다. 저런 신과 같은 무예를 하는 사람을 이긴 여호기. 역시 백제 제일자다.

백제 연합군에 참가할 국가가 얼마나 될 것인가가 핵심이다. 성공이었다. 군선 50척에 100명씩 5,000명. 군사의 숫자 보다는 열도의 여러 국가가 참전하는 데 더 큰 의의가 있었다. 대해부는 노련했다. 야마다 정예병이 아닌 야마다 인근 위(倭) 세력들의 정예병을 모았다. 30여 개국에서 큰 나라는 500명, 작은 곳에서는 50명이나 100명을 냈다. 정작 야마다의 정예군은 500명이 채 안 되었다. 상단 숫자를 빼면 200명이 겨우 넘는 군사만을 보내기로 했다. 야마다의 정예군을 너무 많이 보내면 열도가 위험해지기 때문이었다. 오히려 야마다 연합 세력, 특히 이번 여호기 이후 편입해온 신라계와 가야계를 모두 백제 지원군으로 향하게 했다. 이는 여호기가 대해부에게 가르쳐준 것이기도 했다. 대해부는 빨리 알아들었다. 정작 훈련되고 준비된 야마다의 정예군은 열도에 남아 있고, 각 소국의 군대를 보낸다. 각 소국은 더욱 야마다에게 종속되고 야마다는 지배력을 더 키울 것이다.

복심이 있었다-

설리는 대만족했다. 각 소국의 행군기(行軍旗)들이 모여 휘날리니 그 모습이 얼마나 장관(壯觀)인지. 마치 곱게 물든 가을 산처럼 화려했다. 잔칫날 같았다. 상선에는 특수 군량미가 가득했다. 각 군선에는 열도의 각 소국에서 보낸 병사들이 대륙으로 향한다는 설렘으로 모두 갑판에 나와 있었다. 서둘러야 했다.

이번 남행에서 태왕손 여설리는 단 한 가지 불만이 있었다. 설리는 설귀로부터 여호기에 대한 이야기를 듣고 있었다. 여호기에 대한 야마다의 신망. 열도에서 전설이 되고 있었다. 높았다. 태사자로 온 태왕손 설리조차 여호기가 또 온 것으로 착각하고 있었다. 백제 제일자가 또 왔다. 이 말은 설리의 귀에도 들어왔다. 왜 여호기여야 하는가. 애써 누르고 있던 질투심이 다시 차오르려 하고 있었다. 설리는 바닷길을 헤쳐 대륙백제로 향하면서 그런 소문을 잠재울 전공을 세워야 하겠다고 다짐했다. 그리고 이 휘황찬란한 열도 연합군을 위풍당당하게 이끌고 위례성에 닿으면 설리 자신의 전설이 곧 시작되리라고 자신했다. 여호기에 대한 질시는 잠시 접었다.

이제 시작이다-

백제 대천관 신녀는 하료를 불렀다. 이제는 천명(天命)에 대해 이야기를 해주어야 할 때라고 생각했다. 꿈자리가 뒤숭숭했다. 하늘의 천기도 어지러웠다. 사… 나흘 연속으로 비가 오락가락하더니 하늘이 꾸물댄다. 칠월칠석 전에는 비가 안 오는 경우가 많다. 그런데… 이상했다. 게다가 느낌이 안 좋다. 원인은 하료다. 하료를 보면 불안한 것. 그것이 바로 이유라고 생각했다. 소문도 안 좋았다. 한동안 여호기가 열도 대해부 상단 일로 바쁠 때, 또 여호기가 대륙백제 위례성에 가 있는 동안에도 하료는 하미와 우복과 술판을 벌였다. 그 소문이 대천관 신녀의 귀에 들어왔다. 발 없는 말이 천 리를 가듯 백제 일원의 모든 소문이 들려오는 신궁(神宮)이다. 대천관 신녀는 하료에게 다른 일이 생기지 않도록 단속해야 했다. 진루도 대천관 신녀의 의견에 따르기로 했다.

절대무왕-

여호기다. 이 일은 우리 셋만 알아야 한다. 여호기에게 절대 왕기가 서려 있다. 너는 은인자중(隱忍自重) 해야 한다. 알았느냐? 한성백제다. 한성백제에 절대무존의 정기가 뻗치고 있다. 그 중차대한 시기. 지금 우리 가문의 존망(存亡)이 걸려 있다. 대군장의 탄생이 멀지 않았다. 진씨 가문에 다시 왕기가 어렸다. 두 왕기가 바로 연잇고 있으니 이제 너는 절대로 조심해야 한다. 너는 왕비가 될 운명이다. 왕비. 그리고 여호기는 왕이 될 것이다. 그러나 이 이야기가 밖으로 샌다면 우리는 모두 역적이 된다. 멸문지화(滅門之禍)다. 알겠느냐! 진루도 하료에게 신신당부했다.

이 엄청난 신탁-

하료는 날듯이 기뻤다. 역시 내 선택이 옳았다. 여호기. 왕. 흑천의 신탁 또한 그러지 않았는가. 왕기. 그랬다. 왕이 될 남자. 여호기다.

한동안 기쁨을 감추지 못하던 하료는 잠시 생각을 해야 했다. 고민에 빠졌다. 뭔가 이상했다. 틀이 완벽하지가 않았다. 안 맞았다. 처음부터 다시 맞추어야 하는 조각. 하나하나 생각을 이어붙였다. 왕의 아비가 될 남자 우복이 또 있었다.

우복-

그래서 우복을 가졌는데… 여호기에게 절대무왕의 왕기가 있다는 얘기는? 걸걸? 하료는 걸걸을 살폈다. 절대 왕기. 다르다. 분명히 달라야 한다. 그러나 자신의 아들이지만 걸걸은 왕재(王才)가 아니다. 보통은 넘지만 아니다. 그것을 직시한다는 것. 어미로서 자식을 부족하게 여긴다는 생각이 있다는 것이 미안하기도 했지만 아닌 것은 아니다. 권력에 대한 집착이 그만큼 강한 여자가 바로 하료였다. 생각을 깊게 하던 하료는 한순간 뭔가 떠올랐다. 머리칼이 곤두섰다. 여호기의 여자가 있었다.

그 여자-

생각이 거기에 다다르자 마음이 급해졌다. 사람을 시켰다. 대해부 상단의 행수를 살펴라. 그렇게 지시했다. 그리고 선화의 소식이 들어올 때까지 전전긍긍 아무 일도 할 수 없었다. 대해부가 상단 행수의 종적이 모호했다. 어디에도 보이지 않는다 했다. 찾기가 쉽지 않았다. 하료는 우복을 찾아갔다.

우복 또한 오랜만에 하료를 만나고 반가워했다. 벌써 몇 개월째. 한성백제가 조용해지도록 두문불출 전쟁 지원 준비에 빠져 있었다. 상황이 그렇게 급하기도 했고, 또 하료가 부르지 않는데 가게 되기도 쉽지 않았다. 여호기도 없는데… 그 때문에 하미도 못 보았다. 그런데 나타난 하료의 모습이 이상했다. 하료는 임신 중이었다. 임신? 우복은 왠지 모를 긴장감이 살갗을 타고 올라와 뇌리에 꽂혔다. 그런 우복을 보면서 하료는 잠시 모든 것을 잊고 피식 웃었다.

천륜이란 참 묘하구나―

하료는 자신의 뱃속 아기의 아비, 우복을 만나자마자 자궁 속의 아이가 발길질하는 것을 느꼈다. 만남이란 이런 것이다. 하늘이 준다는 천륜은 이런 것이구나. 하료가 봉긋 오른 자신의 배를 잠시 쓰다듬었다. 우복은 혹시나 하면서 배가 부른 하료의 표정을 살피기에 급급했다. 무슨 얘기를 할 것인가. 혹시? 태중에 아이가 내 아이인가? 물어보아야 하는가? 그리하면 안 되는가? 당혹감이 몰려 왔다.

"부탁이 있습니다."

꼭 들어주셔야 합니다. 예. 그렇게 우복은 하료의 부탁 하겠다는 말에 정신없이 대답할 수밖에 없었다. 부탁은 뜻밖에 간단했다. 대해부가 상단의 행수가 어디에 있는지 또한 동태를 알아달라는 것이었다. 그쯤이야.

"현재, 임신 중입니다."

하료의 부른 배를 보다가 경황 중에 말해 버렸다. 아차― 싶었다. 선화의 임신을 하료가 아는지 모르는지 아직은 확실치 않았다. 우복은 현재 백제의 모든 정보를 관장하고 있다. 한성백제의 모든 기밀을 다룬다. 그 기밀 중에 우복이 가진 큰 패 중의 하나가 바로 여호기의 이중생활, 즉 선화의 임신이다. 선화는 비미호 여왕 신녀다. 그런 신녀와 여호기가 서로 교접하여 애를 가졌다. 현재 야마다의 비미호 여왕은 가짜다. 이런 패. 이 정도 패면 언제든지 여호기를 궁지로 내몰 수 있다. 그런 꽃놀이패를 들고 순간 실언을 하여 여호기의 부인 하료에게 말해 버린 것이다. 선화의 임신은 그만큼 백제의 정치에서도 중요 사항이었다.

임신 중-

하료의 눈초리가 치켜 올라갔다. 부들부들. 전신을 가늘게 떨고 있었다. 우복은 그런 하료를 보면서 정말 몰랐었나? 하는 생각이 들었다. 우복은 하료가 어느 정도 아는 것으로 생각하고 있었다. 그래서 하료가 홧김에 자신을 탐한 것이 아닌가로 생각했었던 것이다. 그런데 하료의 반응이 달랐다. 금시초문인 듯 했다. 우복이 그렇게 하료에게 자신도 모르게 자기의 패까지도 주고 있었다. 곧 하료의 표정이 심각해졌다. 눈빛이 예사롭지 않았다.

그년… 반드시 죽여야 한다-

머릿속은 온통 분노로 가득했다. 하료의 몸 밖으로 살기(殺氣)가 뻗어 나왔다. 이럴 때 하료는 제왕(帝王)의 기(氣)를 내뿜는다.

기가 질린다는 말. 이럴 때 하료 앞에 있던 사람들이 느끼는 기분이다. 우복도 그런 살기를 느꼈다. 기가 질린다. 하료의 표정은 그렇게 매서웠다.

흑우가 상단을 관장하고 있는 우복은 대해부가 상단을 경계했다. 흑천 또한 마찬가지였다. 열도와 한성백제, 대륙백제, 가야와 신라 이와 더불어 남만과 서역까지 대해부는 백제의 흑우가 상단에 비해서는 작은 규모지만 그 영역은 더 컸다. 넓게 세상을 경영하고 있었다. 그런 대해부 상단은 충분히 경계의 대상이었다. 그래서 사람을 항시 붙여 놓았다. 대해부가 상단의 밤낮을 감시했다. 우복은 그런 면에서 치밀했다. 선화의 존재는 가장 중요한 정보요소였다. 그래서 우복은 진즉 여호기와 선화의 사랑을 알고 있었다. 그리고 태기. 이제 선화는 만삭이 다되어가고 있었다. 몸을 추스르기 위해 은밀한 내실로 들어가 있었다.

"죽여야 합니다."

하료의 이 말에 우복은 기가 막혔다. 우복은 그럴 수 없었다. 자신이 쥔, 어쩌면 최대의 정치적 상수(上數)를 그냥 버릴 수 없었다. 하료에게 우복은 안 된다고 했다. 대해부가와 흑우가 아니 열도와 한성백제, 나아가 대륙백제 모두에게 너무 큰 모험이 된다. 그리 하료에게 말했다. 하료의 부탁을 거절했다. 그녀의 태도는 단호했다.

"반드시 죽여야 합니다. 아니면? 모든 것이 틀어집니다. 그리고 당신… 우복도 다 망가질 것입니다. 아니 모든 것을 잃게 될 것입니다."

대놓고 협박이다. 우복은 하료의 말이 거짓이 아닌 것을 안다. 아니 이렇게 단호하고 강하게 자기의 주장을 펼치는 것을 본 적이 없었다. 반드시 죽여야 한다. 아니면 우복 너도 죽는다. 너도 망가진다. 우복은 하료의 표정에서 능히 그렇게 하고도 남을 강단을 느낀다. 이것은 협박을 넘어선 염려로도 느껴졌다. 아, 고민이다. 우복은 하료와 엮여 있었다. 그런데 의형제의 내실에서 의형의 부인과 그것도 연인을 옆에 두고서. 우복은 그제야 자신이 하료의 말을 따라야 하는 결계(結界)가 있음을 깨달았다. 그래도 선뜻 대답할 수 없었다. 잠시 생각할 말미를 달라고 했다.

흑천에게 물어보자―

하료를 보내놓고 우복은 흑천각으로 향했다. 현녀에게 물어봐야 했다. 현녀는 지금 여호기를 기다리고 있었다. 대륙백제에서 여호기는 돌아올 때가 지났음에도 돌아오지 않고 있었다. 현녀는 이번에 꼭 여호기를 만나고자 했다. 우복은 그 이유는 모르지만,

현녀가 이 세상 각 제후에게 엄청난 영향을 미치고 있음을 알고 있었다. 흑천의 선택 없이는 각 나라의 제후가 될 수 없었다. 왜 그런지, 그들과 어떤 관계인지도 모르면서도 우복은 감(感)이 있었다. 흑천을 얻으면 세상을 얻는다. 현녀를 만났다.

"여호기의 씨앗입니까?"
"예, 분명합니다!"

현녀는 쾌를 뽑았다. 그리고 그 쾌를 보면서 얼굴이 굳어진다. 그 아이. 선화라는 그 비미호 여왕 신녀. 그 아이가 청동거울에 비치는가 싶다. 그런데 그 순간 현녀는 보았다. 청동거울에 금이 가고 있었다. 청동거울이 깨지고 있었다. 하필 이때 깨지고 있었다. 현녀는 불길했다. 이 알 수 없는 불길함. 그래서 그 불길함을 떨치기로 했다. 흑천과 관계없는 왕의 씨는 필요 없다. 아니 있어서도 안 된다.

죽여라-

선화의 죽음이 결정됐다. 현녀까지 저렇게 말하니 이제 우복은 더 어쩔 수 없었다. 없애야 한다고 자신을 다독였다. 그럼 제가 사람을 시키겠습니다. 결심이 선 우복이 밖으로 나서려고 일어섰다. 그러자 현녀가 말린다. 아닙니다. 그 일은 하늘도 몰라야 할 것입니다. 죽이려면 완벽하게 해야 한다. 후환을 남겨서는 안 된다. 현녀는 우복에게 보일 듯 말듯 고개를 끄덕였다.

대해부가에서는 선화의 죽음에 대해서 달리 얘기할 수 없을 것이다. 먼저 속인 것은 대해부가이니 야마다가 백제에 외교적 분쟁으로 따질 명분이 없다. 선화의 일이 문제가 되려면 대해부가와 여호기가 백제를 속인 것부터 밝혀야 한다. 그 비밀이 이 일을 덮을 것이다. 선화의 죽음은 세상에 나올 수 없다. 완벽한 실종이다. 하료의 걱정도 사라질 것이다. 다만 우복은 자신이 여호기를 언제든지 끌어내릴 수 있는 완벽한 패를 잃는다는 것이 아까웠다.

― 한 편으로

하늘을 따라 긴박했다. 극소수. 절대 권력층에 속하는 백제 사람들이 지금 관심을 두고 있는 하늘. 그 밤하늘의 변화는 대웅성좌(大熊星座)에 있었다. 하늘에 7개의 별이 국자 모양을 이루고 있는 별자리의 이름. 북두·북두성·칠성이라고도 한다. 다른 별은 신앙의 대상이 아니나 북두칠성에 대해서만큼은 다르다. 칠성신앙은 곧 북두칠성이 하늘의 목구멍과 혀, 천지후설(天之喉舌)에 해당한다고 보고 하늘의 뜻을 살피는 주된 별자리 칠원성군(七元星君)이 된다. 천지 창조주, 즉 자미원 하늘을 상징하고 나아가 천체를 관장하는 신의 영역이다. 하늘이 인간의 운명을 좌우한다는 믿음에서, 인간의 운명·숙명, 그리고 인간의 재수를 관장하고 농사와 관계있는 비를 내리게 하는 신이기도 하다.

칠성신은 구체적인 어떤 신체(神體), 즉 신령을 상징하는 신성한 물체로도 상징된다. 오랫동안 소도에서는 무녀(巫女)들이 신체로 삼고 있는 동경(銅鏡)인 명도(明圖). 무당이 수호신으로 모시는 청동 거울에 칠성을 그리거나 문자로 표현하는 경우가 많이 있었다. 그것은 천체로서의 칠성을 명도와 결합해 신령을 상징하는 신성한 물체로 여긴다. 이는 곧 적어도 청동기 시대에는 칠성신앙이 번성하였음을 뜻한다. 하늘에 비는 천제단에서, 때로는 집마다, 마을에 때때로 칠성단을 쌓고 그 위에 놋그릇에 정화수를 놓는다. 이는 물의 신으로 그 특징을 나타내며 농사에 주신이 되는 것이다. 또는 뱀이나 용으로 상징되기도 하고, 사찰이나 무녀의 신당 안에 모셔진 것이 바로 칠성신이다.

인간의 수명을 관장하는 신으로 '칠성님께 명을 빈다.'라는 말은 생명 주신을 뜻한다. 단명으로 태어난 아이의 운명을 북두칠성이 바꿔주어 장수하였다는 신화들이 있어 수명과 인간의 운명을 관장하는 기능으로 북두칠성에 있음을 알게 한다. 또한 농사를 풍년들게 기원한다는 점에서 재물의 신이기도 하다. 예로부터 지방에서는 칠성신이 뱀으로 상징되어 집의 재물 신으로 삼았었다. 하여 칠성은 반드시 하늘에만 있는 것은 아니었다.

그 칠성의 기운을 받아 태어나는 사람—

하늘의 뜻을 위해 일하는 사람들. 그 중 천권성이 등장했다.

최승길상(最勝吉祥)은 제4의 별, 천권성(天權星)인 문곡성군(文曲星君)이다. 북쪽의 주신으로, 구하는 바를 모두 얻게 해준다. 소구개득(所求皆得). 대단한 기운이 아닐 수 없다.

그 기운을 받고자 했다-

그 길이 선화에게는 더없이 위험한 길이 될 줄은 몰랐다. 선화는 신녀다. 하늘의 뜻이 어디에 있음을 알고 있었다. 선화는 자신이 여호기를 택할 때 꾼 꿈을 기억했다. 연꽃이 둥그렇게 밤하늘을 수놓고 그 가운데 밤하늘의 북두칠성이 자신에게 쏟아져 내려왔다. 얼마나 놀랐던가. 그런데 그 북두칠성이 심상치 않았다. 이제 곧 산달이다. 한 달 정도나 남았을까. 어쩌면 곧 산기가 있을 수도 있었다. 그런데… 참 순한 아이다. 있는지 없는지. 가끔 부드럽게 발놀림을 할 뿐. 어미를 힘들게 하지 않는다. 선화는 이 세상에서 가장 행복한 시간을 보내고 있었다. 그 행복, 태중에 있는 아이가 선화에게 누리게 하는 기쁨이었다. 힘들지 않게 그렇게 아이는 자라고 있었다. 기도해야 했다. 선화는 칠성단을 찾기로 했다. 아무도 모르게 사람을 시켰다. 칠월칠석 전에 눈에 띄지 않는 곳에 칠성단을 쌓을 장소를 찾아라! 칠월칠석을 칠성단에서 맞이할 것이다.

수두객점에서 모인 사람들은 수장(首長)을 기다리고 있었다. 수

장은 칠월칠석 하루 전에 도착했다. 뱃길이 험했다고 했다. 자칫 늦을 뻔했다고 다행이라 했다. 하늘이 심상치 않았다. 수장, 대선인(大仙人)의 정체. 근자부였다. 놀랍게도 근자부가 다시 한성백제에 나타난 것이었다. 하늘의 뜻이 한성백제에 있었으므로 여호기의 스승 근자부는 급히 왔다. 그리고 찾았다. 인연은 멀지 않다. 그렇게 느끼고 있었다. 그래서 근자부는 제자 여호기나 딸인 대천관 신녀를 찾지도 않았다.

내일이-

칠석인데… 대륙에 전쟁이 시작되고 있었다. 낙랑태수 장통이 대방을 쳤다. 책계왕은 기다린 보람이 있었다. 낙랑태수 장통에게 전쟁의 명분이 백제에 있음을 알렸다. 백제왕의 장인을 공격했으니 그것은 곧 백제와의 전쟁을 의미했다. 전쟁의 명분, 천하에 백제의 낙랑 공격의 정당성을 확보한 것이다. 낙랑의 장통은 대방과 대륙 북부의 패권을 놓고 한판 대결을 펼치게 되었다.

대륙백제의 위례성은 긴박해졌다. 책계왕이 친히 군사를 이끌고 나서려 했다. 때마침 설리가 열도의 대부대를 이끌고 대륙 위례성 외곽 바다에 당도했다. 방파제를 겸하고 있는 그 끝단에서 군선 50여 척이 장관을 이루고 있었다. 제각각 크기와 모양과 색이 다른 행군기가 위용을 더했다.

왕께서 친히 마중을—

백제 장수 설귀의 지휘 아래 50척의 군선과 수척 상선들이 늘어서 있었다. 각 선단의 장수들과 설귀, 그리고 태왕손 여설리가 책계왕을 기다리고 있었다. 열도의 30여 개국의 참전이었다. 낙랑의 뒤통수를 칠 수 있었다. 또한 열도의 특수군량미, 즉 아주 가볍고 부피가 작은 건미(乾米)로 인해 특수정예 기마병대의 편성도 가능해졌다. 더욱 빠른 진격으로 속도전을 할 수 있었다. 수중전에 능한 열도의 군사들은 해군 전력에 큰 보탬이었다. 낙랑의 해군을 치고 측면에서 속도전을 감행한다면 낙랑군의 기세는 크게 떨어질 것이었다.

태왕손 여설리의 성과가 놀라웠다. 대해부가는 대륙백제와 한성백제를 잇는 거대 상권을 틀어쥐기 위해 대모험을 한 것이다. 책계왕은 이번 전쟁의 승리를 자신했다. 자신이 전쟁터를 누빈지 벌써 몇 년인가. 선대왕이던 아버지 고이왕 밑에서만 이십여 년. 자신이 왕이 되고서도 십 년. 삼십 년 넘게 전쟁을 해왔다. 이만큼 준비가 철저한 적이 없었다. 낙랑을 이번 기회에 장악하고 고구려와 북부여를 얻으면 그것으로 대륙 북부는 백제의 영역이 되는 것이다. 그것은 곧 천하의 패자를 뜻하는 것이리라. 벅찬 감흥이 책계왕의 가슴에 자리 잡고 있었다.

장하다-

책계왕은 태왕손 설리를 치하했다. 이제 열도와 반도, 그리고 대륙을 잇는 거대 백제의 꿈이 시작되고 있었다. 이제 설리를 통해 열도의 세력 재편성을 도모하면 될 일이었다. 설리는 명실공히 태자 여휘만큼, 어쩌면 여휘보다 더 책계왕의 신임을 얻고 있었다.

설리에게 흑천의 정보망은 대륙 패권에 새로운 변수가 발생하고 있음을 알려 왔다. 북부여 의라왕계의 무리가 낙랑태수 장통을 지원하고 있었다. 북부여 세력은 고구려와 신라를 잇고 열도에 닿아 있었다. 그 세력이 장통을 지원하고 있었다. 만만치 않을 일이었다. 설리는 이번 전쟁이 대륙에서의 패권뿐 아니라 장차 반도와 열도에 미치는 영향이 상당할 것이라 짐작했다. 문제는 주력군인 낙랑에 대한 승리였다. 흑천은 북부여에 근본이 있었다. 그래서 흑천의 지원 또한 낙랑이 중심이었다. 다만 설리가 이를 알 리 없었다.

전쟁보다 중요한 일이다-

하늘의 뜻이란 그랬다. 전쟁은 인간이 일으킨다. 그러나 하늘의 뜻은 한순간에 나라도 백성도 없앤다. 현녀는 그것을 알고 있었다. 역사 속에서 전쟁으로 멸망하는 국가만큼 여러 국가의 흥망성쇠(興亡盛衰)에는 하늘의 큰일들이 먼저 있었다. 지진과 가뭄, 대홍수 등이 일순간 웬만한 국가의 기반을 다 무너뜨린다. 아예 대륙 전체에서 대전쟁을 일으키는 이유가 되기도 한다. 대홍수와 가뭄은 백성을 힘들게 한다. 떠돌게 한다. 삼 년 가뭄이나 대흉년이 들면 곧바로 국가 체계가 붕괴하고 이웃 나라의 침입을 받게 되어 있다. 가뭄이 대륙 북쪽에서 시작되어 남으로 내려오고 있는 것이다. 이번 전쟁은 시작일 뿐이다.

하늘은 그저 하늘의 뜻으로 움직일 뿐. 그러나 그 하늘이 한 번 움틀 때마다 역사의 소용돌이가 얼마나 깊은지… 국가가 무너지고 굶어 죽게 될 백성은 유민이 되어 떠돈다. 식량이 부족해지면 곧 뺏고 빼앗는 짐승의 세계가 된다. 식량. 배부른 것은 곧 국가의 기반인 백성을 존재하게 한다. 그렇게 낮은 백성에게 하늘은 뜻을 둔다. 현녀는 상념에 잠긴 채 하늘을 쳐다본다. 변화. 땅의 변화보다 하늘의 변화가 더 중요한 것이다.

하늘에 비는 이유-

혜(慧). 사물(事物)의 도리(道理)나 선악(善惡) 따위를 잘 분별(分別)하는 것을 어떻게 기를 수 있나. 지혜(知慧)는 키우는 것이 아닌 천성(天性)이다. 하늘이 준다. 그 하늘이 주는 관계를 보면 이 세상이 존재하는 이유 또한 알 수 있다. 선화는 지혜로운 여인이다. 하늘의 섭리와 요구를 알고 있었다. 단정하게 몸을 치장했다. 여호기가 써준 태아에 대한 사랑의 글자도 담았다. 그리고 칠성의 기운을 받게 해달라고 기원하고자 채비를 서둘렀다. 선화는 자신이 가장 소중한 것으로 칠성에 빌 것이었다. 무루혜(無漏慧). 모든 번뇌(煩惱)를 떠난 청정한 지혜(智慧). 그 지혜를 우리 아이에게 주옵소서. 이 아이 장차 온 백성에게 기쁨을 주고 행복하게 하소서. 마음에 가득 기도를 담고 선화는 길을 나섰다.

칠성단으로 가자-

아기를 위해 선화는 칠성단으로 향했다. 한성백제에서도 칠월칠석에 칠성단에 제수를 올리고 천제를 지냈다. 선화는 한성백제에서 가장 좋은 장소를 물색했다. 산달이 다음이라 이번이 아니면 할 수가 없었다. 더욱이 칠월칠석 날이었다. 더없이 좋았다. 선화는 작은 가마를 타고 가기로 했다. 호위 무사들을 간소하게 했다. 번잡하면 티가 날 것이었다. 조용히 대해부 상단 밀실을 나서 내실 앞에 준비된 가마에 올랐다. 길을 재촉했다. 족히 두 시진 이상이 걸릴 거리였다.

어둡다-

달이 밝지 않았다. 북두의 별들이 더 밝아 보일 터였다. 유시(酉時)다. 마음이 급해졌다. 천제를 지내는 이유가 분명했기에 더욱 가마를 재촉했다.

선화의 천제는 다른 곳에서 의미가 있었다. 선화의 칠성단은 사람들이 쌓은 일반적인 곳이 아니었다. 한성백제를 휘감아 도는 열수(洌水)의 근원을 찾았다. 열수의 한줄기가 시작되는 곳이었다. 한성백제 도성인 고마성이 한눈에 내려다보이는 상천(上天) 제단 터가 있었다. 선화는 오래전부터 그곳을 찾았다. 도성에서 거꾸로 그런 산이 어디 있으며 그곳에서 어떻게 발원해서 강물이 흐르는가를 보고 또 살폈다. 이유는 오직 하나다. 그곳에 진정한 칠성단이 있다. 칠성의 기운이 가득 내리는 곳. 그곳이다.

하늘의 기운을 받는다-

하료는 그렇게 북두칠성이 뚜렷해지는 시간을 기다렸다. 그리고 자신의 자궁 속의 아이가 곧 세상을 지배할 절대 왕이 될 것을 기대했다. 하료는 여호기의 그녀를 오늘 밤 반드시 없앨 것이다. 자객을 보냈다. 우복의 정보에 의하면 오늘 그녀 또한 칠성의 제(祭)를 올릴 것이라 했다. 감히 상단의 행수 주제에. 그럴 수는 없는 일. 그래서 하료는 솜씨 좋은 자객을 붙였다. 우복만을 믿을 수는 없었다. 우복이 죽이면 좋겠지만 만에 하나 놓치기라도 한다면 이는 큰 낭패일 것이다. 일은 단단히 해야 한다. 자객들에게 명했다. 죽여라. 목을 베라.

반드시 목을 베라—

흑천의 무사들도 움직였다. 밤 길이 더 편한 사람들. 고도로 훈련받은 흑천 서위의 무사들은 현녀(玄女)의 명을 받았다. 반드시 잡아와라. 내가 직접 볼 것이다. 그렇게 선화를 죽이려는 자와 잡으려는 자들이 선화의 뒤를 따르고 있었다.

밤 길이 험해졌다. 제천행사를 위한 칠성단이 여러 곳에 차려졌다. 며칠 비가 오는 듯 날이 좋지 않아 사람들이 미리 칠성단을 차리지 못했다. 다들 바빴다. 선화는 그 옆을 지나면서 백성의 마음을 읽고 있었다. 다른 때보다 칠성단이 많다고 했다. 전쟁터로 향한 자식들과 남편이 걱정되는 마음들이었다. 세상이 혼란스러울수록 생명과 운명을 주관하는 칠성은 중요해진다. 하늘의 별 북두칠성은 길잡이 별이다. 길을 잃으면 찾게 되는. 그런 의미에서 이번 칠월칠석은 수많은 염원이 모이는 날이었다. 떠도는 유민들도, 한 가정, 가문의 무사안녕을 비는 사람들도 다 칠성단을 쌓고 정성을 모은다. 그 기운. 하늘은 어떻게 응답할 것인가. 선화는 그런 마음으로 산길을 더 올랐다. 가마가 오르지 못하는 험한 길이다. 한 굽이 너머 저 모퉁이만 돌면 한성백제 열수의 한 가지 근원이다. 폭포를 이룬 장관을 지나니 다시 좁은 산길이 평평해진다. 폭포소리가 엄청났다. 물소리는 주변의 고요함을 덮고 있었다. 그렇게 소란스런 세상 소리를 뒤로하면 그 위에 칠성단으로 가장 맞춤인 제사 터가 있다. 바로 그곳에 오늘 하오(下午)부터 시동들을 보내 칠성단을 쌓으라 했다. 칠성단은 정성이다. 상단에서 최상의 것들로 제상을 차리게 했다. 오늘은 자신이 신녀로서 가장 중요하고 신령한 제를 올릴 것이다. 이제 곧 해시(亥時)다. 한 시진 후에 자신이 그동안 올린 그 어떤 제사보다 소중한 제사를 올릴 것이다. 선화는 자신만의 칠성단으로 향했다. 비가 조금씩 오기 시작했다. 만삭의 걸음이 늦으니 서둘러야 했다.

선화의 칠성단-

그곳, 불빛 밝은 곳에 선화의 칠성단이 있었다. 횃불과 제단, 촛불들, 그리고 잘 차려진 제사상도 보였다. 그런데 시녀가 없었다. 시동도 보이지 않았다. 선화 일행은 의아했다. 가까이 다가갔다. 거기 제상 앞에 시동과 시녀들이 죽어 있었다. 이 무슨 일인가! 누구인가? 누가?

"누구냐?"

선화의 호위 무사들이 칼을 꺼냈다. 그 순간이었다. 휘이. 검은 복면을 한 암살자들이 나타났다. 네 명이다. 세 명의 호위 무사들은 선화를 보호하려 그들을 막아섰다. 호위 무사들과 암살자들과의 칼싸움이 일어났다. 죽이려는 자들. 그리고 목숨을 걸고 막으려는 자들. 그 싸움은 치열했다. 하지만 역부족이었다. 호위 무사 하나가 선화를 데리고 피하기 시작했다. 두 명의 호위 무사가 암살자들을 힘겹게 막고 있었다. 암살자들은 선화의 호위 무사들에게는 관심이 없었다. 오로지 선화였다. 선화도 이를 알아챘다. 누굴까? 자신의 목숨을 노리는 자들은 누가 보낸 자들인가. 생각은 후에 해도 늦지 않으니 선화는 이 위기를 모면해야 했다. 자신의 목숨을 살려야 아기가 산다. 오직 그 생각으로 달렸다. 산달을 눈앞에 둔 선화가 산길에서 도망치기란 쉽지 않았다. 선화의 호위 무사들은 중상을 입었다. 열도 최고의 무사들이었지만 어두운 밤에 배부른 선화를 지키기가 쉽지 않았다. 살수들은 오직 선화만을 노리고 칼을 휘둘렀다. 그것을 호위 무사들이 몸으로 막아내고 있었다. 조금씩 내리던 비가 거칠어지기 시작했다. 도망치기가 더욱 어려워졌다.

죽음-

눈앞에 다다른 것 같았다. 선화는 호위 무사 둘이 죽고 한 명마저 치명상을 당하자 자신도 칼을 들었다. 복 중의 아기를 지켜야 했다. 그때 일단의 무리가 또 나타났다. 흑천 서위의 무사들이었다. 선화를 꼭 잡아오라는 현녀의 엄명이 있었다. 그런데 앞선 자객들이 있었다. 그 자객들은 한성백제 사람들이었다. 백제 검법을 쓰고 있었다. 머뭇거릴 수 없었다. 그 순간, 선화가 어깨에 칼을 맞았다. 시체를 가져갈 수는 없었다. 흑천 서위가 나섰다. 하료의 자객을 막아섰다. 그러자 일대 혼동이 일어났다. 서로의 목적이 다른 두 무리가 함께 선화를 노린 꼴이 되었다. 칼을 든 선화에 대해서 하료의 자객들은 선화의 목을 노리고 있었고 흑천 서위의 무사들은 선화를 잡으려 했다. 그 틈이 있었다. 선화는 죽을힘을 다해 도망쳐야 했다. 폭포소리가 들렸다.

잠시-

선화는 폭포 아래 반드시 칠성단이 쌓여 있고 사람들이 있을 것으로 생각했다. 물의 신이시여, 제 아이를 지켜주소서…

선화는 알았다. 한 무리는 자신의 목을 노리고 있고 또 한 무리는 자신을 잡아가려 한다. 어느 쪽으로 향해야 하는지 알고 있었다. 선화가 흑천 서위 일행에게로 몸을 돌리자 하료의 자객들이 덮쳐 왔다. 선화가 얼굴에 다시 칼을 맞았다. 흑천 서위는 급히 선화를 뒤로 돌리면서 하료의 자객들을 막아섰다. 선화는 그 순간 몸을 더 틀어 폭포 윗물에 탔다. 폭포로 떨어져 몸을 살리려 했다. 그때 하료의 자객이 칼을 던졌다.

그 칼-

정확히 선화의 목을 관통했다. 이는 흑천 서위가 가장 잘 볼 수 있었다. 분명히 목을 관통했다. 그렇게 선화는 폭포수 아래로 떨어져 버렸다. 일순 암살자들은 굳은 듯 멈춰서 버렸다. 저 아래 폭포가 있고 급류가 흘러 강으로 향한다. 아래에는 사람들이 많다. 지금은 따라갈 수가 없었다. 방법이 없다. 그래도 목적은 이루었다.

목표가 사라졌다-

가자. 그렇게 흑천 서위는 선화의 죽음만을 확인하고 퇴각했다. 하료의 자객들은 선화의 죽음을 확인하지는 못했다. 하지만 분명히 죽었으리라고 믿었다. 하료에게는 대해부가의 상단행수를 죽였노라고 보고했다.

선화의 죽음-

하료는 만족했다. 같은 어미로서 조금 미안하긴 했지만 그래서 더욱 어쩔 수 없다고 생각했다. 하료는 여호기가 왕비족과 자신을 속이고 배신한 대가라고 애써 자위했다. 더욱이 자식의 앞날에 방해될 요소라면 아예 그 싹부터 없애는 것이 나았다. 하료는 다른 암살자들이 또 있었다는 자객의 보고에 우복을 떠올렸다. 두 무리의 암살 자객들. 하료는 우복이 자신의 말에 따랐다고 생각했다. 하료는 선화를 없애려고 자신이 보낸 자객들을 몰래 다 없애버렸다.

현녀는 흑천 서위로부터 보고를 받고 역시 하료라고 생각했다. 하료가 그랬을 것이야. 하료는 그리하고도 남을 여자였다. 칠성이 강한 날, 사람들은 복(福)을 받기 위해 욕심을 부린다. 복이란 것이 하늘이 주는 것이 아니라 자신으로부터 비롯되는 것임을 아는 자가 드물다. 그런 하료의 욕심이 현녀는 마치 자신을 보는 것 같았다. 그래서 현녀는 하료를 선택했다. 하료는 욕망을 멈추지 않고 다스리지도 않는다. 하늘에 뜻이 있다면 인간도 뜻이 있다. 하늘도 인간도 그 뜻을 마음껏 펼칠 수 있다. 현녀는 그랬다. 하늘은 인간을 위해 있는 것이라고. 그렇게 믿고 살아왔다. 그렇게 이루어 왔다.

대륙백제 위례성에서 여호기는 악몽을 꾸었다. 곧 출전이었다. 그런데 무너졌다. 자신의 허리가 잘려나가고 태양이 자신을 태워버렸다. 도무지 알 수 없는 꿈이었다. 그 꿈… 여호기는 답답했다. 멀리 한성백제에 무슨 일이 일어난 것이 틀림없었다. 선화가 염려스러웠다. 어쩌면 태몽 같기는 한데 허리가 잘렸으니 선화가 마음에 걸렸다. 선화는 작고 아담한 여자다. 만일 아기가 크기라도 하면 산고가 보통이 아닐 텐데… 불안한 심정을 누그러뜨리려 위례성 밤길을 걸었다.

대륙백제의 도성, 거불성-

백제는 예로부터 도읍지를 거불 또는 고마라고 불렀다. 내성이다. 거불은 큰 불이니 크게 번성한 곳이라는 뜻이며 고마는 곰, 바로 웅지(熊地)라는 뜻이다. 위례성은 왕이 있는 전체 범위며 수도 도성으로 부를 때는 그 내성을 거불성 또는 고마성이라 했다. 책계왕은 태양같이 대륙을 밝힌다는 뜻에서 대륙백제 위례성의 내성을 거불성이라 부르게 했고, 한성백제를 고마성이라고 했다. 위례성 중에서도 특히 책계왕이 머물고 있던 내성 거불성은 지금 불야성같이 밝았다.

칠석이다-

칠월칠석에는 남녀 간의 사랑이 이루어져도 무방했다. 전통적으로 남녀 간의 성이 허락된 날이기도 했다. 전쟁 때문에 남자들이 죽어 가면 과부들이 많이 생긴다. 그 과부들은 이날 머리에

띠를 맨다. 언제든지 눈과 얼굴을 가리고 편하게 남자를 맞이한다. 이때 가장 인기가 있는 사내는 누가 뭐래도 건장한 무사다. 백제의 싸울아비들은 이날 성곽 주변은 물론 들판으로 마을 앞 연자방아 터로 그렇게 돌아다니며 자신들을 맞이하는 여인 직녀들에게 견우의 씨를 뿌리고 있었다. 이는 백제인들 특히 장수들에게는 그전부터 암묵적으로 내려오는 의무이기도 했다. 더욱이 전쟁 직전 곧 전쟁터로 나갈 군사들은 이제 거의 광란의 밤을 보내고 있었다. 하나, 둘… 넷은 기본이고 다리가 후들거릴 정도로 도성 외곽을 나다녔다. 과부들 틈에서 멀쩡한 아녀자들도 모르는 척 머리에 띠를 매고 나다녔다. 남편이 곧 전쟁터로 향한다. 죽을지 살지 모르는 남편은 지금 집에 돌아올 수 없고 군영에만 머물러 있었다. 대륙백제 위례성은 칠월칠석의 치성 이후 씨받이 잔치가 벌어지고 있었다. 그러나 여호기는 지난밤 꿈으로 마음이 어지러웠다. 정신은 온통 한성백제에 가 있었다.

二 둘이면

 현고는 칠성단을 개천 변에 세웠다. 눈에 잘 띄지 않도록. 너무 드러나면 백제 사람들의 질시를 받을 것이었다. 폭포 아래는 용소(龍沼)가 일곱 개씩 두 쌍이 있었다. 그 용소, 아래에 있는 용소에는 나름 사람들이 많이 찾아와 제단을 놓았다. 그러나 이곳 윗 용소들이 있는 곳은 너무 험했다. 누구도 들어올 수 없는 곳. 거기에 또 7개의 용소(龍沼)가 있었다. 그중에서도 제4 용소(龍沼) 옆은 더욱 안전했다. 들어오는 길이 없다. 이곳으로 들어오려면, 사람들이 다니는 길이 아닌 반대쪽에서 와야 했다. 사람들이 천기령(天氣嶺) 계곡을 따라 오르면 용소들은 보이지 않는다. 커다란 바위벽이 가로막혀 있었다. 그래서 작은 용소들이 있는 것을 일반 사람들은 알 수가 없었다. 칠용소 아래에도 다섯 개의 커다란 물웅덩이가 있다. 그리고 두 개의 고인 물을 합해 사람들은 그것을 천기령의 칠용소라고 불렀다. 그러나 실제 천기령의 칠용소는 다른 곳에 있었다. 이곳은 오직 선인들만이 아는 곳이었다.

 사람들이 다니는 길에서 보면 반대편 산줄기에 절벽이 주욱- 둘러서 있었다. 이 절벽을 타고 넘으면, 호랑이도 뛰어넘지 못하는 깊은 계곡 하나가 또 길을 막는다. 여기에 다리를 놓아야 겨우 건널 수 있었다. 줄다리는 큰 돌판 아래에 그 끝이 계곡 아래에 숨겨져 있었다. 그 끝을 잡아당겨야 비로소 줄다리인 줄 알게 되었다. 줄로 엮은 다리를 놓고 그 줄에 의지해 건넌다. 다 건너면 다리를 없앴다. 용소 쪽에 연결된 줄다리를 아래 계곡으로 내려놓으면 그 줄 끝은 돌판 밑에 숨겨져 있고 줄다리는 보이지 않으니… 이를 모르면 들어올 수 없었다. 그 외길을 없애면 들어올 방법도, 밖에서 안을 쳐다볼 수도 없었던 것이다.

 이곳에서 현고는 온종일 칠성단을 쌓았다. 그리고 옛 단군조선의 유민으로 제를 올릴 준비를 했다. 현고는 떠도는 사람들을 보살피고 있었다. 산에 불을 내어 화전(火田)을 일구고 사는 사람들. 현고는 자신의 뜻에 따르는 몇 사람을 이끌어 정착촌을 만드는 선인(仙人)이었다. 현고가 데리고 다니는 사람들은 사지(四肢)가 멀쩡하지 않은 자들, 정신이 다소 부족한 자들이 많았다. 현고는 풍수에 능했다. 그리하여 안전한 곳을 찾아다닐 수 있었다. 조금만 눈에 띄면 백성으로부터 돌팔매를 당하고 전쟁통에 몰살당하기 딱 좋은 것이 유민들이었다.

한성백제 제일의 칠성단은 이곳에 있다—

하늘의 뜻. 그중에서도 칠용소 위에 있는 대승(大乘) 폭포 위에 천기령(天氣嶺)이 있다. 대성산(大聖山)은 북쪽으로는 매우 높은 산줄기를 따라 패수(浿水)와 저 멀리 고구려와 이어지고 남쪽으로는 열수 넘어 태백산, 즉 묘향산 줄기로 이어진다. 천기령은 작은 산이지만 열수 주변에서는 가장 높아서 들판이 모두 한눈에 들어온다. 한성백제 고마성 일대는 곡창지대를 이루고 있다. 더욱이 강을 통하여 황해로 넘나들 수 있는 수운과 해운의 요지였다. 도읍지가 대륙과 멀어 안전지대 역할을 할 수 있었고, 남쪽으로 진출하기 좋은 지리적 이점도 지니고 있었다. 백제는 오래 전부터 옛 단군조선의 도읍이나 읍, 담로를 선정할 때 이러한 원칙을 지키고자 했다. 문제는 산성 중심에서 농업 중심, 즉 생산을 중시하면서 도읍의 개념이 달라진 것이다. 게다가 이제는 해운과 수운이 필수였다.

시간이 됐다—

옛 단군조선의 선인들이 왔다. 대벌 수두객점에서 모였던 선인들이었다. 근자부가 제일 늦게 당도했다. 이 산 전역에 묘한 기운이 흐르고 있었다. 살기였다. 그래서 살펴보았다. 그러나 딱히 눈에 들어오는 것이 없었다. 더욱이 자신은 해야 할 중요한 일이 있었다. 천지공사. 하늘과 땅, 그리고 사람이 하나가 되는 신령한 행사였다. 그 가운데에서 근자부는 한성백제에서 일고 있는 변화의 바람을 읽고자 했다. 쾌가 한성백제로 향하게 했다. 그리고 칠월칠석이 그 기운의 정점이었다. 그것이 자신을 이곳으로 이끌게 하고 있었다.

제일이다-

근자부는 현고의 안목에 대해 고개를 끄덕였다. 느낌으로 안다. 온몸으로 밀려오는 그 기운이 말해준다. 여기가 가장 길지(吉地)다. 신령한 기운. 더럽고 추한 것이 범하지 않은 오직 자연 그대로 하늘의 기운을 받는 곳. 청정한 느낌이 가득 밀려왔다. 은밀한 곳. 천권성. 제4성(第四星). 네 번째 용소. 이곳에서 어떤 연(緣)이 있을 것이다. 이런 생각으로 근자부는 제를 올릴 준비를 하고 있었다. 물소리가 거셌다. 그 사이 며칠간 한성백제에는 비가 많이 왔다. 천둥과 번개. 하늘이 열리기 위한 진통이었다. 계곡물이 넘쳤다. 급류가 흐르는 소리는 하늘의 천둥소리를 닮아 있었다. 그런데 또 비가 오고 있었다. 이번 칠석은 이상했다. 하늘의 계시를 볼 수 없게 되었다. 제대로 제를 지내기가 어려웠다.

비다-

비가 거칠어졌다. 급히 천막을 쳤다. 오랜 산 생활 탓에 숙련된 선인들이었다. 천막을 치고 제를 지내려 한다. 참으로 이상한 칠석이었다.

앙-

아기 울음소리가 났다. 아이. 이제 겨우 세상에 나온 지 얼마 안 된 아이. 아이가 칠성단에 와 있었다. 현고는 근자부에게 부탁했다. 수명(壽命)이 짧은 아이. 무병장수(無病長壽) 빌기를 원했다. 현고의 부탁은 간절했다.

근자부는 그 아이가 어쩌면 현고의 아이일 수도 있다고 생각했다. 현고는 유민을 보살피던 중에 한 여인을 알았다. 우아라는 몰락한 부여계 가문의 여인이었다. 세상에 홀홀(忽忽) 단신(單身). 그녀 혼자였다. 현고가 구해줬다. 죽음 직전에서. 그래서 부부 아닌 부부의 연(緣)을 맺었다. 그 인연은… 옛 단군조선의 선인(仙人)에게는 파계(破戒)나 다름없었다. 또 현고는 옛 단군조선의 선인 중에서도 특이한 이력을 갖고 있었다. 현고는 흑천 출신이다. 흑천과 광명천. 옛 단군조선 선인의 양 갈래는 지금은 서로 원수가 되어 싸우고 있다. 빛과 어둠을 상징하는 세력이 되어서. 그래서 현고는 망자의 섬으로 들어가지 못한다. 망자의 섬을 보호하기 위한 광명천의 고육지책이다. 그래서인가 근자부는 현고와 우아의 관계를 용인(容認)했다. 용인(容認)보다는 묵인(默認)이었다. 그냥 우아와 현고는 부부가 아닌 부부다. 유민의 수장인 아비와 유민을 보살피는 어미 같은 관계다. 그렇게 부모된 심정으로 칠성단을 쌓았다.

근자부는 우아의 아들 망아(忘我)에게 다른 이름을 준다. 망아(忘我). 자신을 잃었다는 현고의 아픔이 배인 이름. 근자부는 여강(餘强)이라 이름을 고쳐 주었다. 그러나 우아는 망아지처럼 잘 자라라고 망아라고 부르겠다고 우겼다. 우아의 그런 말에 근자부는 씁쓸해진다. 그 망아… 그 이름에도 짧은 수명이 있었다. 사주팔자(四柱八字)는 물론 이름에도 짧은 수명이 있는 아이. 안타까움이 있었다. 우는 아이를 보다가 근자부는 하늘을 보았다.

시각을 잴 수가 없다-

그렇게 칠흑 같은 어둠이 밀려왔다. 거센 물소리와 천막 사이로 떨어지는 물줄기 때문에 산중의 제단은 흐트러지기 직전이었다. 안 되겠다. 제를 지내자. 어서 제물을 올리기로 했다. 옛 단군조선의 제례 법을 따라 생물(生物) 하나를 골라 왔다. 닭이었다. 잘 생긴 수탉은 좋은 제물이었다. 현고는 목을 벴다. 피가 흘어졌다. 피가 뿌려진 형상을 근자부는 한참 들여다보았다. 위다. 상(上)에서 온다. 왔다. 그런 문형(紋形)이 닭 핏자국에서 보였다. 무슨 뜻인가. 근자부는 제를 올리고 난 연기가 올라가지 않고 머무는 것에 더 의아해진다.

현고는 닭 피가 묻은 손을 씻기 위해 물이 흐르는 곳 한구석을 찾아 앉으려 했다. 그때 보았다.

사람이다-

현고(顯考)는 다가가서 보았다. 시체다. 그것도 여인. 얼굴과 목에 칼을 맞았다. 얼굴은 알아볼 수가 없게 대각선으로 그어져 살과 뼈가 갈라져 있었다. 현고는 놀라서 얼른 그 여인을 물가로 꺼내고 사람들을 불렀다. 거짓말처럼 잠시 비가 그쳤다. 작은 여인은 무거웠다. 만삭의 몸. 피가 얼마나 흘렀는지 목과 어깨가 허연 뼈를 드러낸다. 물에서 피를 다 흘렸는지 피가 더 나오지도 않는다.

죽었다-

귀한 집 여인이 죽어 있었다. 그녀의 태중에 있는 아이도 어미와 같이 죽었을 것으로 생각했는데… 근자부가 보았다. 죽은 산

모의 배가 아주 작게 움직이는 것을 분명히 보았다. 옷이 물에 젖어 몸에 붙어 있었다. 그래서 그 움직임이 느껴졌다. 그것은 전율이었다. 근자부의 손은 빨랐다. 얼른 태중으로 가는 혈을 눌렀다. 그러나 그럴 필요도 없었다. 이미 혈의 흐름은 멈춰져 있었다. 시간이 급했다.

얼른-

칼을 꺼냈다. 이런 일은 생전 처음이다. 수없이 많은 칼을 휘둘렀다. 목을 베고 가슴을 베고 팔다리를 베었다. 그렇게 생명을 빼앗기도 했다. 그러나 죽은 여인의 배를 가른다. 죽은 자를 베어 생명을 살리고자 했다. 그 생명. 죽은 어미의 배를 가르고 나와야 하는 그 생명을 근자부가 받았다. 거기는 아직 따스했다. 어미는 자신의 모든 것을 걸고 아기를 지키고 있었다. 이것은 천행이다. 근자부는 아기를 지켜낸 어미의 장한 모습을 보고 있었다. 눈물이 났다. 이런 기구한 인생이 있는가. 근자부는 옛일이 떠올랐다. 여호기. 혈흔으로 검붉게 변한 항아리를 덮고 죽은 여호기의 어미. 누가 그렇게 지켰겠는가. 어미다. 어미가 아니면 그 누구도 그렇게 하지 못한다. 그 어미. 여호기의 어미를 생각하고 있었다. 손은 현고도 빨랐다. 어서 하면서 죽은 어미의 배를 가르고 나오는 아이의 탯줄을 끊었다. 숨을 틔워야 했다. 현고는 아이를 거꾸로 들고 엉덩이를 때렸다.

앙-

양수를 쏟아내며 아이의 입에서 울음이 터졌다. 현고도 그런 아이를 보며 눈물이 난다. 망아가 태어날 때 아무도 없었다. 그저 들은 대로 산중에서 우아와 자신 둘이서 낳았다. 그런 망아. 그 아이처럼 이 아이도 우아에게 넘겼다. 아이를 씻겨야 했다. 우아는 벌써 횃불을 내려놓고 그릇에 물을 데웠다. 아이를 씻긴다. 우아의 아이는 근자부가 보았다. 그 아이조차 조용했다. 그리고 잠시 후 갓 태어난 아이는 추운지 배가 고픈지 울먹인다. 우아는 급히 아이를 안고 젖을 물렸다. 금방 세상에 나온 아이는 용케도 젖을 잘 빨았다. 그 아이. 그렇게 태어났다.

눈물-

아는지. 아마 알 것이다. 고맙습니다. 그러는 것 같았다. 만삭의 부인. 참 귀한 사람인 것 같은데… 그러다 보았다. 목걸이를. 혹시나 싶었다. 그녀. 어디선가 본 듯했는데 그럴 리 없다고 생각했다. 그녀가 한성백제에 있을 수 없었다. 그런데 목걸이가 있었다. 다른 것과는 확연히 문양이 달랐다. 옛 단군조선의 문양(紋樣). 소서노 모태후… 모태후 상단의 문양. 그것도 최상위 신분의 소유자만이 가질 수 있는 옥패(玉佩)였다. 청옥(靑玉)을 청동(靑

銅)과 함께 붙인 옥에 둥글게 둘린 문양. 최고의 기술, 최상의 신분 패가 아닌가.

"그런데 이것이…"

여호기는 위례성 인근을 살피고 있었다. 칠월칠석. 대륙에서도 한성백제와 마찬가지로 칠성을 위해 또 전쟁을 앞두고 새 생명 만들기에 여념이 없었다. 오늘 밤에 사내들은 다섯이고 열이고 거리낄 것이 없었다. 씨를 받아야 하는 과부나 남편이 밖으로 나간 여염집 아낙네들도 모두 그렇게 서로 엉켜 새 생명을 만들고 있었다. 전쟁이 길어지면 나라의 남자가 턱없이 부족해진다. 어서 전사(戰士)를 만들어야 한다. 그렇게 대륙백제 위례성이 흥분해 있을 때, 여호기는 꿈자리가 뒤숭숭해 잠을 설치다 망루에 나와 있었다. 망루에 있어야 할 병사도 없다. 군기가 빠졌다. 그럴 수밖에 없었다. 전선(戰線)에서 한참 떨어진 위례성이 아닌가. 대륙 길로 사나흘은 족히 쉬지 않고 달려가야 겨우 도착할 전쟁터였다.

누구냐-

여호기 눈에 수상한 그림자들이 보였다. 씨를 뿌리러 다니는 백제의 병사들과는 달랐다. 열 명씩 몇 개조가 넘는다. 그들은 남자를 기다리는 머리띠를 맨 여인들에게는 눈길조차 주지 않는다. 더욱이 검은 복장? 말도 안 된다. 자신의 신분이 제법 높고 무사라는 표시를 자랑하고 다녀도 부족한 날에 검은 복장이라니. 게다가 얼굴을 가리는 두건까지. 여호기는 눈앞에 보이는 수십 명이 향하는 쪽으로 방향을 돌려 보았다. 거불성 내성이다.

적이다-

거불성을 치기 위해 적군(敵軍)들이 들이닥친 것이다. 책계왕을 노리는 암살대. 장통일 것이다. 장통은 비정규전에 능하다고 했다. 그가 틈을 본 것이다. 칠월칠석. 병사들도 들떠 있는 그때를 맞춰 자객들을 보낸 것이다. 눈앞에만 수십 명, 얼마나 왔을까. 여호기는 마음이 급해져 적을 향해 달려가며 군사들을 향해 외쳤다.

"적이다! 적이 쳐들어왔다!"

우왕좌왕. 주변 풀숲에서 나오는 병사들. 무사들. 그리고 아낙네들. 아뿔싸. 온통 혼동이다. 바지춤도 추스르지 못한 군사들이 적을 상대하겠는가. 여호기 혼자 암살대를 맞이해 싸우고 있었다. 여호기가 누구인가. 백제 제일의 무예가로 손색이 없지 않은가. 상대들도 만만치 않았다. 일대일이라면 당연히 여호기가 우세했

겠지만, 이 삼십 명이 한꺼번에 덤빈다. 암살대의 숫자가 적지 않았다. 암살대는 계속 늘고 백제의 병사들은 혼란 속에서 칼을 맞고 있었다. 여호기 혼자 고군분투해야 했다.

암살단-

다행히 내성으로 향하던 그들을 여호기가 발견했다. 그리고 위례성 장터 한복판에서 칼싸움이 났다. 위례성 상황이 위급했지만, 워낙 성 안의 수비대는 두터웠다. 곧 전열이 가다듬어지고 특히 내성의 경계가 철저해지면서 내성 안으로의 진입은 불가능해졌다.

적이다-

설귀는 내성 근위 경계를 서다가 여호기와 암살단의 싸움을 보게 됐다. 그리고 설귀 또한 다른 암살조를 맞이했다. 백제 최고의 무예는 빛을 발했다. 암살조는 설귀를 만나 전멸했다. 곧이어 설귀는 비상종을 울리게 했다. 동시에 다른 암살조를 찾고 있었다. 암살조는 수십 명은 넘어 보였다. 다행히 내성까지 진입하지는 못했다. 내성 경계가 더욱 강해졌다. 설귀는 도망치는 암살조의 뒤를 쫓았다.

여호기의 활약은 더욱 눈부셨다. 일반 병사들과 함께 위례성 한복판에서 암살단과 싸웠다. 여호기 혼자 암살자들을 상대해 쓰러뜨리고 있었다. 일반 병사들과 암살조의 무예 실력 차이는 컸다. 암살에는 많은 준비된 계획이 숨어 있었다.

실패다-

낙랑태수 장통의 부하 저위(儲位)는 책계왕 암살은 실패라고 여겼다. 도망치자. 그렇게 판단하고 암살단에 산개(散開)하여 도망치라고 했다. 후퇴했다. 이는 원래 작전대로다. 장통 태수는 칠월칠석의 상황을 예측하고 미리 잠입하라 했다. 그리고 책계왕을 노려라. 실패하면 산개하여 도망치되 반드시 책계왕을 노렸음을 알려야 한다. 이번 작전은 그것이 중심이다. 대륙백제의 위례성에 있는 책계왕을 노린다. 그것을 알게 하라.

책계왕을 없앴다면 대성공이겠지만 내성을 노렸다는 것만으로도 칠월칠석 난동은 성공이다. 그렇게 명을 받았던 저위(儲位)는 도망치면서 한 사람의 장수를 만나 뜻하지 않은 상황에 이르렀다. 여호기였다. 여호기와 저위와의 대결은 눈부셨다. 저위(儲位)는 여느 암살자와는 달랐다. 그 역시 낙랑 제일의 무사였다. 저위 앞을 가로막은 자 또한 백제 제일 무사 여호기가 아닌가. 자웅을 겨루기 어려운 둘의 무예는 위례성 외곽으로 향하고 있었다. 저위는 여호기의 공격을 막아내면서 위례성 밖으로 빠져나가고자 했다. 여호기가 그 의도를 알아채고 저위를 따라오며 압박했다.

도망치는 놈들을 잡아라-

군사들이 몰려들기 시작했다. 암살단은 위례성 북문 밖에 상단으로 가장(假裝)해서 군마(軍馬)를 숨겨 놓았었다. 그 군마를 타기 위해 암살조는 각자 모이고 당도하는 대로 군마를 타고 달려 도망쳤다. 암살단은 모두 삼백 명이었다. 그 중 대장은 저위(儲位)였다. 그 저위 또한 여호기를 떼어 놓고 말이 있는 곳으로 향해야 했다. 여호기는 호락호락한 상대가 아니었다. 저위는 잡혀서도 죽어서도 안 되는 자신의 소임에 온 힘을 다했다. 벌써 칼로 스친 곳만 두 곳이었다. 대단한 무사다.

저위가 순간, 여호기에게 엄청난 검세를 펼쳤다. 여호기가 흠칫하는 찰나에 저위의 무사 하나가 여호기 앞에 사람을 던졌다. 여인이다. 백제 백성. 여호기는 검을 거뒀다. 그 순간 저위가 도망쳤다. 다 잡았던 상대를 놓쳐야 했던 여호기는 계속 저위가 향한 방향으로 쫓았다.

암살단들은 도착한 순서대로 검은 군마(軍馬)에 올라타고 낙랑을 향해 달렸다. 그들은 잘 훈련받은 무사들이었다. 여호기도 설귀도 암살단을 쫓기 시작했다. 위례성 외곽에 부대들이 있었다. 경계 신호들이 퍼졌다. 암살단은 돌아가는 길에서도 백제군을 만나야 했다. 잡을 수 있었다. 정체를 밝히기 위해서라도 반드시 잡아야 했다. 기껏 수백 명이었다. 여호기는 설귀 일행과 더불어 말을 타고 암살대를 쫓기 시작했다.

뭣이라-

왕을 노렸다. 암살단이 왕을 노렸다. 태자 여휘는 위례성 상황에 대해 매우 놀랐다. 무슨 의미인가. 왕을 노린 장통의 계획은… 정규전에 대한 자신이 없어서 자객들을 보낸 것이 아닌가! 책계왕의 생각 또한 마찬가지였다. 책계왕의 처소와 태자의 처소는 엄중한 경계에 들어갔다.

설귀 일행이 암살단을 쫓고 있었다. 태왕손 여설리는 전군에 최고 비상령을 내렸다. 내성에서부터 최전방에 이르기까지 비상 신호가 올랐다. 한밤에 하늘로 비상 연화(煙火)가 피워져 올라갔다. 각 부대는 불꽃을 보면서 사방 경계를 강화했다. 암살단은 얼마나 들어왔나! 아직도 남아 있나? 도읍지에 버젓이 암살단이 들어올 때까지 발견하지 못하다니… 하지만 한편으로는 정규전이 아닌 암살 자객을 보낸 것이 낙랑의 한계라고 태왕손 설리는 생각했다. 낙랑은 대규모 정규전에 자신이 없을 수 있었다.

　암살단의 도망은 치밀했다. 설귀 일행과 여호기를 순식간에 막아서는 후방 조가 시간을 끌었다. 저위는 쏜살같이 도망쳤다. 북쪽으로 향하는 것 같더니 순식간에 동쪽으로 돌았다. 위례성 외곽에는 여러 호수가 연결되어 있어 자연적으로 대규모 병사가 진을 치기가 어려웠다. 그 틈에 저위는 암살단에서 떨어져 세 명의 호위만 이끌고 숨어 버렸다. 급히 상단 행수로 변복했다. 바닷가에서는 상선이 기다리고 있을 터였다. 저위는 탈출에 성공해서 낙랑 장통 태수에게 오늘의 상황과 그동안 수집한 백제 정보를 보고 해야 했다.

　암살단은 모두 전멸시켰다-

　설귀 일행과 여호기는 암살단이 외곽부대에 길이 막힌 상태에서 뒤를 쳤다. 암살단은 앞뒤의 공격을 받고 무너지기 시작했다. 설리가 내린 최고위 비상령은 대륙백제 내외곽을 철저하게 막아버렸다. 암살단들은 무모하게도 백제 군영으로 돌진해버렸다. 고슴도치처럼 쏟아지는 화살을 맞고 죽는 자가 많았다.

　칠월칠석날-

한성백제에서 한 여인이 죽었다. 대륙백제에서는 많은 백제 병사와 여인들이 암살단을 막기 위해 또는 암살단에 의해 도륙을 당했다. 암살단도 거의 다 죽었다. 그렇게 많은 제물이 하늘의 뜻을 위해 생을 달리했다.

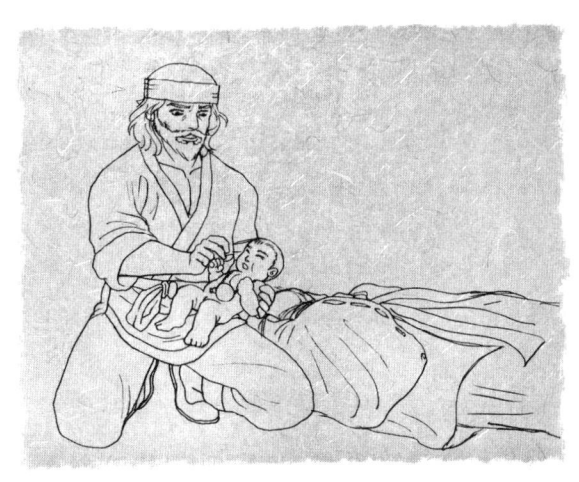

人 인간은

강하다. 둘이며 곧 하나인 어미와 자식. 목에 칼을 맞은 여인. 그 여인은 죽어서 아이를 살렸다. 우아는 아이에게 젖을 먹이면서 다른 느낌이 든다. 힘차게 빠는 아이의 입에 자신의 영혼이 연결되는 것을 느낀다. 이제 내 아이다. 우아는 그렇게 생각했다. 자신의 아이 망아와 이 아이가 다르지 않게 여겨졌다. 이제는 두 아이의 어미가 될 것이다.

옛 단군조선의 문양(紋樣). 소서노 모태후의 것이었다. 최상위 신분의 옥패. 분명히 여염의 여인이 아니니… 저 아이는 누구란 말인가? 이 일은 왜 일어났는가. 근자부는 아이를 볼 때마다 마음이 편치 않았다.

아이가 참 신기하다―

아이의 몸을 씻길 때부터 그랬다. 온통 푸른색 반점이다. 하나, 둘, 셋, 넷.. 무려 일곱이다. 일곱 개의 푸른 점과 등의 갈기. 마치 말처럼 검은 갈기가 척추를 따라 나 있었다. 아이는 우아의 젖을 먹고 잠이 들었다. 아이가 잠든 모습에서 근자부는 인연을 생각했다. 이 아이… 여호기가 생각났다. 어린 시절 가문의 몰락을 본 그 기억으로 아이는 2년간 말을 잊었다. 그 아이의 기억이 사라질 때까지 근자부는 마음이 아팠다. 그래서 강하게 키우려 했다. 여호기를 후계로 삼아 망자의 섬으로 데려가려 했다. 그런데 그 일을 하지 못하고 여호기는 지금 백제에 있다. 새로운 길을 가려 한다. 그 여호기와 자신의 운명이 연결된 것처럼 근자부는 이 새로운 아이와도 운명의 질기고 긴 사슬이 연결되었다고 생각했다.

다행이다-

무엇이 다행입니까? 근자부가 중얼거리는 소리를 듣고 그렇게 현고가 물었다.

"아기… 말입니까?"
"다행이다!"
"살았으니 다행이지요!"

"아니다… 이 아이가 제 어미가 죽은 모습을 안 보았으니 다행이라는 것이다."

"아, 예…"

아기는 아무것도 모른 채 잠이 들어 있었다. 그러나 그 어미는 처참하게 죽어 있었다. 근자부는 어미의 목을 꿰뚫은 칼을 거두고 어미를 묻기로 했다. 문양이 특이한 귀걸이며 반지 등은 그대로 여인에게서 떼어 여인을 묻고 그 위에 두었다. 혹시라도 돌무덤이 훼손되거나 할 때 거기서 멈추게 하기 위함이었다. 또 훗날 여인의 신분을 확인할 일이 있을 때 증빙이 되게 하기 위해서였다. 어미의 소품 중에 특이한 것 두 개만을 챙겼다. 목걸이와 글자가 써진 속옷이었다. 아까 우아가 아이를 꺼내기 전에 여인의 비단 속옷에서 문자를 발견했었다. 현고와 근자부가 보았다. 가림토 신대 문자였다. 역시 옛 단군조선과 관계가 있었다. 구야 건강하게 있다가 나오너라! 라고 쓰여 있었다. 옛 단군조선의 글자인 가림토 문자와 녹도문이 섞인 신대(神代) 문자(文字) 풍으로 써놓은 것이다. 대륙과 반도와 열도. 세 가지 기운이 느껴졌다. 아이 이름을 그 글에서 따서 지어주었다. 아홉 구(九) 그 글자를 숨기기로 했다. 은구(恩舊). 아이의 이름은 이제 은구였다. 그러나 제대로 된 이름은 여구(餘句)라 했다. 망아(忘我)와 은구(恩舊)를 어린 시절 이름으로 하고 망아는 여강(餘強), 은구는 여구(餘句)를 본 이름으로 쓰도록 했다. 그리고 둘의 나이 차이를 없애

쌍둥이처럼 기르라고 했다. 드물게 그렇게 태어나는 아이들이 있었다.

보통 인연이 아니다-

근자부와 옛 단군조선의 선인들은 강한 인연을 느낀다. 그 글. 언젠가 이 아이의 신분을 알게 해줄 것이라 믿었다. 우아가 여인의 소품을 챙겼다. 우아는 그러면서

'제가 잘 키울게요.'

마음을 다해서. 우리 망아와 함께. 누구보다도 행복하게 해줄게요. 편히 가셔요. 우리 망아보다 더 귀히 여기고 키울게요. 그렇게 다짐하고 또 다짐하면서 눈물을 흘렸다. 어미의 마음으로. 안타까운 그 죽은 어미의 마음이 되어서 울고 또 울었다.

제4 용소 한편에 돌무덤을 만들기 시작했다. 그리고 이 무덤에 대해서는 절대 함구하기로 했다. 돌무덤은 단아하게 꾸며져 마치 제4 용소의 제단이 되는 것처럼 만들어졌다. 긴 사각의 제단은 이곳에서 아들을 살리기 위해 몸을 던진 첫 제물을 담고 있었다. 날이 새기까지 그들은 그렇게 제4 용소를 떠날 수 없었다. 누군가 자신들을 지켜보는 눈이 있을지도 모르는 일이었다. 그렇다면

아이도 자신들도 다 위험해질 것이다. 날이 밝으면 아이 둘을 데리고 칠성단을 쌓은 평범한 사람들로 이 산에서 내려가리라. 그렇게 해가 뜨기만을 기다렸다.

해. 태양(太陽)-

언제 그랬냐 싶다. 대지의 어둠이 밀려난다. 그 혼란의 밤을 뒤로하고. 밝은 태양은 새로운 기운을 대지에 내린다. 그래서인지 하료는 기분이 상쾌했다. 다른 날과 달랐다.

없앴다. 후환을-

그렇게 다 없앴다. 비록 폭포 아래로 시신(屍身)을 보지는 못했지만, 분명히 제거했다고 했다. 칼을 맞고 벼랑 밑으로 떨어졌다고 했다. 그러면 됐다. 더욱이 우복도 자객을 보내 선화를 없애려 했다고 말했다. 우복도 자신의 말을 듣고 있었다. 둘 다 이 일에서는 자유롭지 못하다. 공범이다. 그래서 비밀은 지켜진다. 게다가 우복은 자신과 다른 관계였다. 우복이 비록 비몽사몽 간에 일을 치렀어도 몸은 알 것이다. 내가 얼마나 가까운 사이인지. 백제 최고의 미남자를 품었다. 물론 백제 제일자도 자신의 것이다. 하료는 밝은 태양이 내리는 후원을 거닐었다. 이제 여호기만 오면 된다.

날이 밝자 현고 일행은 산에서 내려왔다. 그리고 화전(火田)으로 일궈온 현고의 소도로 들어갔다. 현고의 소도는 특이했다. 가여운 사람들… 사지가 불편한 사람들, 또는 지능이 현저하게 떨어지는 아이들. 혹은 전쟁으로, 가난으로 아픈 사람들이 거기 있었다. 근자부는 그런 사람들을 데리고 있는 현고를 다시 보았다.

귀한 성품을 가지고 있구나-

근자부는 현고의 사람됨이 귀함을 느끼면서 좋은 환경이라고 여겼다. 처음에 근자부는 태어난 아기를 망자의 섬으로 데려가려고 생각했었다. 그러나 품 안에 폭 안긴 망아를 내려다보며, 우아가 어미 잃은 아기에게 젖을 물리고 있는 모습을 보며 생각을 고쳤다. 어미의 정(情). 무엇하고도 바꿀 수 없었다. 현고 일행에게 아기를 맡기는 것이 옳은 것이다. 이 결정으로 말미암아 이들이 겪어야 할 엄청난 고통 또한 하늘이 준 시련일 터였다. 선인들은 그것까지는 몰랐다. 다만 아비와 어미 없이 늙은이들을 따라나서는 것보다는 현고와 우아가 따스한 정으로 품어 키우는 것이 나을 것이다. 사람은 정(情)으로 자란다. 사랑이다. 그 사랑이 현고와 우아 일행에게 있었다. 현고는 그런 사랑으로 우아와 함께 망아(忘我)와 몸이 불편한 사람들을 돌보고 있었다. 밤이 되자 근자부가 서둘렀다.

"아이를 데려와라."

근자부는 여구라 이름 지은 아이의 포대기를 벗겼다. 그리고 아이를 뒤로 엎어놓고 침통에서 작은 침과 먹통을 꺼냈다. 그리고 문신을 놓기 시작했다. 아이가 자지러질 듯 울었다. 작은 엉덩이 바로 위에 따끔따끔 침을 쏘아대니 안 울고 배기겠는가. 근자부는 목걸이의 문양대로 아이의 푸르디푸른 반점 위에 표식을 놓기 시작했다. 조심조심. 문신 자국은 잘 드러나지 않았다. 푸른 반점이 문신과 어우러지자 마치 푸른 반점의 많은 점과 같이 보였다.

됐다–

근자부는 목걸이 문양을 그대로 새겼다. 다른 이들은 짐작하지 못하리라. 이 문양이 얼마나 놀라운 것인지. 이 아이에게 무엇보다 귀중한 것이며 아이의 신분을 찾게 해줄 문신임을 아무도 몰랐다. 근자부는 문신을 새기고 난 후 목걸이를 한참 쳐다보았다. 이 목걸이… 하늘의 뜻이 있을 것이다.

"이것을 네 아이에게 주거라."

근자부는 우아에게 목걸이를 주었다. 그리고 이 목걸이는 귀한 너의 아이에게 주라고 했다. 너의 아이라는 말에 우아가 누구를? 이라는 표정을 지었기 때문에 근자부는 망아(忘我)라고 지칭해주었다. 착한 사람이었다. 우아는 벌써 망아(忘我)와 은구(恩舊)를 같은 자식으로 보고 있었다. 젖을 먹이는 어미는 어느새 같은 심정이 되었다. 역시 근자부는 자신의 생각이 옳다고 여겼다. 여호기의 어린 시절을 키워봤기에 어미의 중요함을 누구보다 잘 알았다. 그래서 근자부는 현고와 우아를 선택했다. 우아는 망아(忘我) 옆에 목걸이를 놓고 은구에게 젖을 다시 물렸다. 그 모습을 보며 근자부는 그들의 앞날을 위해 낮은 소리로 기도하기 시작했다. 잠시 후 눈을 뜨고 말했다.

"두 형제를 잘 키워야 한다."

우아가 얼른 알겠습니다. 말했다. 현고는 말없이 고개를 끄덕인다. 이 시간. 하늘의 뜻은 이들에게 큰 빛을 내리고 있었다. 소도 바로 위 밤하늘에 북두칠성이 환하게 빛을 발하고 있었다.

근자부는 함께 모인 옛 단군조선의 선인(仙人) 중에서 두 명을 차출(差出) 했다. 이 아이들과 함께할 선인들. 될 수 있으면 약초와 기술에 밝은 사람들로 했다. 물론 무예도 중요했다.

"제가 하겠습니다."

"저도 남겠습니다."

약초에 밝은 초로(草露)와 기술자 단복(單複)이 남기로 했다. 그렇게 근자부는 선인 2명을 더 현고 곁에 두고 아이들을 돌보게 했다. 현고와 우아의 손길만으로는 몸이 불편한 일행들을 보살피기엔 너무 부족했다. 그렇게 새로운 환경이 막 태어난 아이에게 주어졌다. 따스한 어미 자궁에서 나와 이제는 전혀 다른 환경에서 자라야 했다.

"무슨 의도인 것 같은가?"

책계왕은 암살단을 막은 공(功)을 치하하고 나서 따로 태자 여휘와 설리, 그리고 여호기와 설귀를 불렀다. 그리고 물었다. 대전은 뒤숭숭해서 깊은 얘기를 나눌 수 없었다. 게다가 믿을 수도 없었다. 그렇게 가까운 거리에 암살대가 수백 명이나 다가오다니… 책계왕은 기실 놀랐었다. 전쟁이 공격을 위해서만 준비되고 있었지 방어에 대한 대비는 약했다. 그것을 강하게 느꼈다. 그런 의미에서 여호기의 남행과 이번 설리의 남행은 정말 하늘의 도우심이었다. 그 일이 없었다면 어찌 되었을 것인가? 뒤를 노린다! 낙랑의 장통이라면 능히 그렇게 하고도 남을 터. 설리가 무겁게 입을 열었다.

"암살단을 살펴본 결과 북부여 의라왕계 무사들이 보였습니다."

"의라왕계?"

"그렇습니다. 무예 실력이 출중했습니다."

그랬다. 여호기도 다른 이에게 말하지 않은 것이 있었다. 자신과 겨룬 사람. 그 사람의 무예실력이 자신과 버금갔다. 일개 자객이. 그것은 계속해서 여호기에게 의문으로 남았고 한편, 긴장감을 갖게 했다. 일개 자객이 낙랑 제일의 무사 저위라는 사실을 알 리 없었다. 암살단 중 목숨을 붙은 자는 곧 그 스스로 자결했고, 쫓던 자 중 그 누구도 사로잡지는 못했다. 그래서 다소 부끄러웠다. 여호기가 생각에 빠져 있을 때 침울해진 책계왕의 한숨 섞인 소리가 들려왔다.

"그럼. 가야도 신라도… 열도도 아직 안심하기엔 이르구나!"

부여 의라왕계는 이미 가야와 신라 그리고 열도의 여러 나라에 그 뿌리가 깊었다. 뿌리가 같다는 것은 언제든 뭉칠 수 있다는 뜻이기도 했다. 그런 일에 장통은 능숙했다. 대륙백제는 물론 한성백제의 남쪽과 동쪽에 대한 대비가 여전히 필요했다. 태왕손 여설리가 간단명료하게 정리해 나갔다.

"어쨌든 장통의 노림수는 확실합니다."
"그것이 무엇이냐?"
"우리 백제군이 전면전을 치를 때 후방을 칠 것입니다."

그래 그럴 것이다. 반드시. 이번 낙랑태수 장통의 암살단은 그것을 얘기해주고 있었다. 전면전. 그 위험 대신 작은 틈으로의 모험을 택했다. 이는 계속될 것이다. 특히,, 남쪽 열도의 세력이 이쪽 백제군에 들어온 것을 알면 더욱 그렇게 할 것이다. 전략을 새롭게 짜야 했다.

"대안은 무엇이냐?"
"전면전뿐입니다."
"대륙백제 전 병력으로 공격해야 합니다."
"하면 위례성은 어떻게 방어해야 하느냐?"
"위례성으로 오는 길목은 크게 두 갈래입니다. 하나는 바닷길과 강을 따라 배로 침입하는 것이고, 나머지 길은 대륙의 평원과 산맥을 넘는 길입니다. 해안 방비는 우리에게 대규모 함선들이 있어 쳐들어오기가 쉽지 않을 것입니다. 적이 바닷길을 택한다면 방비를 조금만 더 강화하면 됩니다. 수군에서는 절대 우리가 유리합니다. 그런데 문제는 대륙길입니다. 결국… 낙랑의 끄나풀을 다 없애야 합니다."

끄나풀. 대륙에서는 수시로 영토의 주인이 바뀐다. 일진일퇴. 특히,, 변방은 더했다. 낙랑이 세지면 낙랑으로 대방이 세지면 대방으로 부여가 강해지면 부여로 그렇게 자신의 생존을 위해 지지를 바꿨다. 그러므로 지금 낙랑태수 장통과 겨루고 있는 경계지역에는 어제 낙랑에 속해 있던 백성이 있었다. 그 백성이 낙랑과 내통을 하지 않았다면 한두 명도 아니고 수백의 암살단이 몰려올 수는 없었다. 아니면 그들이 곧 유민으로 변장하여 들어 왔을 것이다. 이런 생각이 들자 책계왕에게 전략의 큰 줄기가 세워졌다.

"낙랑에서의 이번 전쟁에는 귀순자를 모두 노예로 만들라. 그리고 출신 성분을 가려서 감시하도록 해야 한다. 해안 방비를 철저하게 한다."

무엇보다도 이번 암살단을 통해 알아낸 것은 왕에 대한 노림이다. 전면전 때에는 왕께서 친정(親征)하신다. 즉 친히 정벌에 나간다. 왕을 중심으로 부대를 편성해야 한다. 그것이 차라리 안전할 것이다. 주력군. 그 전장의 한복판이 훨씬 더 안전한 곳이 된다. 책계왕의 판단은 이미 끝나있었다. 은밀히 설리에게 명했다.

"친정할 것이다. 준비해라."

방침이 결정됐다. 여호기는 뭔가 개운치가 않았다. 꺼림칙한 부분이 남았다. 자신과 겨루었던 그 실력이면 몇 명의 초절정 무사만으로 공격하는 것이 나았다. 왜? 그리도 많은 암살단을 보냈을까? 그 이유가 궁금했다. 그것을 말하고자 했다. 그런데 설리가 막았다. 전권은 설리에게 있었다. 여호기는 자신의 염려가 기우이기를 바랬다. 말해도 받아들이지 않을 분위기였다. 암살단을 처음 발견하고 막는데 자신이 공을 세웠지만, 설리는 암살단을 죽인 숫자와 내성을 방비하는 데 공이 많은 설귀를 올렸다. 그런 설리의 의도를 모르는 바는 아니었다. 자신을 경계하는 태왕손 여설리. 그에 대한 얘기는 대해부가 상단으로부터 듣고 있었다.

대해부는 선화의 임신이 태왕손 설리나 백제 왕가에 소문이 날 것을 두려워했다. 다행히 여호기의 대륙 백제행으로 말미암아 큰 딸 선화에 대한 노출은 피할 수 있었다. 또 설리는 인화와의 인연에 대해서 싫지 않은 듯 했다.

해안 경비와 특수부대의 잠입을 막아라-

암살단 사건 이후 부쩍 설리가 대해부를 부르는 일이 많았다. 열도의 무사들로 위례성 인근과 위례성으로 들어오는 해안선 방비 임무를 대해부에게 부여했다. 물질과 자맥질에 능한 열도 병사들이 제격이었다. 설리는 항상 여호기와 대해부와의 긴밀한 관계에 대해 경계했다. 자신하고만 거래해야 한다는 의미였다. 실제 대해부로서는 태왕손 설리가 거래하기엔 제격이었다. 게다가 설리는 대륙에서의 상권은 물론 군권과 왕의 총애도 태자 여휘보다 더 받고 있었다. 젊은 나이에 비해 대단했다. 특히,, 설리는 이미 사씨와 목씨 그리고 협씨와 부부의 연을 맺은 상태였다. 설리를 통해 대륙 명문세가의 물품 공급원이 될 수도 있었다. 대해부는 그런 의미에서 여호기보다는 설리에게 가까워지고 있었다. 다만 그 사람의 품성이 달랐다. 여호기에게는 호감이 갔지만, 설리에게는 먹을거리만 잔뜩 있었다.

"설리를 경계해야 합니다."
"예. 알고 있습니다."
"우리 비밀이 새어나가면 야마다도 그리고 장군의 목숨도 위태롭습니다."
"알고 있습니다."

대해부는 그렇게 여호기에게 당부했다. 야마다의 비밀. 비미호 여왕이 둘이다. 진짜는 여호기가 그 동생은 백제 태왕손이. 그런 말이 나돈다면? 있을 수 없는 일이다. 그렇게 대해부가와 여호기는 공범이 되어 있었다. 설리 처지에서 생각해보면 인화와의 관계는 곧 선화와의 관계였다. 설리의 것을 여호기가 먼저 가진 것이다. 이것이 알려지면 여호기와 대해부에게 대위기가 찾아오게 된다. 그런 긴장감으로 여호기도 설리를 피했다. 괜히 깊어지면 질수록 들통 날 일만 남게 된다. 이를 해결할 묘수가 필요했다. 자칫하면 왕에게도 불충이요. 부인인 하료가 알면? 거기에 생각이 멈췄을 때 여호기는 진저리를 쳤다. 하료가 가만히 있을 여인인가. 반드시 사고를 칠 것이다. 어쩌면… 죽일지도 모른다. 그렇게 여호기는 생각했다. 그런 여인이 하료다. 무엇보다도 강한 집착과 집념, 게다가 소유욕까지. 그런데 선화라는 여인이 자신의 사랑을 받고 있다면. 그 여인이 임신한 상태라면 하료의 태도는 불을 보듯 뻔했다. 여호기는 선화가 염려되었다. 한성백제에서 어서 야마다로 돌아가기를 바랐다. 설리의 남행이 없었다면 벌써 보냈을 것이다. 선화가 강력하게 한성백제, 여호기 자신의 곁에서 아이를 낳기를 원했었다. 안전을 제외하면 여호기 자신도 선화가 곁에 있는 것이 싫지는 않았다. 그래서 그렇게 하기로 했는데 자신이 대륙백제 전쟁터에 와버렸으니…

암살단-

정보를 관장하고 있던 우복에게 책계왕 암살단 소식은 여러 가지 의미가 있었다. 전황을 분석하고 대책을 마련해야 하는데 그 일에서 큰 변수가 생긴 것이다. 암살계획은 곧 대규모 전쟁이 임박했음을 의미한다. 정규전에 대비해서 한 방 먹여 보는 것이다. 그것도 한두 명이 아닌 대규모 암살단은 낙랑이 대방, 나아가 백제군의 경계 태세를 확인하는 것인 동시에 상대가 치밀한 전략가임을 알려 주고 있었다. 어쨌든 칠월칠석날 대륙백제의 위례성 내성에까지 수백 명이 들어온 것이 아닌가. 경계는 허물어져 틈이 발생했고 비록 목적은 달성되지 않았지만, 대륙백제 백성을 도륙하면서 공포를 심어주었다. 흑우가 상단의 연통에 의하면 설리는 위례성으로 향하는 해안선 방비에 열도의 지원군을 배치했다. 좋은 방안이다. 물질에 능하니까. 그리고 태왕손 설리는 전군에 대한 지휘를 맡아 대규모 군사를 일으키려 하고 있었다. 한성에서도 방비를 해주어야 했다. 내신좌평 진루와 상의하기로 했다.

"이제 곧 대규모 전쟁입니다."
"많은 군비가 필요할 것입니다."
"군선도 더 많이 만들어야겠지요."
"특히 암살대에 대해 준비를 해야 할 것입니다."
"물론 한성백제에 대한 공격에도 준비해야겠지요."
"능히 그럴 사람입니다. 낙랑 장통은…"
"예, 많은 생각을 해야 합니다."

그렇게 진루와 우복은 합의를 보았다. 이제 대륙백제는 물론 한성백제도 본격적으로 전쟁의 소용돌이에 빠지게 된다. 그랬다. 그렇게 전쟁은 준비되고 있었다. 어느 날 갑자기 전쟁이 이루어지기도 하지만 보통은 몇 년이다. 몇 년 동안 국운(國運)을 다 걸고 전쟁 준비를 한다. 그러다가 천재지변(天災地變)이라도 일어나면 전쟁의 승패는 더욱 자명해진다. 그런 일이 고래(古來)로부터 이어져 왔다. 준비한 자가 대부분 이긴다. 그 준비. 바로 국운을 모두 건 총력전이다. 무기가 없으면 돌이라도 들고, 죽창이라도 만들어서 싸울 수 있다. 그러나 군량이 떨어지면, 굶은 병사를 가지고는 싸울 수가 없다.

그래서 국력이다-

국(國)은 곧 에워싼 것이다. 도읍이며 곧 백성이다. 고향이며 세상이다. 나라는 그런 의미다. 백제는 여러 작은 나라, 도읍들이 모여서 하나의 큰 나라를 이루었다. 이제 대륙과 반도를 넘어 더 큰 나라를 이루고자 한다. 그 염원. 그것을 이루기 위해 사람들은 목숨을 건다. 울타리. 백성의 울타리가 나라다. 국가(國家)다. 그 국가의 운명을 건 것이 전쟁이다. 따라서 백제 사람들의 운명도 이제 전쟁의 소용돌이에 빠지게 된다.

한 우주로

 인간은 본디 망각의 존재인가보다. 백제의 대천관 신녀는 참 오랜만에 자신의 아비 근자부를 다시 만났다. 아비는 갈 때도 올 때도 기척이 없었다. 그런 아비에게 대천관 신녀 또한 어디로 갈 것인지 언제 오실 것인지 따로 묻지 않았었다. 그렇게 하늘의 뜻을 살피고 또 따라야 하는 사람들로서 부녀간에는 그리 긴 말이 필요 없었다. 그런데 이번에는 물어보아야 했다. 신녀는 아비 근자부를 기다렸다. 반드시 알아야 할 것이 아비 근자부에게 있었다.

 "어디서 만나셨습니까?"
 "졸본 사람이다."

 졸본. 소서노. 모태후의 거점. 여호기가 그곳 출생이라고 근자부가 말했다. 백제 대천관 신녀는 고개를 끄덕였다. 역시 그랬구나. 그래서… 신녀는 여호기에게 누구에게도 고향을 말하지 말라고 일렀었다.

그때 고이왕이 꿈을 꾸었다. 해괴한 꿈. 좋은 꿈인 것 같긴 한데… 하면서 신녀에게 물었다.

"어제 꿈을 꾸었구나. 큰 바구니는 비어 있었으나 작은 바구니에 가득 넘치는 소금과 비단, 그리고 계란이… 그렇게 세 가지가 있더구나. 곧이어 어떤 선녀가 나타나 주머니 여러 개에서 소금을 꺼내 큰 바구니에 가득 담으면서 작은 바구니를 치우시더구나!"

신녀는 그걸 단박에 알았다. 분명히 알고 있었다. 왕에게 말했다. 알았습니다. 알겠습니다. 하지 말아야 할 말까지 그때 해버렸다. 아는 것을 다 얘기해야 하는 그 어린 마음…

"백제의 건업(建業)과 관계가 있는 듯합니다."

꿈은 백제 건국의 비밀과 이어져 있었다. 소금과 비단, 계란. 고이왕 꿈속의 선녀는 소서노 모태후다. 한 산에 왕 호랑이가 두 마리 있을 수는 없는 법. 고이왕의 꿈은 명료했다. 큰 바구니. 비류계에서 큰 왕이 나온다. 그것이었다. 굳이 하지 않아도 될 이야기. 큰 바구니가 뜻하는 바였다. 그 말을 하지 말았어야 했다. 후회했다.

그 비류계 본가는 졸본에서 몰살당했다-

거기가 여호기의 고향이라고 했다. 백제 본가의 사람이라고 했다. 대천관 신녀는 머리가 어지러웠다. 휘청- 몸을 제대로 가눌 수 없었다. 근자부는 딸의 표정에서 뭔가 다른 것을 알아챘다. 무엇인가 있다. 근자부는 대천관 신녀의 기력이 갑자기 소진한 것을 보고 있었다.

"왜 그러느냐?"
"하필…"
"하필?"
"아… 아닙니다!"

말문을 닫아야 했다. 이를 어찌 알린단 말인가. 신녀는 아비에게도 말 못할 얘기라고 생각했다. 여호기. 여호기… 하며 여호기의 이름만을 되뇌고 있었다. 근자부는 신녀의 표정을 읽고 있었다. 졸본 출신 여호기와 신녀. 그리고 백제 왕실이 뭔가 깊은 내막이 있다.

그런 생각을 하다가—

아! 그럴 수 있다. 그래. 고이왕은 그런 사람이다. 책계왕이 태자 시절이던 때 근자부가 받은 명(命)이 떠올랐다. 절대무존(絶對武尊)의 전설. 그 소서노 모태후의 비밀을 풀어 오너라! 그것이 목숨 값이었다. 그랬다. 아직도 풀지 못한 그 비밀. 건국 창업의 비밀이 무엇으로 어떻게 남겨져 있을까? 그 생각은 한시도 머리에서 떠난 적이 없었다. 그런데 그 명을 받을 때가 생각났다. 고이왕은 하나로 뭉치는 백제를 원했다. 분열이 아닌 하나로 뭉쳐서 대륙 경략을 해야 했다. 그래서 누구보다도 대륙에서 비류계에 공을 들였다. 그 마음을 얻기 위해. 그런데… 그런 사람이다. 책계왕은 태자 시절을 길게 보냈다. 왕과 같은 태자였다. 고이왕은 태자인 책계왕과 번갈아 한성백제와 대륙백제를 나눠서 다스렸다. 분권형 정치가 왕과 태자 사이에 형성돼 있었다. 책계왕은 태자 시절부터 아주 치밀하고 노련했다. 권력의 속성을 잘 알았다. 그래서 아마 그랬을 것이다. 생각이 거기에 미치자 여호기가 걱정되었다. 이를 어떻게 해야 하나. 여호기에게 가르쳐 주어야 할지 말아야 할지 판단이 서지 않았다.

"한 사람 보시겠습니까?"

느닷없이 신녀가 사람 보기를 청했다. 신녀는 지친 것 같았다. 근자부는 눈썹 끝을 살짝 올려 누구? 하는 표정을 지었다. 그녀였다. 얼마 전 몸을 푼 하료였다. 여호기의 처(妻)다. 왕비가의 큰 딸. 하료에 대해서 대천관 신녀가 말해 주었다. 오늘 하료가 아이를 데리고 온다. 그때 보아 달라 했다. 은밀하게 하료를 볼 수 있도록 대천관 신녀는 신궁(神宮)의 비밀 방으로 근자부를 모셨다. 얼마 안 있어 하료의 모습이 보였다. 비밀의 방에서는 밖이 보였다. 그러나 밖에서는 누가 보고 있는지를 볼 수 없었다. 하료는 근자부를 볼 수 없었다. 하료는 아기를 데리고 와서 신주(神主)를 신녀 앞에 내밀었다.

그 아기다-

아기의 태(態)를 보았다. 태가 달랐다. 예쁘다. 그러나 여호기와 다르다. 이름이 뭐냐고 신녀가 물었다.

"걸서입니다."

걸걸(傑傑)과 달랐다. 걸서(傑庶)는 다르게 보였다. 이상하다. 여호기의 기질(氣質)이 보이지 않았다.

다르다-

아무리 보아도 강하기만 하다. 걸서는 너무 극강(極强)이다. 부드러움이 없는 극강은 부러진다. 태어난 일시도 마찬가지. 대천관은 하료가 뭔가 달라졌음을 느꼈다. 이럴 리가. 왜 이렇게 되었나. 이 아기는 누구인가? 비밀의 방에서 신녀의 태도를 보던 근자부는 더욱 의아했다. 신녀의 신탁대로라면 여호기의 둘째는 어쩌면 근자부가 그렇게도 찾아다녔던 절대무왕의 비밀을 풀 수 있는 아이가 되어야 한다. 그런데 그런 아이를 보며 신녀는 오히려 계속 당황해 하고 있었다.

하료가 달라졌다-

더 강해졌다. 그것이 신녀의 눈에 비쳐지고 있을 때, 근자부는 하료의 미간에 돋은 성미를 읽고 있었다. 다 가진 좋은 상인데 너무 강하다. 소유욕이 지나치고 자기중심적이구나. 여호기를 담지 못할 수도 있겠다고 생각했다. 여호기는 모든 것을 잃은 아이다. 그런 여호기에게는 품어 줄 사람이 필요한데… 하료는 다른 사람을 품기엔 자기가 이루려 하는 것이 너무 많은 여자였다. 욕심이 많아 보였다. 근자부에게는 그것이 보였다. 신녀도 긴말을 하지 않았다.

하료가 갔다-

그리고 신녀는 쓰러졌다. 하료를 내 보내고, 차 한 잔도 채 마시지 못할 시간을 멍하니 앉아 있다가 그렇게 신녀는 쓰러졌다. 근자부가 비밀의 방에서 나와 신녀를 보살폈다. 근자부는 이제 사태를 알았다. 여호기 일가와 요하 강변의 비류계 본가는 같다. 그리고 그곳을 몰살(沒殺)시킨 사람들, 고이왕 아니면 책계왕이다. 근자부는 책계왕이 더 가깝다고 짐작했다. 그리고 그 실마리를 제공한 신녀는 여호기와의 업보로 괴로워한다. 근자부는 다 하늘의 뜻이라 했다. 이처럼 엉킨 운명의 실타래를 어찌 풀어야 하나. 신녀는 더욱이 변한 하료와 그녀의 둘째 아이를 보면서 더 놀랐다. 왕기가 없는 사내. 연이어 풍파(風波)가 예고되어 있었다.

결국-

근자부는 하료와 그녀의 둘째 아이를 보고 놀란 신녀를 잠시 보살피다가 떠나야 했다. 배를 타야 할 시간. 같이 떠나야 하는 일행들이 있었다. 망자의 섬을 향해 가야 했다. 근자부는 신녀를 통해 하늘의 뜻을 확인하고자 했다. 천기령 아래 제4 용소에서 만난 또 다른 인연에 대해 물으려 했으나 신녀의 탈진 상태가 염려스러워 더는 묻지 못했다. 다 하늘이 제 길로 가게 하겠지 하면서. 그런 것이었다. 인간의 의지와 노력, 그것은 하늘의 큰 결음에 비하면 비할 수조차 없는 가벼움이다. 겨우 하루 내일, 아니 바로 일각 후조차 살지 죽을지 모르는 인간이 아닌가. 근자부는 신궁을 떠나면서 알면 알수록 어려운 인간사를 되새긴다. 잠이 든 신녀에게 편지를 남겼다.

업보(業報)의 인연(因緣)은 쉬이 단절(斷絶)되지 않는다. 다만 자신의 바른 마음이 이끄는 대로 그 일에 충실하여라. 너는 하늘의 뜻대로 하고 있을 뿐. 너무 자책(自責)하지 마라!

또 다른 업보가 대륙에서 이루어지고 있었다.

전쟁이다-

낙랑 유민들에 대한 대대적인 색출 작업이 이루어졌다. 태왕손 여설리의 지휘로 여호기와 설귀가 이를 맡았다. 암살단 침입에 대한 긴장은 그렇게 대대적인 복수활극이 되고 있었다. 여호기는 갈등했다. 설리는 무자비했다. 설귀 또한 약자에 대한 잔인한 본성을 드러내고 있었다. 낙랑에서 투항한 자들까지 조사가 심했다. 조금만 수상하면 노예로 만들었다. 이것이 추후 엄청난 화근이 될 줄을 아무도 염려하지 못했다. 오히려 대륙의 명문세가들은 좋았다. 자꾸 노예가 늘어나니 마다할 이유가 없었다.

여호기는 대륙백제의 전황이 심상치 않게 변하고 있다고 생각했다. 낙랑연합군과 백제연합군의 대치는 지루하게 이어졌다. 그 틈바구니에서 백성만 오로지 죽어나고 있었다. 전쟁터의 상황도 상황이었지만 여호기를 견제하는 태왕손 설리의 질시도 때를 만났다. 설리의 명령에 여호기는 다소 소극적이었다. 적극적으로 명을 받들자 하니 마음이 움직여주지 않았다. 죄 없는 유민들과 낙랑 출신 사람들을 노예로 만들기는 더욱 내키지 않는 일이었다. 그래서 태자 여휘의 부름을 핑계로 빈번히 일을 미루었다. 설리를 피했다. 그것이 더욱 설리를 화나게 했다. 지나치게 강한 성격의 태왕손 여설리는 낙랑 사람들을 무자비하게 살상했다.

불쌍하다-

태자 여휘는 책계왕과 태왕손 여설리 사이에서 고민이 깊었다. 아버지인 책계왕의 나이가 육십에 이르고 태자 여휘 자신 또한 사십이 넘었다. 태왕손 설리가 이십대 초반이니. 그 노련한 책계왕과 기운찬 설리 사이에 다소 부드러운 태자 여휘는 중간에 낀 꼴이 되어 있었다. 지난 남행도 원래는 태자 여휘가 다녀와야 했던 일이다. 그러나 책계왕은 태자가 아닌 태왕손을 선택했다. 태자는 그런 면에서 난처한 처지일 때가 잦았다. 대륙백제에서 그나마 시름을 같이 풀 수 있는 사람은 여호기뿐이었다. 태자 여휘는 여호기를 보면서 우복도 하미도 생각났다. 한성백제 그 시절이 좋았다.

　태자의 입장을 잘 아는 여호기는 태자가 불쌍했다. 또한 전쟁으로 괴로워하는 백성도 불쌍했다. 하루빨리 이 전쟁을 마무리해야 했다. 맹렬한 전투가 아닌 지루한 전투가 이어졌다. 낙랑연합군도 백제 연합군도 제대로 전면전을 치르지 못했다. 긴 대치 상황. 이제 겨우 전열을 가다듬고 있었다. 한성백제에서 마지막 군수품이 도착하는 대로 전면전으로 나갈 것이다. 전군 총동원령을 통해 낙랑태수 장통의 숨통을 끊고 단박에 대륙 북부를 평정할 의욕으로 책계왕은 부풀어 있었다.

　군사들은 물론 백성을 챙기는 여호기의 모습은 많은 이들의 신망을 받을 만했다. 엄청난 무예 실력에 따스한 성품까지. 그러나 백성의 신망이 두터울수록 명문자제들의 질투 또한 강렬해졌다. 여호기는 한성백제에서뿐 아니라 점차 대륙백제에도 주요 인사가 되어가고 있었다.

　한성백제의 하료는 선화 문제가 매듭지어지자 여호기를 한성백제로 불러들이기 위해 애를 쓰고 있었다. 마침 책계왕은 태자 여휘에게 한성백제에서 전쟁물자가 준비됐다는 연락이 왔으니 한성백제로 향하라는 명령을 내렸다. 지원을 담당하게 했다. 태왕손 여설리가 태자의 호위로 여호기를 추천했다. 전쟁의 공을 독식하려는 태왕손 설리의 야심과 심신이 다소 지친 태자 여휘, 여호기의 뜻이 합치됐다. 여호기 또한 하료의 출산 소식을 전해 들은 터, 선화와 아이까지. 한성백제로 돌아가고 싶은 이유는 충분했다.

아이들이 보고 싶다-

여호기가 한성백제로 돌아왔다. 엄청난 회오리가 몰아칠 한성백제로…

있어야 할 존재가 사라졌다. 위(倭) 야마다 비미호 여왕이자 신녀 선화는 한성백제에 없었다. 모두가 사라졌다. 칠월칠석 칠성단을 쌓으러 갔다는 것밖에 아는 이가 없었다. 어디로 갔는지. 만삭의 선화와 호위 셋, 시동 둘과 시녀 하나. 그들의 발자취가 모호했다. 없어졌다. 실종(失踪).

어디로 사라졌나-

그래서 화가 더 난다. 정신이 없다. 여호기는 그렇게 시간을 보내고 있었다. 하료는 그런 여호기를 보고 분이 치밀었다. 자신의 아이를 보고서도 기뻐한 것은 불과 반나절. 집에 돌아와서 첫 대면뿐이었다. 참 예쁘게 생긴 아이구나. 그렇게 세 번 말하고는 어느새 어디론가 나가 버렸다. 남의 자식 대하듯 하니 하료는 더

화가 났다. 하료는 안다. 여호기가 왜 저리 정신을 못 차리는지. 여호기가 갈 곳. 어디로 갔겠는가. 대륙백제에서 돌아오자마자 바로 달려가야 했던 곳. 그년이 살던 상단 밀실일 것이다. 가봐야 별 소용이 없겠지만. 한편, 하료는 고소했다. 속이 후련했다.

여호기의 애타는 마음과 달랐다. 태자 여휘와 함께 한성백제로 돌아온 여호기는 고마궁에서 일을 마치자 쏜살같이 집으로 향했었다. 우복이 넌지시 하료를 걱정해줬기 때문이었다. 마음은 선화에게로 달려가고 있었건만 그래도 하료에게로 가야 했다. 그래서 오랜만에 집에 들러서 둘째를 보았다. 잘 생겼다. 오밀조밀. 그 아이는 사내아이인데도 예뻤다. 아이를 보자 선화의 아기가 더 보고 싶어졌다. 마음이 그러하니 더 참을 수가 없었다. 하료가 손수 다과상을 내러 간 사이, 여호기는 아기를 유모에게 남겨두고 집을 나섰다. 선화에게로 갔다. 그런데 사라졌다. 아예.

여호기는 비탄에 빠졌다. 우복은 그런 여호기의 심정을 알고 있었다. 하료와 우복은 공범이었다. 시름에 잠긴 여호기를 보면서 우복은 다소 미안해졌다. 우복이 여호기와 함께 선화를 찾는 척하며 여호기를 기만하고 있었다. 우복은 흑천의 현녀가 여호기를 만나고자 하는 것을 빙자해 또 다른 계략을 썼다.

"사람을 찾는데 아주 용한 분이 계십니다."

여호기는 우복의 말에 한 가닥 희망을 걸고 따라나섰다. 흑천각이 아닌 객점에서 만났다. 여호기를 보고자 했던 현녀는 은밀한 객실 한쪽에 벽화처럼 앉아 있었다. 여호기가 들어가면서 인사를 했다. 현녀는 그런 여호기를 단정하게 맞이했다. 현녀의 뒤에는 흑천 서위가 있었다. 그 흑천 서위의 인상이 매서웠다. 어쩐지 자신을 보고 있는 흑천 서위에게서 불길한 기운 같은 것이 전해져 왔다.

"여호기라 하옵니다."

좋다. 관상이 좋다. 현녀는 짧게 한숨을 내쉬었다. 여호기. 좋은 사람이다. 현녀는 조금은 환하게 미소를 지어 보였다. 여호기는 그런 현녀를 보면서 다소 거북함을 느낀다. 온기가 없어 보이는 여인. 하지만 선화를 찾아야 했다.

"꼭 있어야 하나?"

이게 무슨 말인가. 꼭 있어야 하냐…? 헛걸음을 했다고 생각했다. 괜히. 차라리 백제 대천관 신녀에게 묻는 것이 나았을 텐데… 후회하는 그 순간 현녀의 눈빛이 반짝였다.

"죽었어!"

여호기도 우복도 다 함께 놀랐다. 현녀 뒤에 있던 흑천 서위도 놀랐다. 여호기는 자리에서 일어섰다. 울컥 화가 치밀었다. 말도 안 돼! 왜?

"칠월칠석 날 죽은 것 같아. 근데 모르겠어."

가려져 있다. 왜 이런 느낌이 들까. 흑천 서위는 현녀에게 분명히 그 여자의 목에 칼이 관통되어 죽었다고 보고했다. 그런데… 뭔가 남아 있었다. 그것이 무엇인지가 분명치 않았다. 그래서 모르겠어라고 말해줬다. 여호기는 뭐 이런 늙은이에게 데려왔느냐는 표정으로 우복을 보고 있었다. 원망과 실망. 우복은 현녀가 대뜸 선화가 죽었다는 말을 하자 놀라서 눈만 껌뻑이고 있었다. 그런 우복을 보고 여호기는 더 할 얘기도 없었다.

가자―

이런 눈짓을 우복에게 하고 여호기가 객실을 나가려 문쪽으로 발걸음을 뗐을 때, 현녀는 나가는 여호기에게 일러 주었다.

"천기를 받는 곳에… 칠성단 꼭대기인데…"

여호기는 그 말에 반응하지 않았다. 그렇게 다시 발걸음을 옮겼다. 현녀는 우복에게 함께 가라고 눈짓을 했다. 우복도 일어섰다. 여호기는 믿지 않았다. 선화가 죽다니. 미친 늙은이라고 했다. 그렇게 나오는데 하늘이 꾸물댔다. 그때부터 아, 선화가 죽었을 수도 있겠다. 라는 생각이 들기 시작했다. 갑자기 참을 수 없는 슬픔이 복받쳐 올라왔다. 모든 것이 부질없었다.

누가-

그랬을까? 하료부터 의심이 갔다. 하료라면. 그렇게 생각하니 집에 들어가기가 싫어졌다. 우복이 거들었다. 술을 한잔하자고. 차라리 술을 마시기로 했다. 우복은 흑천각이 있는 상단 객점에 술자리를 마련했다. 현녀는 이미 우복이 선화의 행방을 알고 있었음을 알았다. 여호기에게 그 정보를 주어야 했다. 단서는 현녀가 주었다. 그래서 내일쯤하고 미뤘다. 우복은 현녀의 의도를 알아챘다.

다르다-

현녀는 여호기를 보자 왕재라는 것을 한눈에 알아봤다. 책계왕이 설리를 시켜 여호기를 살핀 이유를 알 것 같았다. 오죽 중요하게 생각했으면 왕 자신이 그 얘기를 들으러 왔을까. 그래서 왔다. 백제의 중심이 바뀔 수 있는 중차대한 일이었다. 현녀는 한성백제에 오래 머물렀다. 오직 여호기를 보기 위해서 기다렸다.

　왕의 운명은 없다. 오직 왕이 될 재목, 즉 왕재만이 있을 뿐. 그러나 현녀 같은 사람에게는 그 왕재를 가늠하는 기준이 있었다. 될 것이다. 설리를 보고 여호기를 보면 여호기다. 그것은 경험으로 아는 것이다. 현녀에게는 그런 경험이 많았다. 흑천이 하는 일이 바로 그 일이었다. 각 나라의 왕재를 찾아 미리 선을 대고 관계를 맺어 놓는 것. 그래서 국가 또는 왕실 간 밀거래의 주인이 되는 것이다. 이번 일에 흑천은 어떤 역할이 있을꼬. 어렵다. 풀기 어려운 숙제 같은 것이다. 아예 풀고자 애를 쓰지 않은 숙제도 있었지만.

　태자 여휘에게도 왕기가 있다. 하지만 태왕손 설리는 왕기가 어둡다. 그런데 여호기에게도 하료에게도 왕기가 있다. 그럼? 백제는 이제 변할 것이다. 현녀는 그렇게 보았다. 우복을 통해 여호기를 더 묶어야 했다. 하료를 다시 만나보고 나서 한성백제를 떠나야겠다고 마음먹었다. 여호기를 만난 뒤 또 한 사람이 생각났다. 그 사람… 보아야 하나… 그렇게 생각하고도 저절로 발길이 향하고 있었다. 여호기 때문이었다. 선화를 찾는 여호기. 자신의 핏줄이 어떻게 됐는지 모르는 그 마음. 그 마음이 오랜 현녀의 얼음장 같은 마음을 녹이고 있었다. 다시 볼 기회가 없을 것 같았다. 떠나기 전에 보아야 했다.

그래 보자-

현녀는 한성백제에 대천관 신녀를 보러 갔다. 선을 넣지 않았기에 신녀를 볼 수 있을지도 확실치 않았다. 현녀는 흑천 서위만을 데리고 갔다. 현녀는 대천관 신녀를 만나는 일에 큰 의미를 두고 있었다. 인성(人性)이 다 사라진 줄 알았는데… 여호기 때문에 왠지 인정(人情)이 발동해 큰 갈등을 낳았다.

딸-

백제 대천관 신녀는 하료의 일로, 대륙백제에서 벌어질 일들이 복잡해 고민이 깊었다. 태자 여휘의 부름을 받고 신궁(神宮)을 나서 고마성으로 향하려 하고 있었다.

먼 거리에서도 한눈에 알아볼 수 있는 얼굴-

대천관 신녀. 그녀. 현녀는 자신의 딸을 보고 있었다. 근자부와 자신이 낳은 딸. 백제 최고의 무사를 통해 현녀는 자신의 후계를 얻었다. 그러나 그 딸을 현녀는 다시 볼 수 없었다. 이제 고이왕의 명(命)은 흑천에서는 아무런 의미가 없었다. 흑천에서 최고 위치에 오른 현녀는 고이왕의 명령이 자신과 자신이 사랑했던 사람, 근자부 그리고 핏덩이로 볼모가 되어야 했던 자신의 딸 진혜의 운명을 어찌 바꿔 놓았는지 잘 안다. 근자부. 어디에 있을까. 아주 가끔 주책없이 문득 떠오르기도 했었다. 그렇게 현녀는 근자부와 딸과 자신의 운명을 생각하고 있었다.

"누구요?"
"아, 아닙니다. 잠시 신궁에서 기도나 할까 하고…"

신궁(神宮) 호위가 현녀를 막아섰다. 현녀는 마치 신궁이 제집이나 되는 듯 살피고 있었다. 대천관 신녀는 멀리 있던 노파를 보고 기이하게 여겼다. 그 기운이 남달랐다. 그러나 대천관 신녀로서 일반 노파를 상대할 입장은 아니었다. 신녀가 교자 가마에 올랐다. 그런데 신녀가 가는 길로 그 노파, 즉 현녀의 걸음이 연결되었다. 자연스럽게. 그래서 현녀도 신녀도 서로 가까이에서 얼굴을 볼 수 있었다.

모녀다–

그렇게 아주 먼 시간을 흘러 어미와 딸이 스쳤다. 현녀는 신녀의 얼굴을 보고 잠시 멍해졌다. 그 현녀를 보고 신녀는 알 수 없는 신비함에 시선을 멈췄다. 관상으로 보아도 어떤 사람인지 종 잡을 수 없다. 인고(忍苦)의 아픔이 그 모습에 묻어 있다. 마치 죽음을 두세 번 건너온 것 같다. 살아 있는 사람이라는 것이 믿기지 않아 시선을 거둘 수 없었다. 아무것도 읽히지 않는데 마치 눈빛이 말하고 있는 듯, 무엇인가를 말하고 있었다. 한 번만 볼게요. 그런 느낌. 그래서 신녀는 자신도 모르게 가볍게 미소를 짓고 노파에게 눈인사했다. 그렇게 한 번. 단 한 번.

한쪽 눈에서만 흐르는 눈물-

현녀는 그렇게 울었다. 한 눈으로만. 두 눈을 다 뜨고. 얼굴에는 미소를 짓고. 그렇게 웃고 있었다. 그런데 눈물이 한쪽 눈에서 오른쪽 볼을 타고 흘렀다. 현녀가 운다. 웃으며 운다. 사람처럼… 현녀가 울고 있었다. 백제 대천관 신녀와 현녀 사이에 억겁의 인연. 어미만이 자식을 알아보고 눈물을 흘리고 있었다.

태자 여휘는 신녀에게 책계왕과 설리가 대륙백제에서 벌이는 작전에 대해 염려의 말을 했다. 너무 많이 죽이고 있었다. 적도 아닌 낙랑 유민들을 의심하여 노예를 만들고 조금 더 의심스러우면 죽였다. 뭔가 아니다 싶었다. 대천관 신녀는 태자 여휘의 판단이 옳다고 생각했다. 그러나 지금 말릴 수는 없었다. 또 말린다고 될 일도 아니었다. 오로지 하늘의 뜻이 있을 것으로 생각했다. 대천관 신녀에게는 지금 한성백제에서 눈앞에 있는 태자 여휘와 여호기, 하료와 그리고 북두칠성의 천관성이 더 큰 백제의 난제였다. 한 가지 더 신궁을 나설 때 보았던 그 노파가 자꾸 눈앞에 어른거렸다.

오늘은 너무 혼란스럽다-

태자 여휘도 그렇게 생각했다. 태자는 우복을 보자 마음이 설레었다. 그 이유를 모르고 있었다. 반가운 것인데… 단지 반가운 것이어야 하는데. 왜 가슴이… 그래서 대천관 신녀를 불렀다. 대륙백제 일도 상의하고 자신의 이 허기를 채워 줄 무엇인가를 얻고 싶었다. 그런데 대천관 신녀는 태자 여휘가 보기에도 힘겨워 보였다. 혼돈에 빠진 것 같았다. 마치 천제를 지내고 진을 다 뺀 그때처럼. 그랬다. 그래서 신녀를 보냈다. 태자는 다음으로 미뤘다. 그 대신 여호기를 불렀다.

우복이 또 따라왔다-

부르지도 않았는데. 그렇게 생각했는데, 몸은 얼른 반겼다. 어서들 오시게. 잘 오셨네. 그러고는 주안상을 들이라 했다. 술. 그래 마시자. 그렇게 셋이서 술이 넘치도록 마시고자 했다. 밤이 새도록. 한성백제의 온 시름을 다 마셔 버리자. 그러기로 했다.

오랜만이기도 했다.

우복-

그런 사내다. 미소가 예쁜. 몸매도 빼어난. 그래서 살결을 만져 보고 싶은. 그런데 사내다. 태자 여휘도 사내다. 그런데 사내 우복이 그 어떤 여인보다 좋다. 그런 마음이 들어 태자는 자꾸 저 혼자 고개를 저었다. 내가 왜 이럴까. 나이 사십에 괴질에 걸린 것도 아닌데… 이런 일. 가끔 고사에 나온다. 전쟁에 지친 병사들이 그랬다. 그렇게 남색을 하곤 했다. 그래서 군영에서는 긴 전쟁을 치를 때 장수들이 그런 군사들의 행위를 눈감아 주곤 했다. 그런데 부족한 것 하나 없는 태자 자신이 그런 사내가 생길 줄은 정말 몰랐다. 혼동을 가지고 우복의 술을 받고 술잔을 건넨다.

여호기는-

폭음했다. 도무지 풀리지 않은 일. 아직도 선화를 찾지 못했다. 현녀라는 노파의 말대로 죽었나 싶어 뭔가 남은 흔적이라도 있을까 봐 천기령을 샅샅이 다 뒤졌다. 폭포 위에 싸움 흔적이 있었다. 나무들이 날카로운 칼에 베여 있었다. 그러나 그 주변을 다 살펴도 시신조차 없었다. 우복이 통정보위의 사관(士官)들을 시켜

몰래 수사하도록 했다. 곧 정보가 들어올 것이었다. 그렇게 우선 여호기를 달래는 척 우복은 겉으로 온갖 노력을 하고 있었다. 우복은 이미 모든 일의 진행을 알고 있었다. 흑천 서위가 가르쳐 주었다. 시체를 다 처리했다. 물로 흘려보냈다. 시간이 걸리겠지만 발견될 것이다. 살해에 쓰인 검과 검법은 모두 백제의 것이다. 하료가 의심을 받을 가능성이 제일 컸다.

시신 여섯은 모두 폭포 아래에서 발견됐다. 물에 불은 채. 복장으로 보아 틀림없는 대해부가 상단의 사라진 시동 시녀와 호위 무사들이었다. 여호기의 낙담은 이만저만이 아니었다. 더욱이 선화의 시신이 없었다. 우복의 명으로 사관들은 천기령 산줄기를 철저하게 다 살폈다고 했다. 그러나 흔적도 선화의 종적도 나오지 않았다. 여호기는 참담한 심정을 가눌 길이 없었다. 그래서 더 우울했다. 시신이라도 있다면…

그 슬픔—

술을 마셨다. 태자 여휘도 그런 여호기를 이해했다. 숨겨 놓은 여자가 사라졌다니. 전쟁터를 누비던 태자 여휘는 요즘 갑자기 약해졌다. 여호기의 정인, 그것도 대해부가의 행수를 취했다는 점을 왕실에 알리지 않은 것을 태자 여휘가 추궁하지 않았다. 우복은 그런 점에서 여호기에게 큰 도움을 주고 있었다. 태자가 공식적으로는 한성백제의 총괄 관리자였던 것이다. 이는 태자가 이미 알고 있음으로써 여호기의 흠이 없어진 것과 같아졌다. 여호기는 우복을 통해 저절로 태자에게 보고한 셈이 되었다. 그러나 우복이 고도로 여호기의 뒷조사를 하고 있었다는 것을 여호기는 모르고 있었다. 우복은 선화의 패를 버리고 하료의 패를 취한 것이다. 우복은 선화를 찾는데 여호기만큼 열심이었다. 그런 우복을 여호기는 더할 나위 없이 신임했다. 현녀의 조언도 결국은 다 들어맞았다. 천기령에서 그 흔적을 찾았기 때문이었다.

"그분이 한성백제에 있는가?"
"예…"
"현녀라는 분, 정말 대단하지…"
"예, 소신도 그렇게 생각합니다."

우복은 태자에게도 현녀를 올려세웠다. 여호기가 정인의 실종으로 암담해 있을 때 현녀가 천기령 칠성단이라고 지목한 데 대해 그 용함을 은근히 치켜세웠다. 여호기도 인정했다. 그러자 태자 또한 우복에게 그 자신도 몇 번 부왕 책계왕과 함께 현녀를 만난 적이 있다고 했다. 태자는 현녀를 네댓 번 보았다. 책계왕은 이전부터 그 현녀를 잘 알고 있는 듯 했다. 책계왕은 현녀에게 아직도 못 찾았느냐고 물었었다. 뭔가 매우 중요한 것을 현녀에게 찾게 한 것 같았다. 그리고 그 현녀를 다그칠 정도로 책계왕과 현녀는 깊은 관계가 있어 보였다. 태자인 자신에게도 알려 주지 않은 현녀와 책계왕의 비밀, 언젠가 태자는 현녀를 따로 만나보고 물어보리라 생각하고 있었다. 우복에게 그 말을 넌지시 전했다.

나를 은밀히 만나게 하라-

우복은 태자가 현녀를 따로 만나려 한다는 것에 의미를 두었다. 자신의 영역으로 태자가 암행을 시작한 것이다. 여호기는 그런 태자와 우복의 말에 별다른 생각을 하지 못했다. 한성백제에 돌아온 그날부터 여호기는 선화를 찾았다. 그 일에 모든 정신을 빼앗긴 것이다.

종적이 모호하다-

대해부가에서도 여호기가 선화를 찾아 주기를 간절히 애원했다. 한성백제 조정에 대해부가의 상단 행수가 실종된 사건을 공식적으로 추궁하려 했으나 마땅한 다른 명분을 찾을 수가 없었다. 만삭의 행수가 칠성 정기를 받기 위해 산에 갔다가 봉변을 당했다. 표면적인 명분 외에 다른 이유를 댈 수 없으니 공식적인 문제 제기 후에 오히려 속이 타는 쪽은 대해부가일 것이 뻔한 일이었다. 더욱이 전쟁 기간이 아닌가. 대륙백제에도 암살자들이 위례성의 내성인 거불성을 습격한 사건도 있었다. 신변이 불안한 시대. 대해부가는 아무 일도 할 수가 없었다.

여호기는 점점 더 하료를 의심했다. 하료의 태도가 수상했다. 하료는 전보다 더 활기차 보였다. 실제로 하료는 자신감이 가득했다. 무엇이든 못할 것이 없었다. 너 여호기는 뛰어봐야 내 손바닥 안이라는 생각, 하료의 자만이 여호기에게 전달되고 있었다. 더구나 하료는 둘째를 낳고 몸이 더 예뻐졌다. 첫째 때보다 둘째를 낳은 후가 더 좋은 듯 했다. 그것이 못내 하료를 의심하게 했다. 자신이 특별히 잘해주는 것도 없고. 사실 선화가 살아 있을 때에는 의무적으로라도 잘하려고 했지만, 지금은 아니었다. 그런데 더 안색이 밝았다. 그녀가 기분이 좋아진 시점을 주변에 물어보니 선화가 사라진 그 무렵부터였다. 심증은 있으나 물증이 없다. 그런 의문이 여호기를 더욱 슬프게 했다. 하료가 선화를 없앴다면? 정말 끔찍한 상상이다. 여호기는 자신의 운명이 원망스러웠다. 부모 일가족을 다 잃고, 이제 사랑하는 사람도 잃고, 하료… 아내도 잃을 수 있는 이 상황. 정말 얻으면 잃는다더니… 그 운명을 이겨낼 수 있겠느냐던 스승 근자부가 생각났다. 스승님…

어디 계실까–

근자부는 딸인 백제 대천관 신녀를 보고 열도 끝 망자의 섬으로 돌아왔다. 망자의 섬. 소서노 모태후가 숨겨둔 세력. 백제의 마지막 전설, 국자랑군(國子浪軍)의 신군(神軍) 훈련원(訓練院)을 그대로 옮겼다. 바로 망자의 섬에 있었다. 천 가지를 참을 줄 알아야 하는 사람들. 엄청난 인내심과 무술. 그 전설적인 천군 치우대가 있었다.

초절정의 고수들―

근자부처럼 후계자를 찾아 세상 유랑을 하고 합당한 후계자를 찾으면 다시 망자의 섬으로 들어간다. 그리고 백제와 야마다가 위기에 몰리면 망자의 섬에서 일단의 무리를 선발하여 밖으로 보낸다. 밖으로 나온 무사들이 백제를 지키는 숨은 고수들로 활약해 왔다. 망자의 섬에 근자부는 고이왕의 명을 받아 스스로 찾아갔다. 그리고 천인대 차기 수장을 뽑는 대회에서 우승하며 최고수 반열에 올랐다. 망자의 섬을 이끌게 되었다.

망자의 섬의 비밀을 알고 있는 은퇴자들은 신선 같았다. 온 세상의 시름을 잊고 망자의 섬 깊은 산 속에 따로 은거하고 있었다. 곧 근자부도 그들과 같은 생활을 할 것이다. 그들은 이제 겨우 둘이 남아 있다고 했다.

근자부는 망자의 섬으로 칼 하나를 가지고 왔다. 선화의 목을 관통한 칼이다. 칼은 백제의 것이다. 근자부는 그 칼과 천기령에서 거둔 아이. 그리고 자신이 뭔가 이끌리는 인연의 사슬로 연결되어 있다는 것을 알았다. 그 인연에 대해 은퇴자들을 찾아서 묻고 싶었다. 하늘의 뜻이 어디 있습니까?

백제의 왕실에서도 망자의 섬을 아는 이는 왕과 태자뿐이다. 그들 또한 망자의 섬이 있다는 것만 알뿐 그 섬이 어디에 있는 것인지 몰랐다. 오로지 아는 이들은 출입을 허락받은 사람들, 선인들밖에는 없었다. 왕과 태자도 망자의 섬 위치를 알 수가 없었다. 그래서 고이왕과 태자 시절의 책계왕은 근자부를 보냈었다. 그런데 근자부는 망자의 섬으로 간 이후 연락이 끊겼다. 아니 근자부가 연락하지 않았다. 그것은 또 다른 명(命)이 있었기 때문이었다. 고이왕과 책계왕의 명(命)보다 더 중요한. 왕에게 볼모로 잡힌 자신의 딸보다 더 중요한 하늘의 명(命)이 있었다.

무너졌다. 여호기와 하료, 선화는 삼각관계였다. 그 삼각의 한 축이 무너지자 다른 축도 무너져 버렸다. 하료는 자신의 생각과 다르게 일이 전개되자 새로운 고민에 빠졌다. 여호기의 방황이 생각보다 길었다. 예상한 것보다 더 시간이 필요하다. 다만 그렇게 생각했다. 여호기는 집에 들어오지 않았다. 한성백제에 돌아와서 계속 군영에 머물러 있었다. 군사들의 훈련과 선화 찾는 일에 오로지 시간을 보내고 있었다. 한성백제 곳곳을 누볐다. 그도 아니면 우복과 술. 태자 여휘 또한 우복과 여호기를 불러 간혹 술자리를 하곤 했다. 여호기는 하료를 피하고 있었다. 그런 여호기 마음이 하료에게 전해져 하료 또한 외로움이 깊었다. 그래도 할 수 없었다. 백제는 전쟁 중이었다. 대격전.

298년. 돌아가셨다-

대륙백제에서 낙랑과 싸우다 책계왕이 죽었다. 그 충격은 대단했다. 낙랑태수 장통의 수에 걸려든 것이다. 준비가 잘된 백제군 입장에서 낙랑 공격은 전면전이 가장 나았다. 암살단이 대륙 위례성의 내성인 거불성을 쳤을 때부터 이미 책계왕을 노린 전략이 시작된 것이었다. 위례성이 아니었다. 전면전의 정공법을 내세운 책계왕은 중군에 있었다. 중군을 낙랑연합군 최강의 기마부대가 오로지 책계왕만을 노리고 공격한 것이다. 왕만 죽이면 아무리 전쟁 준비가 잘된 백제의 대부대도 소용이 없어진다는 것이 낙랑태수 장통의 계책이었다. 엄청난 속도의 기마부대에 일순 당했다. 책계왕이 죽자 백제군의 사기가 급격히 떨어졌다. 그러자 선봉을 섰던 태왕손 여설리도 위험해졌다. 설리는 설귀를 후퇴하는 백제군의 후방 방어군으로 삼아 뒤로 물러나야 했다. 급히 책계왕의 시신을 수습해서 대륙백제의 위례성을 향해 후퇴했다. 대륙백제는 졸지에 요서의 땅들을 다 잃게 되었다.

중원을 장악했던 진(晉)이 외척과 왕족들의 내분으로 혼란스러워지자 각 지에서 반란이 일어났다. 대륙은 온통 전쟁을 치르고 있었다. 대륙 서쪽의 저족(低族)과 흉노(匈奴)가 크게 일어나고 있었던 것이다. 이번 백제와의 전쟁에 낙랑은 맥족은 물론 흉노족도 끌어들였다. 낙랑을 치려던 책계왕은 낙랑과의 전면에 설리를 앞세우고 본인은 중군 한복판에 있었다. 그 뒤를 낙랑의 정예 기마부대와 흉노와 맥족이 공격한 것이다. 낙랑 잔당 색출에서 큰 피해를 본 유민들이 바로 맥족과 흉노 세력이었다. 그들은 백제의 무자비한 유민색출과 노예잡이에 분노하고 있었다. 낙랑태수 장통은 이를 노렸다. 낙랑태수 장통은 유민들과 흉노와 맥족의 환심을 사두었다. 낙랑 유민과 동병상련(同病相憐)의 분노를 키우고, 기다렸다. 이를 백제와의 전쟁 전략으로 삼았다.

백제 제일자의 죽음-

그토록 철저히 준비를 한 전쟁에서 큰 전공(戰功)을 세우려던 책계왕은 죽었다. 이는 이미 예고된 바였다. 그래서 백제 대천관 신녀는 여호기를 키웠다. 백제 제일자의 명성. 그 명성이 가득 차면 모든 것을 잃는다. 여호기는 백제 제일자가 되어 낙랑연합군에 의해 죽어야 했다. 그러면 그 액을 풀고 책계왕이 다 갖는 것. 이것이 백제 대천관 신녀가 본 신탁이었다. 그러나 하늘의 뜻은 인간의 그것과는 달랐다. 책계왕은 백제 제일자 여호기를 시샘했다. 태왕손 여설리도 대륙의 명문가들도 모두 여호기의 신망을 질시했다. 여호기의 백제 제일자 지위를 없앴다. 그래서 여호기는 살았다. 대신 백제 제일자 책계왕이 죽게 된 것이다. 이것이 하늘의 뜻인가. 그렇게 대천관 신녀는 하늘을 향해 묻고 있었다.

대륙백제와 한성백제가 모두 혼란에 빠져 버렸다. 그때 태자 여휘는 한성백제에서 전쟁물자 지원을 하고 있었다. 급히 백제왕에 올라야 했다. 태자 여휘에게는 정실부인이 죽고 없었다. 전쟁터에서 취한 여인들만 있었다.

이것이 기회다-

내신좌평 진루는 한성백제에서 책계왕의 뒤를 이을 왕을 추인하도록 급히 백제귀족 대화백회의를 열었다. 그리고 즉시, 국가비상시를 대비해 준비해놓은 절차들을 이행했다. 태자 여휘를 왕으로 추대하고 즉위식을 위해 바로 왕비 간택을 해야 한다고 나섰다. 각기 귀족들의 의견이 분분한 가운데 대천관 신녀가 나섰다. 신녀는 진루의 동생인 무장(武將) 진탄의 딸 하미를 천거했다.

진하미는 고민할 시간조차 없었다. 매우 급하게 일이 진행되었다. 우복을 흠모하던 하미가 왕비가 될 줄은 생각도 못했다. 문제는 다른 것에 있었다. 우복과 하료의 통정 사실이 발각될 수도 있다는 것. 남자 경험. 이는 왕비가에서 있을 수 없는 일인 동시에 우복과 하미 둘 다 극형을 면치 못할 일이었다. 자신과 하미를 위해 현녀에게 부탁했다.

"처녀가 아니다?"
"예-"

해서는 안 될 말을 우복은 현녀에게 했다. 현녀는 매우 부드러워졌다. 잠시 놀라 벌어졌던 입을 다물며 알 수 없는 미소까지 지어 보였다. 현녀는 간단한 처방을 내려줬다.

현녀가 가르쳐준 방법은 뜻밖에 쉬웠다. 백제 왕실에서의 처녀 감별법은 오동나무 재를 화로 안에 넣어두고 화로 위에 여자를 걸터앉게 하였다. 콧구멍에 가느다란 종이 끈으로 간질거리게 하여 재채기를 시키는 것이다. 여성의 질 구멍에서 방귀와 같은 바람이 한순간 나온다. 화로 속의 재가 날아가면 처녀가 아니라고 판명한다. 가스 분출을 막을 처녀막이 없기 때문이니 처녀가 아니라고 단정했던 것이다. 이를 역이용하기로 했다. 화로에 재가 날리지 않는 강한 참숯을 쓰게 했다. 그리고 하미에게 이를 일러 주었다. 하미는 오줌을 최대한 참고 처녀감별에 참가했다. 재채기와 동시에 화로 위에 하미는 오줌을 지렸다. 처녀로 판별됐다.

다른 왕비가 한(韓)씨와 해(解)씨 가문에서도 왕비 후보들이 추천되었다. 귀족들은 왕비로 세 여인을 내세워 태자 여휘에게 물었다. 세 명 중의 한 명을 고를 것을 권했다. 그중에 태자 여휘가 이미 아는 하미가 있었다. 하미는 여휘의 왕비가 되었다.

새로운 왕-

우복과 여호기와 술잔을 나누던 여휘가 분서왕이 되었다. 분(汾). 서(西). 서쪽을 나눴다. 이 뜻은 곧 대륙경영에 대한 강한 의지의 천명이었다. 대륙에서의 판도는 급변했다. 책계왕의 죽음까지 더해져 이는 곧 백제의 위기였다. 그러므로 더욱 대륙백제에 대한 강한 의지를 표명해야 했다. 책계왕의 묘를 한성백제 안악(安岳)과 대륙백제 대능하(大凌下) 강변 두 곳에 세우기로 했다. 분서왕은 그 분묘에 선왕의 모습을 살아 있는 듯 그려 넣게 했다.

봄, 정월 초하룻날 조정(朝廷)의 모습이다. 왕이 자주색 옷의 소매가 큰 두루마기와 푸른 비단 바지를 입고, 금 꽃 장식의 검은 비단 왕관을 쓰고, 흰 가죽 띠를 두르고, 검은 가죽 신을 신고 남당(南堂)에 앉아 정사를 보는 모습이었다. 분묘는 대륙과 한수 변에 세워졌다.

분서왕은 달라야 했다-

진가(眞可)를 내두좌평으로 삼고, 우두(優豆)를 내법좌평으로 삼고, 고수(高壽)를 위사좌평으로 삼고, 곤노(昆奴)를 조정좌평으로 삼고, 병관좌평 설진강을 보필하도록 여호기를 병관좌평 바로 아래 달솔로 삼았다. 대륙백제의 좌장은 여설리로 했다. 비록 패장이었지만 엄연한 태왕손이었다. 태자 즉위식은 책계왕의 분묘가 완성되고 대륙의 전황이 유리해지면 거행하기로 했다. 설리는 패전 탓에 체면이 많이 구겨져 태자 즉위보다는 복수에 더 열중했다. 대륙백제의 상황이 너무 급했다. 이때 마땅히 설리는 태자로 추대되어야 했으나 한성백제 귀족들의 반대로 태자가 되지 못했다. 한성백제의 귀족들과 설리 사이에 묘한 기류가 흐르기 시작했다. 이것을 분노한 설리는 몰랐다. 분서왕 또한 부친 책계왕의 복수가 급했고 설리의 실책이 만회된 뒤 당당하게 즉위하길 원했다. 그래서 백제군 좌장으로 삼아 복수할 기회를 주었다. 대륙백제로 분서왕과 여호기가 가야 했다.

분서왕은 왕비족 수장인 진루를 내신좌평으로 하고, 우복을 내위군장 직에 임명하여 한성백제 고마궁을 지키게 했다. 대륙으로 출정하기로 했다. 낙랑태수 장통과의 전쟁을 다시 시작하려는 것이었다.

분서왕의 왕비 하미는 불과 사흘 동안만 분서왕을 침소에서 맞이했다. 칠손팔익(七損八益). 왕가의 교접법이 있었다. 왕비가 되기 전 응당 배워야 하는 왕실의 법도였다. 급하게 하미에 대한 왕가의 교육이 이루어졌다. 칠손팔익을 다 외우고 익혔다. 칠손

팔익이란 성적(性的)인 음양 조화를 가져다주는 방법이다. 일손(一損)은 절기(絶氣)로 정기(精氣)가 고갈됨을 말한다. 이손(二損)은 일정(溢精) 정액(精液)이 때가 되기도 전에 나오는 것, 삼손(三損)은 탈맥(奪脈) 전신의 맥박이 불균형한 상태, 사손(四損)은 기설(氣泄) 기(氣)가 몸 밖으로 흘러나가는 것이며, 오손(五損)은 기관(機關) 궐상(厥傷) 만성내장질환(慢性內臟疾患)이 생기는 것이며, 육손(六損)은 백폐(百閉)로 몸속의 맥박이 닫히는 것이다. 칠손(七損)은 혈갈(血竭)로 피가 고갈되어 가는 것이다. 이러한 것들을 왕비는 반드시 알아야 했다. 칠손(七損) 중 일손(一損)인 절기, 즉 마음에도 없는 억지성교. 식은땀이 나고 정기가 감소해 일시적인 흥분만 있을 뿐 현기증이 일어 머리가 띵하게 되는 것으로부터 마지막 칠손(七損), 즉 血竭(혈갈)이라 하여 힘든 일을 한 후에 성교하는 것으로 주로 달리기 등 심한 운동으로 땀을 흘린 연후에 정신없이 일을 치르는 경우 등의 폐해를 말한다. 왕비는 왕에게 이를 못하게 해야 했다.

"이러시면 안 됩니다."

분서왕은 급했다. 급할 수밖에 없었다. 심신이 불안했다. 그래서 자신이 마음에 두었던 하미를 보자 우선 덤벼들었다. 나이 사십 중반 전쟁터에서 힘깨나 쓰던 그때가 아니다. 더욱이 전리품으로 많은 여인을 정복했다. 그것이 탈이었다. 대뜸 절차를 무시

하고 하미를 품었다.

급하게-

하미는 가르침이 생각났다. 이럴 때에는 만족을 못 느끼므로 될 수 있으면 뿌리를 깊이 넣으려고 안간힘을 쓰다가 오히려 정기가 고갈돼 피부가 거칠어지고 고환, 즉 음낭에 습기가 차게 되며 때로는 피가 섞인 오줌이 나오기도 합니다. 이것을 치료하려면 여자가 반듯하게 눕고, 엉덩이를 받쳐서 가능하면 높이 쳐들어야 합니다. 두 가랑이를 뻗어서 양쪽으로 벌린 다음에 여자가 움직이고 여자가 먼저 만족한 후 남자는 중도에 그만두게 하는 방법으로 열흘 동안 계속하면 급한 성교, 즉 조루증을 완치할 수 있사옵니다. 그런데 그 말대로 실천할 시간조차 없었다. 분서왕은 하미를 품은 것으로 만족했다. 다른 여자와 다를 것이 없었다.

그저 편한 여자일 뿐-

그렇게 대륙백제로 출정하는 분서왕을 왕비 하미는 사흘 만에 보내야 했다. 두 남자를 알아버린 여자. 왕비 하미는 아쉽기 짝이 없었다. 다만 사랑했던 우복이 통정보위의 수장과 내금위장을 겸하게 되자 이를 위로로 삼았다. 늘 우복을 가까이에서 볼 수 있었던 것이다. 고마궁의 경비를 맡은 사람이 바로 우복이었다.

백제 대천관 신녀는 급변이 일어남을 진작 알고 있었다. 그 시기가 더욱 다가오고 있었다. 백성의 형편이 나빠졌다. 오랜 전쟁 때문이었다. 백제 책계왕이 죽고 나자 더욱 그렇게 됐다. 그것이 이치였다. 이제 백제는 위기로 치닫는다. 이 위기 속에서 혼돈이 발생하고 그 혼돈을 딛고 새로운 질서가 생길 것이다. 그 새로운 질서. 거기에 백제의 새로운 길 또한 열릴 것이다. 신녀가 새로이 받은 하늘의 신탁도 그것이었다.

　여호기는 분서왕이 태자 시절이던 때에도 뱃길로 대륙백제로 향하는 동안 치세에 대해 얘기를 나눌 기회가 있었다. 이는 여호기에게 새로운 경험이었다. 세상을 다스리는 것에 눈을 뜨는 계기가 되었다. 분서왕은 오랫동안 태자 시절을 보낸 준비된 치자(治者)였다. 잘 훈련되었다. 분서왕의 곁에서 여호기는 왕이 된다는 것에 대해 더 세밀히 알고 느끼게 되었다. 이번 대륙백제 뱃길에서는 특히 백제 왕가의 비사들을 많이 배울 수 있었다.

　"백제는 옛 단군조선의 후예다."

　단군조선의 제도를 본받아 소서노 모태후는 스스로 대단군(大檀君)이 되어 천왕(天王)이라 하였다. 그리고 천왕(天王) 아래 태자나 제후(諸侯), 황(皇)을 두었다. 그래서 모태후 소서노 대단군이 살아계실 때 비류 태자는 천황이 되었다. 천왕(天王)과 천황(天皇). 본디 왕(王)은 천지인, 하늘과 땅과 인간이 연결된 것이다. 단군왕검(檀君王儉)이 곧 천왕(天王)이다. 환웅(桓雄)의 계승자다. 환인(桓因), 즉 단인(檀因)으로 불리는 환인천제(桓因天帝)의 아들인 환웅(桓雄)이 바로 천왕(天王)이 된다. 그래서 천왕(天王)이 되기 전 태자(太子)나 왕자가 바로 천자(天子)다. 그 천자가 한 지역을 맡아 다스리는 제후가 되면 바로 천황(天皇)이다. 천제(天帝), 천왕(天王), 천황(天皇)의 순이다. 황(皇)은 밝달. 밝다. 희다. 해(日)가 빛나니(⁄), 밝고 희다. 밝을 백은 곧 깨끗하다는 뜻이다. 백(白)은 곧 백(百)이다. 그 백(白)을 왕이 받치고 있다. 밝음을 모시는 왕. 밝달(白)을 모신 지방(地方) 왕(王)이라는 뜻이 본뜻이다. 하늘 임금 천왕(天王)과 하늘나라인 조(朝)를 섬기는 제후의 명칭이 황(皇)이다.

"초기 백제시절 비류천왕은 대단군인 소서노 모태후를 모시고 나라를 이끌었다. 만백성이 충성을 맹세하였다. 비류천왕께서는 국자랑군(國子浪軍)을 신군(神軍)이라 불렀다. 각 지방을 독립 자치 정부체제로 하여 그 왕에게 모든 권한을 위임하는 소위 담로왕(擔魯王) 제도를 채택하였다. 이유는 오직 하나였다. 옛 단군조선을 본받고자 했다."

소서노 모태후께서는 천 년 왕가를 지킬 안전한 땅이 필요했다.

"남쪽은 큰 바다, 북쪽은 고구려, 동쪽은 낙랑(樂浪), 서쪽은 한구(漢狗)와 흉노(匈奴), 이러하니 국력의 소모가 너무 크다."
"그렇습니다. 전쟁으로 시작해 전쟁으로 끝납니다."

큰 바다를 건너 마한(馬韓), 삼도(三途)… 열도(列島), 남만(南蠻) 등으로 장사 다니는 무역선들이 무수히 많았던 소서노 모태후는 다른 방도를 찾아야 했다. 새로운 신천지를 개척해야 했다. 왕가를 계속 이어야 했다. 백성이 안심하고 살 수 있게 해야 했다. 비류천왕은 백성을 나누어 일부는 대륙에 남게 하고 그를 따라가기를 희망하는 일부 백성과 신하들만 데리고 신천지를 찾아 나섰다. 역시 한(韓) 반도의 마한 지역 열수(洌水)에 이르러 풍족한 물과 나무와 태양, 즉 기후조건과 흙과 철광산이 인접한 천혜의 도읍지를 발견했다. 그곳에 고마성을 세우고 한성백제라 했다. 따르는 신하들의 수가 백가(百家)를 넘었다. 소서노 모태후가 있던 옛터, 대방고지(帶方故地)의 백제를 대륙백제라 하였다. 이때로부터 백제는 항상 두 곳 이상에 존재하게 되었다.

이때 비류천왕의 아우인 온조는 그곳의 첫 담로왕이 되기를 희망했다. 대륙 백성의 10분의 1과 오간(烏干)과 마려(馬黎)를 포함한 열 명의 신하 가솔들이 정착하기를 원했다. 온조백제는 백제의 아우, 십제라 하여 담로왕으로 처신하며 나라의 기틀을 세우기 시작했다.

그렇게 시작했다고 했다. 분서왕은 여호기에게 백제 건국 이면사를 얘기해주었다. 언제나 사방에 널려 있던 적의 공격으로부터 왕가를 계승시키기 위해서였다. 대륙백제와 한성백제로 나뉘게 된 백제의 시작은 그렇게 소서노 모태후와 두 왕자의 깊은 백성을 지키려는 마음이 그 바탕이었다.

옛 단군조선의 국가체제는 전쟁보다는 치세에 효율적인 방식이었다. 넓은 대륙과 반도, 열도를 다 아우르면서 어느 한 권력이 다 장악하기란 실제 불가능했다. 그래서 지방 분권형을 택했다. 고도의 문명을 가진 단군 임금성을 중심으로 각 지역을 다스리는 제후국으로 나눴다. 제후국으로부터 조공(朝貢)을 받고 문명을 나누어주는 방식이었다. 제국을 지키기 위해 군장인 치우가에서 최정예 철기마병대를 운영했다. 대륙을 떠다녔다. 반란이 생기면 인근 제후군들을 징집해 철기마병대와 함께 정벌했다. 그렇게 대륙을 경략했다. 치우대는 역마제도와 매를 이용한 연락체계, 빛과 연기를 이용한 통신으로 곳곳을 누볐다. 청동기 문물과 철기 문물을 가진 자가 당시 지배자였다. 치우대는 엄청난 철제무기와 철기병 속도전으로 지방제후 반란자들과 적을 처단했다. 단일한 지배 권력이 대륙을 통일 천하로 만들었다. 각 제후국은 단군조선의 군사적 우위와 고도 선진 문명에 흡수되어 아주 오랫동안 태평성대를 누렸다. 그 문물은 대륙 북동부를 거점으로 동서남북과 반도, 열도 등 각지에 퍼져 있게 된다. 문제는 천재지변과 철기의 확산이었다. 천하를 뒤엎는 홍수와 가뭄, 지진과 화산폭발은 평화를 일순 바꿔 버린다. 제후국 하나가 거의 몰락하기도 하고, 이들 난민 때문에 연이어 천하가 혼란스러워지기도 했다. 단군조선이 천하의 중심을 이루었을 때는 질서가 있었다. 그런데 단군조선이 사라지게 되자 철기의 확산과 동시에 힘이 비슷해진 여러 제후국이 서로 치고받는 대전쟁 혼란의 시기가 시작되었다. 여러 나라가 우후죽순처럼 일어났다. 서로 주인이 되고자 했다.

"통일 천하 그 영화를 잇고자 한다. 옛 영토를 얻고자 다들 노력한다."
"그렇습니까?"
"이번에 반드시 대륙 북부를 장악할 것이다."
"꼭 그렇게 하소서. 하셔야 합니다."

분서왕의 다짐에 여호기는 힘을 실어주었다. 그러면서 한편으로 비류천왕의 웅지에 그리고 멀리 신천지를 개척해 온 초기 백제의 꿈에 대해 생각하게 되었다. 비류천왕. 그 모습이 떠오르는 것 같았다.

왕으로서 대륙백제에 첫발을 딛은 분서왕은 대륙백제의 침통함을 몸소 실감해야 했다. 그나마 한성백제에서 군마와 지원병을 보충하였고 백제 제일자 여호기도 함께 온 것이 위안이었다. 그럭저럭 대륙백제의 위례성도 점차 안정을 찾아가고 있었다.

설리는 특히 원통했다. 낙랑 도읍지 바로 직전에서 뒤통수를 맞았다. 불과 사흘이면… 사흘이면 낙랑태수 장통을 없앨 수 있었다. 그러던 차에 기습을 당해 책계왕이 죽은 것이다. 설리는 애꿎은 대륙백제의 대신들과 군신들을 다그쳤다.

원수를 갚아야 한다–

대륙 백제군의 좌장인 설리는 분서왕이 도착하자 더욱 강경하게 전선을 구축하도록 허락해달라고 했다. 분서왕은 이를 허락했다. 분서왕은 분통을 터트리는 설리를 전면에 내세우며 병관좌평 설진강으로 하여금 후방을 지키도록 하고, 여호기에게 중군을 맡게 했다.

여호기는 분서왕과 대륙백제로 오는 동안 새로운 전략을 수립했었다. 대륙백제에서 불리한 전선을 회복시켜야 했다. 그 전략은 매우 간단했다. 중군(中軍)을 강화하기로 했다. 전초 선봉부대와 후방 부대 사이에 전혀 새로운 개념의 중군(中軍)을 설치했다.

초경량 기마별동대를 선발했다. 속도기마병을 오천 명씩 둘로 나누었다. 일명 무절랑군(武節浪軍)이라 했다. 백제 무절들로 이루어진 일만의 정예병을 전후 전투부대의 지원부대로 나누었다. 제1장은 여호기였고, 그 부장은 설귀였다. 둘은 곧 하나였다. 설귀와 여호기는 모든 휘장과 군절, 나아가 장군복과 청동으로 만든 귀면(鬼面)을 쓰고 전투에 임했다. 두 개의 무절랑군은 적에게 혼돈이었다. 게다가 무절랑군의 군마(軍馬)는 두 배였다. 병사 한 명에 말이 두 필이었다. 두 마리의 말에 볶은 쌀과 육포 군량은 말이 감당해야 할 최소한의 무게로 줄였다. 달리면서 말을 갈아타기도 했다. 즉 일반 기마대의 속도에 한 배 반 이상 빨랐다. 게다가 두 개의 똑같은 부대로 측면과 전방, 후방을 같이 공격하기도 했다. 이는 절대 비밀이었다. 이러한 공격 방법은 전혀 새로웠다. 적은 혼돈에 빠진다. 무절랑군이 좌, 우 어느 방향에서 얼마나 빨리 어떻게 나타나는지를 알지 못했다.

여호기의 무절랑군의 등장은 대륙백제에게는 새로운 변화였다. 여호기는 한성백제에서부터 쾌속 기병, 즉 매우 가볍게 무장시킨 기마병대를 중시했다. 속도전이다. 중군에서 전, 후방을 모두 지원하는 체제로 이제까지 전투와 다른 양상을 만들었다. 매우 빠른 기마부대인 무절랑군이 전선을 새롭게 했다. 다만 대륙백제의 초기 패배를 일시에 회복하지는 못했다. 맥족과 흉노계의 기마술과 기병 운영이 탁월했기에 백제 무절랑군의 활약에도 한계가 있었다.

낙랑연합군은 백제의 새로운 전투부대에 허를 찔렸다. 전초부대를 맞이해 전투를 벌일 때 홀연 경기갑병들이 쏜살같이 나타나 측면을 허물어 버렸다. 이제까지의 수적 우세 전략이고 뭐고 없었다. 엄청난 속도의 경기갑병을 막기에는 낙랑연합군의 연락체계가 엉망이었다. 백제 경기갑병은 바람 같았다. 정확한 백제군의 숫자를 가늠하기가 어려웠다. 일만을 상대하고 있는데 측면에서 수천 명이 또 달려들었다. 상대방은 일만이 이만이 되어 가세한다. 측면을 치는 백제군에 백제 제일의 무예가가 있다는 말이 돌았다. 낙랑연합군에게도 여호기 부대는 점차 두려움으로 자리 잡고 있었다.

이는 새로운 갈등을 만들고 있었다. 전설. 그것은 설리의 것이어야 했다. 설귀도 불만이었다. 승리에는 자신의 무절랑군의 것들도 있었는데 찬사는 여호기에게 쏟아졌다. 자연히 군부대 작전에서의 견제가 여호기를 힘들게 했다. 게다가 여호기는 이번 전쟁을 어느 단계에서 멈춰야 한다고 판단했다. 이를 분서왕도 인정했다. 연이은 전쟁의 도가니에 백성을 빠트릴 수는 없었다. 걸림돌은 완강한 설리였다. 전쟁의 양상이 다소 유리해지자 설리는 다시 낙랑으로 진군할 것을 계획했다.

한여름, 요하 지방에 대규모 가뭄과 홍수가 났다. 농토 대부분이 다 황폐해졌다. 대륙 북부에 기근이 들기 시작한 것이다. 대병(大兵)을 일으킬 시기와 때가 아니었다. 분서왕은 설리를 말린다. 설리는 아쉬웠다. 겨우 잡은 승기였다. 이런 기회를 놓치다니… 한성백제를 다그쳐 군수물량을 늘려서라도 전쟁을 마무리하고 싶었다. 그러나 한성백제 귀족들의 반발도 만만치 않았다. 한성백제도 오랜 전쟁으로 지쳐 있었다. 우복은 특히 강력한 반대자였다. 대천관 신녀 또한 백제에 승기가 없다는 것을 알고 휴전을 권했다. 전쟁은 큰 가뭄과 홍수 때문에 잠시 소강상태로 들어갔다.

積 쌓여서

분서왕 3년. 서기 300년. 왕이 한성백제로 돌아왔다. 대륙백제는 설리에게 맡겼다. 한성백제에서 분서왕은 귀족들과 아직 합의를 보지 못한 태자 책봉과 더불어 대륙 경략을 위한 지원문제를 해결해야 했다. 사정이 좋지 않았다.

가뭄-

한성백제에서 분서왕은 대륙백제 못지않게 힘든 백성을 보았다. 귀족들의 반대도 심했다. 전쟁을 지원한다는 것은 무리였다. 심각한 상태였다. 분서왕은 귀족들과 대신들의 뜻을 받아들일 수밖에 없었다. 문제는 설리였다. 설리를 말릴 사람은 분서왕밖에 없었다. 설리와 귀족들 간의 대립이 점점 더 심각해졌다.

"왕자가 있어야 합니다."

"태자 설리가 있지 않습니까?"

"태자라니요?"

"책봉되지 않았지만 장자입니다. 곧 태자가 될 것 아닙니까?"

"아직은… 아닙니다!"

"…?"

왕비 하미는 분서왕이 와 있을 때 후손을 보아야 한다는 내신 좌평 진루와 아비 진탄의 권유를 받아 놓았었다.

"그래서 더욱 왕자가 필요합니다."

"왕자?"

하늘을 보아야 별을 따든지 말든지 할 것인데… 분서왕은 대륙백제도 그렇고 한성백제에서의 일도 잘 안되자 다소 의기소침해졌다. 그래서인가 하미와의 성(性) 교접에도 자꾸 흥을 잃었다. 될 일이 아니었다. 대천관 신녀는 그런 왕을 위해 왕비 하미에게 일렀다.

팔익(八益)이다―

성교를 통해 여덟 가지 유익함을 얻으니 이는 곧 건강증진으로 성 교접설을 활용하기를 권했다. 옛 단군조선의 제후 중 하나였던 황제에게 소녀가 가르쳐준 것이라 전해졌다. 일익(一益)은 고정(固精)으로 정(精)을 고정하는 것이다. 이익(二益)은 안기(安氣)로 기(氣)를 안정시키는 것이며 삼익(三益)은 이장(利臟)으로 장기(臟器)를 돕는 것이다. 사익(四益)은 강골(强骨)로서 뼈를 튼튼하게 하는 것이다. 오익(五益)은 조맥(調脈), 맥(脈)을 조화(調和)롭게 한다. 육익(六益)은 축혈(蓄血)로 피를 기울여 보(補)하게 하는 것이다. 칠익(七益)은 익액(益液)으로 정액(精液)을 도와주는 것이며, 마지막 팔익(八益)은 도체(道體)라 한다.

"일익(一益). 고정(固精)이라 하여 여자를 옆으로 눕게 하고 가랑이를 쩍 벌리면 남자가 그 사이로 들어가 옥근을 비스듬하게 밀어 넣습니다. 그리고 약 열여덟 번 정도 왕복운동을 하고 끝을 내야 합니다. 이런 식으로 약 15일가량 하게 되면 남자는 정액의 농도가 짙어지고 여자는 월경 과다를 고칠 수 있게 됩니다. 칠익(七益)이란 익액(益液)이라 하여 여자를 가능하면 반듯하게 엎드리게 하고 엉덩이를 약간 들어 올리게 한 연후에 남자는 그 위에 올라서 두 다리를 양쪽으로 벌리고 옥근을 밀어 넣어야 하는데, 이렇게 해서 일흔두세 번만 옥근을 왕복시키고 정액을 쏟지 않는 식으로 열흘만 계속합니다. 이에 남자는 뼈가 윤택해지고 여자는 골반이 튼튼해져 신장을 이롭게 합니다. 끝으로 팔익(八益)이란 도체(道體)라 하여 여자를 똑바로 눕게 하고 무릎을 뒤로 꺾어 발뒤꿈치가 엉덩이 옆쪽에 오도록 하고 남자는 가랑이를 여자 옆구리에 바짝 붙여 양쪽다리를 이용하여 조이는 듯한 자세로 여든 한두 번을 하루에 아홉 번씩 구일 정도 합니다. 하면 남자는 뼈가 좋아지고 여자는 성기에서 풍기는 악취가 제거되니 이 모든 것을 일컬어 팔익이라 하옵니다."

분서왕은 한성백제에 있는 동안 팔익은커녕 일익도 다 채우지 못했다. 두세 번 다시 하미를 품었을 뿐이었다. 분서왕은 오히려 우복과 술 마시기를 좋아했다.

그러던 중 가을걷이를 마친 초겨울-

분서왕은 온천을 갔다. 우복이 수행했다. 그리고 단둘이 온천에서 술을 마시고 목욕을 했다. 그날따라 분서왕도 우복도 술에 대취했다. 두 사람은 그렇게 온천을 빙- 두른 천막에서 술을 마시고 잠을 잤다. 벗은 채로

그리고 알았다-

분서왕은 자신이 왕비 하미가 아닌 우복을 품고 싶어 했다는 것을. 여자가 아닌 남자를 품고 싶었다. 남색(男色). 분서왕은 자

신이 오랫동안 우복을 원했다는 것을 알았다. 우복을 품었다. 그렇게 분서왕은 우복에게 자신을 밝혔다. 이내 우복은 머릿속이 어지러웠다. 우복은 어찌할 수 없었다. 자신을 원하는 자는 왕이었다. 처음 한 번이 어렵지 도둑질도 하면 할수록 느는 법. 분서왕은 우복을 더 곁에 두고 싶었다. 내금위장과 궁내부 태감까지 겸하게 했다. 궁 안의 모든 궁녀와 환관들이 우복의 명을 받는 지경에 이르렀다. 그리고 저녁이면 다른 모든 이를 물리고 우복과 술을 마셨다. 우복은 사람들의 눈이 무서웠다. 두려웠다. 이를 분서왕에게 얘기하자 한 사람을 더 불렀다. 왕비 하미였다. 그러다가 분서왕은 하미와 우복. 그렇게 둘 다 품을 생각이었다. 그것이 분서왕의 유일한 낙(樂)이 되고 있었다.

백제 대파란-

고마궁에서 시작하고 있었다. 귀족들은 한성백제에 분서왕이 머무는 것을 환영했다. 분서왕이 왕비 하미와 늘 같이 있었다. 내금위장과 궁내부 태감 우복의 공이 매우 컸다. 대륙에서도 힘들지만, 한성백제 귀족들의 당면 문제는 한성백제의 백성이었다. 이번 추수도 가뭄 탓에 현저하게 소출이 적었다. 수확이 적으면 보릿고개가 생긴다. 준비해야 했다. 다른 지역과의 교류를 통해 식량과 구황작물을 확보해야 했다. 그래야 백성의 동요가 적을 터. 당연히 교역량을 늘렸다. 소금과 비단을 위해 더 많은 인력이 필요했다.

우선은 백성이다-

분서왕이 그렇게 결심해버렸다. 분서왕 재위 3년과 4년은 그렇게 대륙과 한성백제의 가뭄으로 전쟁이 불가했다. 많은 사람이 산으로 노역을 피해 들어가야 했다. 따스해진 봄날이 오기 직전. 백성은 매우 지쳤다. 2년간의 가뭄. 봄이 오기 전에 이미 죽어가는 백성이 늘고 있었다. 식량난이다. 대륙도, 반도도.

우아는 목걸이를 가지고 고민했다. 지금 사정이 너무 어려웠다. 척 보기에도 이 청동 청옥환 목걸이는 매우 값비싼 것이었다. 이를 내다 팔면 얼마 동안은 아이들의 끼니를 해결할 수 있을 것 같았다. 근자부가 주었다. 목걸이는 귀한 너의 아이 망아(忘我)에게 주라고 했다. 망아… 그래… 하면서 우아는 자신의 생각을 접었다.

"두 형제를 잘 키워야 한다."
"알겠습니다."

그렇게 대답했었다. 두 형제. 어린 이름은 망아와 은구. 정식이름은 여강과 여구였다. 현고는 말없이 두 아이를 지켜보고 있었다. 밤하늘에 북두칠성이 환하게 빛을 발하는 날이면 현고는 늘 기도를 하고 있었다.

약초에 밝은 초로(草露)는 매일 여구에게 시달린다. 여구는 물어보는 것이 많았다. 그리고 대답도 기가 막혔다. 마치 세상을 다 아는 양 자기가 묻고 자기가 대답하는 일이 잦았다. 불과 네 살짜리가.

"이게 뭐야?"
"뭐긴 약초지"
"그럼 독이네…"
"뭐?"
"약이 과하면 독이 된다며… 이렇게 약초가 많으니… 독이네"
"인마- 약을 많이 먹었을 때나… 잘 못 먹었을 때 독이 된다니까"

초로는 여구가 알아듣든 말든 문답을 통해 이것저것 가르치고 있었다.

"독초와 약초를 구별하는 방법이 무엇이더냐?"
"먹고 아프면 독초, 안 아프면 약초!"

"이놈이…"

"먹기 싫으면… 발라보지 뭐… 입으로 먹으나 여기로 먹으나…"

여구가 겨드랑이를 가리킨다. 겨드랑이. 초로는 흠칫 놀란다. 이 아이 어찌 알았을까? 그래서 물었다. 어찌 알았느냐고. 그러자 싱거운 얘기가 흘러나왔다.

"나 아플 때 할아비가 그렇게 약초를 발라줬잖아."
"…?"
"안 아프고 시원하면 약초, 아프면 독초 아냐?"

생 약재를 채집할 때 대개 독초는 걸쭉한 액즙이 나온다. 그 액즙을 연한 피부, 즉 겨드랑이, 목, 허벅지, 사타구니, 팔꿈치 안쪽 등에 발라 보면 독초일 경우 살갗에 반응이 생긴다. 심하게 가렵거나 따갑고 통증이 있으며, 피부 밖으로 포진, 종기 비슷한 것이 돋아난다. 이를 얘기하는 것이다.

이 아이가―

하나에서 둘을, 셋을 응용하고 있는 것이다. 초로는 그런 아이에게 독초 감별법을 설명한다.

"살갗에 반응이 없을 때는 혀끝에 발라 본다. 독초일 경우 혀끝을 톡 쏘거나 매우 민감한 느낌이 든다. 아리한 맛, 화끈거림, 고약한 냄새, 또는 입 속이 헤질 수도 있다. 이때는 즙액을 삼키지 말고 뱉은 후 즉시 맑은 물로 씻어내야 한다. 단맛이 나더라도 단맛 속에 아린 맛이 느껴지는 것은 독이 있는 약초다. 반드시 독성을 없앤 후에 먹어야 한다. 알겠느냐?"

그렇게 초로는 아이에게 이른다. 아이는 온 산 천지가 다 배움터였다. 네 살짜리를 데리고 들판에서 산에서 온갖 식물의 약성과 독성을 가리고 있었다. 초로는 가르친다기보다는 여구가 궁금한 것에 대답해주기도 바빴다. 채 두 살이 되기도 전에 은구는 말을 했다. 아니 어른들의 말을 그대로 따라 했다. 실제로는 수개월이 빠른 형인 망아 보다 그 말솜씨가 더 뛰어났다. 활달했다. 온 천지 사방을 안 돌아다니는 곳이 없었다. 아예 초로는 은구를 따라다니는 종복 같았다. 웬 물음은 그리도 많은지

"하늘이 무슨 색인지 알아?"
"하늘의 색?"
"아침은 파란색, 저녁 밤은 까만색이지."
"…"
"하늘은 회색이 되기도 하고…"

이 아이… 격물치지(格物致知). 그 이치를 알려고 한다. 먹구름 뒤에도 해는 있는 거지? 구름이 두꺼우면 검고 안 두꺼우면 하얀 색이야. 격물의 이치다. 옛 단군조선의 선인 중 약선 박사인 초로는 어린 은구가 보고 있는 격물의 이치에 놀라움을 느낀다.

이 세상의 모든 만물은 누구도 흉내 낼 수 없는 고유의 성질이 있다. 이것이 격물(格物)이다. 모든 물체에도 그 물체가 갖추어야 할 격(格)과 품고 있는 품(品)이 있다고 한다. 바위는 바위이어야 하고 나무는 나무이어야 한다. 바위가 모래라면 그 바위는 바위로서의 생명력이 없다. 나무 또한 같다. 가을에 나뭇잎이 떨어지는 이유는 그 나무가 생존하기 위한 나름의 행위다. 추위가 다가오기 때문에 나뭇잎이 얼어 본 줄기가 상하게 하는 것을 방지하고 또 여름 내내 쌓였던 노폐물을 낙엽을 통해 배출시키는 작용도 하게 된다. 또 봄이 오면 새로운 싹을 열어 햇빛을 받을 준비를 한다. 식물은 이런 것들을 순리대로 따르며 자연에 순응하고 있다. 사람이나 동물도 마찬가지다. 동물은 털갈이하고 사람은 계절에 따라서 옷을 갈아입는다. 자연의 순리를 벗어난 모든 생물은 죽게 된다.

동물이나 사람 역시 격물다워야 삶을 영위할 수 있다. 젖소에게 여물은 젖을 잘 나오게 하는 음식이 되지만 독사는 어떠한 먹이를 먹어도 독만 나올 뿐이다. 순리다. 잠룡(潛龍)은 명덕(明德)과 인(仁)의 마음으로 깨트리거나 깨우치지 못하면 비룡(飛龍)이 될 수 없다. 이것이 격물의 이치를 알아야 하는 큰 이유다.

사람과 사회는 진실하게 행동해야 한다. 거짓의 행위와 말은 거짓을 낳고 지혜로움은 지혜를 낳는다. 지혜로운 자를 육성해야 사회나 국가가 격물의 이치에 따르는 것이 된다. 또한 사회나 국가가 지혜로워지면 위기의 상황을 지혜롭게 대처할 수 있기 때문이다. 격물(格物)이 바로 치국평천하(治國平天下)의 첫걸음이다. 초로는 사물의 이치를 알려는 아이의 본성을 바라본다. 식물의 하나를 보면서 저 멀리 구름을 보면서 이치를 밝히고 싶어 하는 아이. 은구가 자신의 앞에 있었다.

다른 아이다-

사물의 이치와 정당함을 모르고는 풍요롭고 좋은 나라를 이룰 수 없다. 지도자란 격물의 이치를 아는 것에서 시작해야 한다. 왕재. 어린 은구에게서 그런 신비한 느낌이 초로에게 전해졌다. 격물치지는 곧 치국평천하의 시작이다. 지금 이 아이가 시작하고 있다.

현고의 고민은 달랐다. 너무 뛰어난 아이. 망아도 다른 아이보다 탁월했다. 그런데 은구는 한 술 더 떴다. 힘을 제외한 모든 면에서 형 망아를 뛰어넘었다. 온몸에 푸른 점도 심상치 않은데… 기질이 정말 남다르다. 아이의 근본에 대해 더 궁금해졌다. 애초 망자의 섬으로 데려가야 했을지도 모른다고 생각했다. 근자부 대선인의 뜻이 궁금했다. 왜 그러셨을까. 왜?

약선박사 초로와 기술박사 단복(單複)은 망아와 은구를 끼고 살았다. 둘은 또래 아이들을 넘어 고하(古下) 소도의 모든 아이의 대장이었다. 힘은 망아요 꾀는 은구다. 물론 힘으로야 몇 살 위의 형들이 더 셌겠지만, 주의주장만큼은 은구요 망아가 이끌었다. 특히, 은구는 아이들을 데리고 놀이를 참 잘 만들었다. 어떤 것들이라도 은구가 가지고 놀면 무엇보다도 재미있는 놀이가 됐다. 그래서 아이들이 따랐다. 소도에서 키우는 누렁이들도 은구를 잘 따랐다.

아이들은 저녁이 다되어서야 어미의 품으로 뛰어들었다. 특히, 은구는 제 어미 우아의 품에서 살았다. 밖에서 놀 때는 싹- 잊어버리고 집에 와서는 어미 품만 찾았다. 어미 품에 매달려 다른 일도 못하게 했다. 우아는 은구에게 붙잡히고 망아가 대신 심부름을 해야 했다. 현고가 말려 봐도 소용이 없었다. 강한 집착. 떼를 쓸 때 은구는 이마 한가운데가 불꽃처럼 핏발이 곤두섰다. 관상(觀相)으로 보면 현무형(玄武形)이다. 매우 희귀한 상(相)이다.

이 현무형(玄武形)은 성실하고 신중한 완벽주의자이지만 자기 합리화가 강하다. 코에서 이마까지 뻗어 올라간 천주골이 살아 있는 타고난 왕후장상의 상이다. 북방의 신(神)인 현무의 살성을 닮아 언변을 통한 대중 동원력이 뛰어나다. 측근들도 고집을 꺾을 수 없을 만큼 기가 세다. 현무의 관상이 엿보이는 아이. 이 아이가 남들의 눈에 띄지 않게, 그렇게 키워야 했다. 너무 뛰어난 아이. 유민(流民)들 사이에 있다는 것이 천만다행이다.

사물과 사람의 이치는 같다. 산에 있는 풀 하나 돌 하나가 의미가 있듯이 사람 또한 이 세상을 구성하는 데 나름의 의미가 분명하게 있다. 현고는 그런 면에서 고하(古下) 소도의 경당(經堂)이 다행이라고 생각했다.

고하 소도-

예로부터 단군조선의 강역에는 소도가 있었다. 소도의 기능 중 가장 중요한 것이 경당(經堂), 즉 학교의 기능이었다. 각 지역의 작은 소도에는 경당 선생이 있어 아이들을 가르치고 그 가르친 아이 중에서 엄선해서 다시 더 큰 소도로 보낸다. 그래서 결국 최고 영재들은 박사들에 의해 집중 가르침을 받게 된다.

박사(博士) 제도-

그것이 어떤 것이든 인간지세에 유리한 것이 생기는 분야가 있으면 박사가 될 수 있었다. 한 분야를 꾸준히 연구한 박사들을 우대하던 나라. 단군조선은 그 고도로 발달한 문명의 틀을 백제에 남겨 놓았다. 백제는 어떤 나라보다 물산이 풍부했다. 그래서 백성이 모여든 것이다. 그 물산을 바탕으로 풍요로운 울타리를 만들려고 했던 것이다. 기술과 연구가 필요했다. 백제가 장려한 박사제도(博士制度)는 옛 단군조선의 유산이다.

대천관 신녀는 백제의 기근이 이 정도라면 낙랑과 흉노, 고구려… 진나라 등의 가뭄은 더 심할 것으로 생각했다. 이제 천하에 대전쟁의 기운이 시작하고 있는 것이다. 이제 각 나라는 작은 제후국들의 반란을 맞이하게 된다. 무한 이기주의. 제후국들은 기근 때문에 중앙정부에 조공을 바칠 수 없는 상태가 된다. 더욱이 굶주리는 백성이 들고 일어서면 통제할 수 없어진다. 이제 대륙도 내해를 낀 반도와 열도에서도 전쟁의 폭풍우가 칠 것이다. 대천관 신녀의 예감은 정확하게 맞아간다.

하늘이 먼저 시작했다-

하늘의 변화가 인간을 굶기고, 굶은 인간은 국가를 흔든다. 사회가 혼란에 빠지면 그 혼돈을 딛고 일어서는 새로운 질서가 생겨야 한다. 혼돈의 세상을 조화롭게 할 새로운 신인(新人), 신인(神人)이 등장하는 법. 그런 생각으로 대천관 신녀는 여호기를 보고 있었다.

없다―

흑천의 현녀는 찾고 있었다. 그러나 없었다. 다만 그 연결선, 즉 천하 왕재를 낳을 수 있는 씨앗의 원천을 보았을 뿐이다. 그런데 그 후사를 낳을 하료는 부족하다. 아직 찾지 못한 절대 왕재를 찾아서 더 길을 가야 하는가? 흑천. 그 길에 항상 서 있다. 지배자를 고르는 조직. 그래서 무얼 얻나? 권력과 부? 그것만이 다 인가? 아니다. 분명히 아니다. 현녀는 고개를 흔든다. 그 비밀. 풀어야 한다. 이제야 어슴푸레 알겠는데… 시간이 별로 없다. 그래도 풀어야 한다. 반드시…

현녀는 한성백제에서 딸을 보았다. 자신과 근자부가 낳은 딸. 평생이 걸려서라도 반드시 알아오라는 엄명. 그 명령을 내린 고이왕과 책계왕도 이미 죽고 없었다. 현녀와 근자부의 볼모. 딸은 현녀와 근자부에게 그 명령을 따르게 하는 인질이었다. 백제 대천관 신녀는 신궁(神宮)에서 자랐다. 왕비족 진가의 보살핌으로 진루의 아버지 진충의 양딸이 되어서 그렇게 자랐다.

동정(童貞)을 지켜야 하는-

대천관 신녀로서 영기(靈氣) 많은 어린 시절부터 고이왕과 책계왕의 수발을 들었다. 그리고 백제의 미래를 알려주고 있었다. 어미 현녀가 그러했듯이.

이제 마무리를 해야 한다-

현녀는 생각했다. 너무 오래 지나버린 이야기. 믿어지지 않지만, 그 이야기의 끝을 보고 싶었다. 그렇게 지독하게 흑천 최고의 길에 올라섰고 그렇게 걸어왔다. 그러나 거기에 해답은 없었다. 흑천에도 그 비밀은 없었다. 단지 흑천도 그 비밀을 찾고 있었을 뿐 옛 단군조선의 비기(秘記)는 없었다. 그 비기(秘記). 찾아야 한다. 그래야 대천관 신녀를 한 번이라도 떳떳하게 볼 것이다. 그럴 시간이… 시간이 있는가. 현녀의 생각은 고이왕에게로 향한다. 고이왕은 절대 권력자로 엄명 중의 엄명을 내렸었다.

"반드시 찾아야 한다. 그 비밀을 풀어 와라."

대륙 전체와 반도 전체를 다 관장했던 옛 단군조선. 그 비밀. 소서노 모태후는 마치 그 비기(秘記)가 있는 것처럼 유언을 남겼다. 그 비기를 찾으면 대제국이 열리리라. 그 비기를 찾아라!

현녀는 이제 안다. 백제 최고의 무절 근자부와 최고의 신녀 후계자이자 차기 신녀였던 자신을 고이왕이 엮은 이유를 알 수 있었다. 고이왕과 당시 태자였던 책계왕은 교활했다. 묶고 싶었으리라. 최고의 기재와 최상의 신녀를 교접시켜 최고의 신녀 아니면 무재(武才)를 얻고 싶었으며, 그리하여 신녀를 얻고 나자, 둘을 통해 소서노 모태후의 비밀을 얻고 싶어 했다. 딸을 볼모로 잡았다. 엄명을 듣지 아니하면 어린 딸이 죽을 것이라는 두려움. 그 두려움이 현녀에게도 근자부에게도 어쩔 수 없이 그 길을 선택하게 했다.

명을 받았다-

이제 그 명령을 내린 사람들이 없어졌는데도 현녀와 근자부는 그 명을 수행하고 있다. 어쩌면 그 명은 고이왕이 내린 것이 아닐지도 모른다. 그것은 운명이다. 하늘의 뜻이었는지도 모른다.

근자부-

언젠가 한 번은 보고 싶다. 그렇게 현녀는 생각했다. 이제 새로운 변화가 시작된다. 하늘이 시작했다. 인간들이 움직일 것이다. 인간지세(人間之世)가 파도친다. 각 나라는 갈기갈기 찢길 것이다. 대륙과 반도, 열도에 불어 닥친 2년 가뭄. 한해만 더 가면 3년 큰 가뭄이다. 대지가 지옥이 된다. 그 지옥에서 인간들이 서로 살상하면서 무엇을 얻을 것인가. 죽음과 맞바꾸는 새로운 것은 무엇인가. 어쨌든 새로운 조화(造化)의 원리를 깨닫게 될 것이다. 그것이 무엇일까. 현녀는 궁금해진다. 자신이 과연 볼 수 있을까?

열이

분서왕이 품었다. 자신을 그렇게 애원하면서 울면서 자신을 품었다. 벌써 몇 년인가. 분서왕이 자신을 노리고 있다는 것을 알게 된 것이. 그런데도 우복은 그럴 수가 없었다. 남색(男色)이라니 도대체 왕이 왜 저러나. 간혹 병사들이 전쟁터에서 그런다고 해도 고귀한 신분으로 곳곳에 흔한 것이 여자가 아닌가. 그런데 왜 내게 이러는가. 우복은 분서왕을 이해할 수 없었다. 아무리 자신이 천하제일 미남자라 해도 자신은 엄연히 남자였다. 분서왕이 온천행에서 자신에게 한 것은 애원이었다. 모든 것을 가진 자가 삶에 의미를 잃은 상황. 그런 상태에서 우복에게 애절하게 하소연했다. 울면서

그래서 들어주었다―

그런데 그리하고 나니 달라졌다. 그 치욕을 한 번 겪고 나서 우복은 다른 사람이 되었다. 왕과 자신의 절대 신의가 이루어진 것 같았다. 분서왕과 함께 모든 것을 교류한 느낌이 되었다. 한 번은 치욕이고 두 번은 순응이며 세 번은 향락이다. 우복은 우쭐해졌다. 분서왕은 우복을 가졌고 우복은 분서왕, 바로 왕을 가진 것이다. 백제의 모든 것이 왕의 것이다. 그 왕을 가졌으니 백제가 곧 자기 것이었다. 우복은 왕의 가장 소중한 것을 탐했다. 둘만으로는 사람들의 눈이 무서우니⋯ 그 말은 곧 한 사람, 왕의 여자를 부르라는 암시였다. 하미. 왕비 하미를 분서왕이 불렀다. 분서왕의 새로운 왕비는 그렇게 왕과 왕의 남자와 자신이 이미 오래전부터 운명의 사슬로 엮인 관계임을 인정하지 않을 수 없었다.

우복은 왕의 아비가 될 남자-

우복의 신탁을 알 리 없는 왕비 하미는 우복으로부터 씨를 받는다. 분서왕도 모르게. 분서왕은 우복을 범하고 지치면 잠을 잤다. 그 사이. 그 틈에. 뻐꾸기 둥지에 알이 생겼다. 쌓인 것은 업(業)뿐인가? 아니다. 모든 것이 쌓인다. 그 쌓은 것에 의해 많고 적음이 생긴다. 원리다. 많은 것이 좋다. 부족한 것은 나쁜 것이다. 우복의 생각은 그랬다. 그래서 많은 것을 가져야 했다. 다 가져야 가장 좋은 것이라고 여겼다. 그리하여 우복은 왕을 갖고 왕의 여자도 가졌다.

우복과 왕비 하미는 분서왕으로 말미암아 어렵지 않게 사통할 수 있는 틈을 얻었다. 궁내에서 왕과 우복, 하미의 비밀 정사를 알 수 있는 사람은 없었다. 얼마 후 왕비 하미에게 태기가 생겼다. 분서왕은 너무도 기뻐했다.

다시 전쟁이다-

대륙에서 흉노 말갈의 공격이 거세졌다. 너나 없는 가뭄 속에 그래도 물산이 풍부한 대륙백제를 쳐들어온 것이다. 분서왕이 한성백제의 군사를 이끌고 배 300척에 약 2만 병사를 태우고 다시 출정했다. 여호기가 그동안 키워놓은 정예 기병이었다. 여호기를 다시 병관좌평 겸 백제 무절의 수장으로 승차시켜 데려갔다. 선임 병관좌평 설진강이 대륙에서 죽었기 때문이었다.

"흉노 말갈의 기세가 아주 거셉니다."

대륙백제 위례성의 백성은 이미 더는 싸울 힘이 남아 있지 않았다. 연이은 전투에 지친 표정이 역력했다. 다만 물산이 풍부한 화북평야와 바다를 낀 천혜의 지형 때문에 해산물과 곡식에 다소 여유가 있었다. 그러나 흉노 말갈은 그렇지 않았다. 죽기 살기로 백제의 땅을 침범하여 곡식을 강탈해 갔다.

여호기가 왔다-

다시 백제 제일자가 대륙백제로 왔다. 이는 대전환이었다. 백제 무절의 수장이자 병관좌평. 여호기의 등장은 대륙 백제군 좌장인 여설리를 더욱 긴장하게 했다. 설리는 여호기에게 질투심을 가지고 있었다. 여호기의 아내 하료의 일에서부터 심사가 뒤틀린 설리의 질시는 전공(戰功)에 있어서 더 했다. 대륙의 전설이 되고 있는 백제 무절랑군은 어느새 설귀의 명예가 되어 있었다. 만든 것은 여호기였으나 그 공은 철저히 설귀의 것으로 설리가 만들어 가고 있었다. 그런데 다시 여호기가 나타난 것이다. 2만의 군사와 군마, 그리고 병관좌평 여호기. 이는 새로운 파란이었다.

"대방고지의 진번, 임둔의 태수이자 제후는 곧 태자로 즉위할 여설리가 맡는다. 그리고…"

분서왕은 대륙백제의 체제를 여설리 중심으로 확고하게 힘을 실어 주었다. 그러나 설리는 어차피 태자가 되고 왕이 되면 다 자신의 것으로 생각했다. 그런데 마치 칭얼대는 아이 떡 주는 것처럼 자신의 지위를 하사하는 것에 조금 불만이었다. 여호기에 대한 명문세가들의 불평 소리도 높았다. 죽어라 전쟁하고 있던 자신들보다 후방에서 훈련이나 맡았던 여호기의 병관좌평 승진은 지휘체계의 혼선을 빚을 만큼 여러 사람의 불만을 낳았다. 설귀는 여호기를 평생 넘을 수 없을까 은근히 걱정되었다. 군장 회의가 열렸다.

"무절랑군(武節浪軍)을 재편성한다."

설귀의 눈초리가 치켜세워졌다. 재편? 내 무절랑군을? 그런 생각을 하고 있는데 병관좌평 여호기의 말이 거침없이 흘러나왔다.

"무절랑군을 네 개 편대로 만들어 사방을 회오리치듯 돌면서 적을 공격해 적의 기세를 먼저 꺾고, 적이 혼란스러워지면, 중군을 중심으로 총공격한다. 적은 장기전을 할 생각도 준비도 없을 것이다. 오직 속전속결뿐. 이것이 틈이다. 속도에는 속도뿐. 우리가 한 걸음 더 빠르면 이긴다. 물량전이다. 기병이다. 말을 많이 가진 자가 이긴다."

말을 잘 다루는 흉노와 말갈은 속도전에 강했다. 낙랑군과 달랐다. 그들은 매우 날렵했다. 중기갑병으로 당해낼 재간이 없다. 경기갑병 또한 속도에서만큼은 그들을 넘어설 수가 없었다. 대륙 북부 초원을 질주해온 그들을 속도에서 이길 방도는 사실상 없었다. 그래서 여호기는 지난 전쟁에서 말 두 필이라는 대안을 생각해내고 무절랑군을 2개로 나누었다. 그래서 한동안 적을 혼란스럽게 했다. 이제 4개 편대다. 2개가 더 늘어났으니 그 속도는 더 빨라진다. 무절랑군 편대와 편대 사이의 간격이 좁아지면 상대는 1차 2차 공격에 3차 4차 공격을 당하게 된다. 엄청난 속도의 경기갑병 공격을 한 두 차례 받는 것도 모자라 서너 차례 받으면 그것은 곧 공포다. 여호기는 그것을 노렸다. 공포. 다시는 침범할 생각을 못하도록 태풍처럼 몰아쳐라. 이것이 여호기의 전략이었다.

"중군은 여설리 좌장께서 맡으시고, 최선봉은 설귀 장군이, 그리고 4개 편대는…"

명문가 출신으로 무절 최고위 4 군장을 맡은 사명(沙名), 찬수(贊首), 해곤(解昆), 목나(木那)에게 이를 맡겼다. 누가 뭐래도 좌장 여설리를 중심으로 한 전투 대형이었다. 선봉을 맡은 설귀 또한 만족했다. 여호기는 후방을 맡았다. 여호기에게 생각이 있었다. 이번 전투의 핵심은 선봉이 아닌 후방이 될 수도 있었다. 후방에 한성백제에서 데려온 기마부대 2만 병사 중에서 1만을 숨겨 놓았다.

가뭄이 들면 강을 중심으로 전투가 벌어진다. 해전도 치열해진다. 흉노 말갈이 득세하는 이유는 가뭄으로 먹을 것이 없어진 유목민들이 세를 뭉치기 때문이다. 농사를 짓는 자들이 창고에 쌓아놓은 것들을 빼앗아야 하기 때문이다. 특히, 백제는 원지(圓池)라는 인공저수지 기술이 매우 뛰어났다. 오랜 농업으로 많은 수자원 관리기술이 있었다. 인공으로 저수지를 만들거나 강물을 끌어들여서 만드는 연못을 농사에 활용했다. 그래서 대륙의 어느 곳 보다도 최후까지 식량 생산이 가능했다. 더욱이 백제는 해운업에는 탁월했다. 수산업 발달이 매우 뛰어나 수산물 가공업을 통해 또 다른 먹을거리를 유지할 수 있었다. 이런저런 이유로 대륙백제와 대방의 백제 옛 땅을 노리는 유목민들의 집요한 정복활동이 시작될 때였다.

백제다-

백제의 식량을 빼앗고 백성을 빼앗아야 우리도 산다. 낙랑태수 장통은 이를 노렸다. 그래서 다시 흉노, 말갈을 뭉치게 했다. 그 때 큰 가뭄을 이기기 위해 모용외라는 뛰어난 칸이 선비족에게서 등장했다. 말갈을 더욱 강하게 만들었다. 낙랑연합군에서 낙랑군도 낙랑군이었지만 측면을 쳐들어올 모용외의 군대를 막아내지 않고서는 패배가 자명했다. 낙랑연합군은 죽음을 각오하고 덤빌 것이다. 목숨을 건 속도전을 이겨야 했다.

그렇게 여호기는 대륙백제에서 전쟁 준비를 하고 있었다.

한성백제는 나날이 힘들었다. 분서왕과 병관좌평 여호기가 배 3백 척에 잘 훈련된 병사 2만 명을 데리고 갔다. 그 여파가 컸다. 2만 명의 병사는 곧 농업이나 생산에서 엄청난 노동력을 의미했다. 그런데 15세 이상 남자의 씨가 마를 정도로 대륙백제에 대한 지원은 계속됐다. 그 불만이 한성백제 귀족 사이에서 팽배해졌다.

왕자다-

드디어. 왕비 하미가 왕자를 생산했다. 분서왕이 대륙백제로 떠난 뒤 일 년이 채 안 된 절묘한 시점에서, 이제 막 낙랑을 공격하기 위해 대대적인 준비를 하고 있던 바로 그때였다. 전면전. 그러면 다시 백제는 대규모 군수물자 지원체계로 바뀔 터였다. 그런데 때마침 왕자가 태어난 것이다.

분서왕이 한성백제에 잠시 돌아왔다. 귀족들은 반겼다. 왕자에게 이름이 내려졌다. 큰 거(巨). 여설거(餘薛巨). 크게 되라는 분서왕의 이름을 받자 대천관 신녀는 묘한 미소를 지었다. 태어난 일시 모두 좋았다. 왕재다. 거기에 왕이 이름을 주었는데 그 이름 또한 컸다. 크다. 이 아이가 장차 왕재로 커 나갈 것임을 대천관 신녀는 직감했다. 그리고 그 이름에서 대륙백제에 있던 설리를 제어하는 기운도 느껴졌다. 다만 왕재라는 점이 문제였다. 그것들이 어떻게 충돌하는가에 대해 또 다른 고민이 생겼다. 왕재가 같은 시기에 너무 많다는 것이다. 오히려 왕비 하미가 낳은 아이는 여호기와 충돌할 왕재였던 것이다. 이를 대천관 신녀는 함구하고 있었다. 대천관 신녀의 뜻 모를 미소는 그것 때문이었다.

분서왕과 왕비 하미에게 만조백관(滿朝百官)들은 다 경하(敬賀)했다. 많은 의미가 담긴 축하였다. 그러나 그 축하 분위기는 잠시였다. 정비(正妃)에서의 후사(後事)보다도 분서왕은 대륙백제 지원이 시급했다. 분서왕 또한 낙랑과의 전쟁준비에 더 골몰했던 것이다.

분서왕은 진작부터 태자로 설리(薛利)를 당연시했다. 다만 한성백제의 귀족들이 이를 미루고 있을 뿐이었다. 그러니 정비(正妃) 하미가 낳은 왕자 설거는 분서왕에게 있어서는 그다지 큰 변수가 되지 않았다. 이참에 태자 즉위식 문제도 정리하려고 분서왕은 마음먹었다.

그러나-

왕의 나이 이제 불과 사십 대 중반. 아직 시간이 있다는 것이 한성백제 귀족들의 중론이었다. 더욱이 설리는 막중한 전쟁 수행의 임무를 맡아 최전선에 나서 있었다. 그런 설리에게 태자 즉위는 더욱 많은 시간이 필요한 일이었다. 태자가 된다는 것은 이제 대륙백제나 한성백제 한 곳을 직접 관장해야 한다는 뜻이다. 귀족들이 내세운 표면적인 이유는 그랬다. 그러나 실상 한성백제의 귀족들은 대륙전쟁에 광분해 있는 설리에 대해 두려움을 갖고 있었다.

다 빼앗긴다-

그렇게 생각했다. 그 두려움이 설리의 태자 즉위를 막고 있었다. 한성백제의 변화는 거기가 시작이었다. 그 맨 앞에 배가 맞은 세 사람이 있었다. 하나는 왕비 하미와 그녀의 사촌 언니이자 여호기의 아내 하료였다. 또 하나는 뻐꾸기 둥지에 알을 낳은 왕의 아비가 될 신탁을 받은 우복이다. 우복은 분서왕 시대의 한성백제에서는 내신좌평 진루와 버금가는 막강한 권력자가 되었다. 왕비 하미 역시 우복이 없으면 아무것도 할 수 없었다. 우복은 분서왕으로부터 한성백제 고마성의 전권을 받은 셈이었다.

우복-

분서왕은 우복을 보면 절로 흡족했다. 그리고 아무도 모르는 둘만의 비밀. 그 비밀 덕분에 분서왕의 모든 것에 우복이 있었다. 우복 또한 하료의 의견에 전적으로 동의했다. 여설리가 태자가 되고 다음 왕이 된다면 그것은 최악(最惡)의 경우가 된다. 하료는 우복과 하미와 수시로 이런 모의(謀議)를 하고 있었다.

설리는 안 된다―

셋의 공통된 합일점이었다. 설리만큼 절대 안 되는 사람들. 하료는 설리의 절대 권력 등극은 곧 자신의 집안이 몰락하는 것을 의미함을 잘 알고 있었다. 자신에 대한 미움과 여호기에 대한 질투, 게다가 한성백제에서 대륙전쟁을 반대하는 중심에 왕비족이 있었다. 그 핵심에 하료가 있음을 누가 모를 것인가. 하미도 마찬가지였다. 자신의 왕자가 생긴 이상 욕심이 더 생겼다. 우복 또한 그랬다. 우복은 알고 있었다. 하미의 아들. 곧 설거는 우복 자신의 아들이다. 우복과 하미는 분서왕이 욕심을 채우고 나면 다시 그들의 욕심을 채워왔다. 혈기왕성한 우복이 하미는 더 좋았다. 당연히 그 씨는 우복의 것이 맞았다. 이러한 사실은 분서왕도 그 누구도 몰래 이루어져 왔다. 그래서 그들의 음모는 치밀했다.

"이간책이 필요합니다."
"왕과 설리 왕자를 이간시킬 방도를 찾아야 합니다."

"있을 수도 있습니다."
"어떻게요?"

우복이 묘책을 꺼냈다. 고육지책이었다. 설리에게 왕의 남색(男色)을 알리기로 했다. 자신, 즉 우복을 모함하도록 했다. 우복은 그런 사람이다. 자신이 기꺼이 희생양이 되었다. 그래야 했다. 설리의 등장은 곧 흑우가 상단의 몰락을 말하기도 했다. 절대 왕권을 휘두를 사람이었다. 설리는 그렇게 대륙전쟁에 매진할 것이다. 그래서 자신의 최대 약점이 될 수 있는 남색을 설리에게 넘겼다. 필패의 패는 곧 필승의 패가 되기도 한다. 설리에게 그 정보를 몰래 가공해서 넣기로 했다. 여호기에 대한 대륙백제 본가 출신설도 본격적으로 대륙백제에 퍼트리기로 했다. 대륙백제의 여러 명문세가를 동요하게 할 속셈이었다. 또한 여호기가 대륙백제 본가 출신이라는 명분이 쌓이면 훗날 잠재적인 적이 될 여호기를 잡아챌 귀중한 패가 될 것이었다. 다른 사람들이 눈치 못 채도록 흑천을 통했다.

현녀가 나섰다-

현녀는 우복의 계책을 듣고 피식 웃었다. 우복은 달랐다. 권력에 대한 집착이나 소유욕, 그리고 냉정한 생각과 냉혈의 피가 여느 사람들과 달랐다. 그 차가움이 현녀의 마음에 쏙 들었다. 그림자로 적절한 사람이다. 어둠으로 세상을 지배하는 지배자. 그런 냉혈한 성품이 우복에게 있었다. 현녀는 기꺼이 대륙백제로 향했다.

남색(男色)-

아버지 부왕(父王)께서 남색이라. 그 상대가 우복이고? 이 얘기에 설리는 적지않이 놀란다. 하긴 어쩌면 그럴 수도 있다. 고이왕과 책계왕 사이에서 아버지는 고이왕에 가깝다. 합리적이고 이성적이다. 그런데 책계왕은 아니다. 정략적이면서도 강했다. 자신과 닮아 손자인 여설리를 더 예뻐했다. 조손(祖孫) 감응(感應). 할아버지와 손자의 연결. 그런 책계왕에게 태자 시절 분서왕은 아비 책계왕이 어렵기만 했다. 권력욕이 많은 책계왕은 아들이 나서지 못하게 했다. 손자 여설리와 아들 여휘를 대하는 것이 달랐다. 그래서인가 분서왕은 태자 시절 때때로 우울한 모습을 보였다. 그 우울함을 이기기 위해 그럴 수 있다. 분서왕의 심기를 누구보다 잘 읽는 설리였다. 충분하다.

"이제 어째야 합니까?"

설리는 현녀에게 물었다. 이제 대륙의 패자가 되기 위해 큰 가뭄의 끝에서 큰 정복전쟁을 해야 한다고 설리는 생각했다. 그러나 흑천은 입장이 다르다. 흑천은 대륙이 통일되면 할 일이 없어진다. 밀무역도 전쟁을 위한 정보제공도 또 각 제후국의 막후 조종도 할 수 없게 된다. 설리는 그런 흑천의 속뜻을 알 리 없었다.

"부친을 뛰어넘어야 합니다."

분서왕을 뛰어넘어야 한다. 어떻게. 아무리 남색(男色)이라지만 이건… 절대 권력자를 무너뜨릴 수 없는 수다. 그렇게 생각했다. 그런데 전혀 다른 얘기가 나왔다. 남색이면 여색은 아니지요. 얼마 전 태어난 왕자가 반드시 분서왕의 씨라고 할 수 있겠습니까? 현녀는 우복의 생각보다 한 발 더 나갔다. 이게 필요하다. 사람은 그렇게 결정적인 의심이 있어야 자신의 계산을 제대로 하는 법. 정비(正妃) 하미가 낳은 아들. 곧 그 아들이 태자가 될 수도 있습니다. 이렇게 말하는 것이다. 이를 완곡하게… 일깨우고 있었다. 설리는 순간 뒤통수가 뜨거워졌다. 그럴 수 있다.

문제가 뜻밖에 컸다-

도적놈한테 백제 왕실을 통째로 내주는 꼴이다. 진시황이 그랬다. 여불위(呂不韋). 여불위는 조(趙)나라 장사꾼 모리배(謀利輩)로 이름이 높았던 아비에게 물었다고 한다. 농산물을 장사하면 얼마나 벌 수 있습니까? 두 세배는 벌 수 있지. 비단이나 보물을 장사하면 얼마나 벌 수 있습니까? 칠팔 배는 벌 수 있지. 그러면 내 사람을 왕으로 만든다면 얼마나 벌 수 있습니까? 그것은 돈으로 계산할 수 없지.

마침 진(秦)나라 소양왕(昭襄王)의 손자 이인(異人)이 조(趙)나라에 볼모로 와 있었다. 이인(異人)이 타국 조(趙)나라에서 공손건(公孫乾)의 감시를 받으며 여인도 없이 객고에 어려운 생활을 하고 있음을 알았다. 여불위는 많은 뇌물을 뿌리면서 공손건과 친하게 지내며 이인에게 접근했다. 여인이 없어 외로워하는 이인에게 자기가 사랑하는 절세미인 애첩, 임신 2개월 된 조희(趙姬)를 바쳤다. 결혼을 시킨 후에 진시황을 낳게 했다. 이후 엄청난 재물을 투자하여 진(秦)나라의 수많은 신하를 매수했다. 마침 소양왕의 세자인 안국군(安國君)에게는 정비의 몸에서 아들이 없었다. 여불위는 많은 재물을 투자해 안국군과 친하여졌다. 각종 모사를 꾸미며 자신의 애첩 후궁에서 태어난 이인을 많은 손자 중에서 세손으로 만든다.

"왕을 가지면 다 갖습니다. 새로운 나라를 가장 쉽게 만드는 방법이지요."

현녀는 설리의 의심에 불을 붙였다. 여불위의 일에서 설리는 깨달았다. 대안이 필요했다. 현녀에게 바싹 다가들었다.

"무슨 방도가 없겠습니까?"

대륙백제로 향하는 분서왕의 배는 더뎠다. 분서왕은 갑판에서 깊은 생각에 잠겼다. 대륙백제 위례성에서 이제 곧 출전을 앞둔 백제군의 사기를 올려 주어야 했다. 전 백제 영역에서 물자들이 모이게 했다. 곧 전쟁이다. 그리고 그 자리에서 설리를 전격적으로 태자에 즉위시키려 했다. 그것을 한성백제 귀족들에게 추인받고자 했었다. 그런데 우복이 떠나기 전 이상한 말을 했다. 왕과 자신을 설리가 의심하고 있다는 정보. 그런 정보가 있다고 했다. 이게 무슨 소리인가. 설리가 우복을 의심한다? 바로 우복과 자신의 남색을 의심한다는 것이다.

분서왕은 그럴 리 없다고 했다. 우복은 순간, 그러면 다행이라고 여겼다. 그 짧은 대화가 위례성을 앞두고 계속 분서왕의 마음에 남았다. 만약 설리가 그 사실을 안다면? 어떻게 알게 되었을까? 설리는 대륙백제에서 전쟁 중인데 한성백제 궁 안의 내밀한 일을 어찌 알았을까? 설리가 다른 생각이 있는가? 이런 생각으로 사흘간 잠을 못 이뤘다. 게다가 여호기 또한 대륙백제의 본가 사람이라고 하니, 이는 전혀 다른 변수였다. 대륙백제 본가… 비류천왕의 직계라는 소리였다. 언제든지 왕권 쟁탈의 경쟁자로 들어갈 수 있다는 의미다. 그런 뜻이 내포되어 있었다. 이건 또 무슨 복잡한 일인가… 분서왕의 마음이 답답했다.

한성백제에서 대륙백제까지는 빠르면 5일, 늦으면 9일이 걸리는 뱃길이었다. 계절 바람에 따라 대륙백제에서 한성백제로 향할 때는 하루나 이틀이 더 빨랐다. 그래서 대륙백제로 향하는 뱃길은 더디게 느껴졌다. 더구나 이번 위례성으로 가는 길은 더더욱 답답했다.

전쟁 준비는 끝났다-

그렇게 보였다. 분서왕은 항구에 정박해 있던 열도의 군선들과 각 백제 세력에서 모아온 군량들 그리고 출전을 앞둔 함선들에서 그 분위기를 느끼고 있었다. 그래도 방심은 금물이었다. 부왕 책계왕은 가장 충실하게 전쟁 준비를 하고도 당했었다.

분서왕은 위례성으로 향했다. 왕의 행차. 분서왕은 행차를 즐겼다. 그리고 백성을 살피는 자신의 모습에서 성군(聖君)을 느끼게 하고 싶어 했다. 아버지 책계왕과는 달랐다. 아버지는 항상 암살자를 조심했다. 백성은 믿을 수 없는 존재라고 늘 얘기하곤 했다. 의심이 많은 아버지. 절대 권력을 가진 부왕(父王)은 언제나 자신도 의심할 수 있었다. 특히, 책계왕을 닮은 설리가 점점 자라게 되고 부왕의 곁에서 사랑을 받자 분서왕은 그 의심의 눈초리를 심하게 느꼈었다. 왕이 자신을 의심할 수도 있다. 그런 생각에 항상 조심해왔다. 그러면서 자신이 왕이 되면 절대 그렇게 하지 않겠다고 다짐했었다.

그런데 지금-

자신은 아들을 의심하고 있다. 아니 아들이 자신을 의심하고 있다는 것에 화가 나 있었다. 그 아들을 만나기 위해. 전쟁터로 목숨을 걸고 출정하려는 그 아들에게 태자 즉위와 후계 확정을 선물하려고 하는데… 갈등한다. 위례성 내성에 도착하자마자 설리를 불렀다.

"준비는 다 됐느냐?"
"예-"

여설리는 오랜만에 부왕을 만났다. 한성백제 행은 계절을 탔다. 아무리 백제의 내해(內海)라고는 하지만 그래도 바닷길이다. 안전한 바람이 중요했다. 한성백제를 갔다가 한 번 일을 보고 오려면 최소한 몇 개월은 소요됐다. 여설리는 분서왕을 참 오랜만에 만나고 있었다. 분서왕이 먼저 꺼내기 싫은 말을 꺼냈다. 더 담아두면 자신이 몹쓸 아비가 될 것 같아서였다. 먼저 여호기 문제였다.

"여호기가 비류계 사람이라는 것을 알고 있었느냐?"
"예- 그래서 제가 그토록 경계하고 있었던 것입니다."

알고 있었다. 대륙백제의 본가 사람일 때 여호기 위치가 어떤 상황으로 달라질 수 있는지를. 권력에 민감한 설리였다. 본론으로 들어갔다.

"너는 내가 남색을 한다고 생각하느냐?"
"…?"

설리는 이 말을 한순간에 알아들었다. 왜 껄끄러운 이야기를 먼저 하실까. 남색 운운에 앞서 먼저 그런 생각이 들었다. 남색? 이미 현녀를 통해 들었다. 하지만 한성백제에서 돌아온 부왕이 이렇게 바로 물어볼 줄은 몰랐다. 그 상대가 누구라고 생각하느냐? 우복이라고 여기느냐? 분서왕은 숨 쉴 틈도 없이 대놓고 물어왔다. 설리는 당황했다.

"부왕께서 그럴 리 있겠습니까? 라고 생각하고 있었습니다. 우복이 하도 설치니까. 사람들이 그렇게 말을 만든다고 생각해서… 누구도 그런 얘기가 흘러나오지 못하도록 단속시켰습니다."

설리는 당황한 끝에 그리 답했다. 그 대답이 백제의 미래를 바꾸어 놓을지 아무도 몰랐다.

鉅 되는데

별이다. 북두칠성이다. 왜 칠성인지 아느냐? 왜 백제에 북두칠성이 중요한지 아느냐? 옛 단군조선의 선인은 그 물음에 답을 알고 있었다. 백제인들의 생활에서 북두칠성의 존재와 의미는 더 남달랐다. 북두칠성이 있어야 한밤중 자신이 가고 있는 길의 방향이 제대로인지 아닌지를 알 수 있었다. 그것이 황해바다를 내해로 다니고 전쟁을 준비해야 했던 백제 사람들에게 특히 중요하지 않을 수 없었다. 그런 이유로 항시 백제인들은 북두칠성을 보고 변화를 살피며 왕가의 변동과 자신 삶의 변화에 대입하고 그 관계를 유심히 살펴야 했다.

지금, 대륙에서도 한성백제에서도 열도에서도 북두칠성은 매우 중요했다. 매일 치성을 드린다. 재물과 생명 그리고 명예를 위해서 그 북두칠성을 향해서 빌고 있었다. 전쟁이 곧 있기 때문이었다. 전쟁터로 남편과 자식을 내 보낸 사람들은 뒷마당 항아리 위에 정화수를 떠 놓고 빈다. 그저 칠성님께 빈다. 제발 우리 자식… 내 남편을 무사하게 해달라고 그렇게 빈다.

백제 사람들은 모두가 빈다–

이번 전쟁이 제발 마지막이길. 그런 바람으로 하루하루를 살아간다. 그럼에도, 아이들의 놀이는 언제나 전쟁놀이가 제일 재미있다. 특히, 영웅이 출현하는 전쟁. 지금 대륙 전쟁의 영웅은 누가 뭐래도 여호기였다. 그것이 명문세가의 불만이기도 했다. 하지만 여호기는 달랐다. 전략이 탁월했고 한성백제의 전폭적인 지원도 있었다. 무엇보다 백성이 그를 따르고 있었다. 그가 하자면 한다. 그것이 많은 말들을 만들고 있었다.

분서왕이 여호기를 불렀다. 설리에게 던진 질문에서 들은 대답이 분서왕의 결심을 가져왔다. 병관좌평을 부르라! 그 말을 듣고 설리는 분서왕이 있던 내전을 나섰다. 설리는 긴장했다. 아버지 부왕이 자신을 의심했다. 그러한 정보가 한성백제에 흐른 것이다. 한성백제의 기류가 그러리라고 설리는 생각했다. 현녀의 정보가 정확했다. 아버지 부왕은 자신의 이유를 내게 뒤집어씌우려고 했다. 이는 한성백제가 자신을 거부하는 것이라고 여겨졌다.

"들어봤느냐?"

"누가 감히 그런 얘기를 하겠습니까?"

"그러냐? 한성백제 소식은 듣고 있느냐?"

"온통 흉노와 말갈. 낙랑 정황이 급해서 전혀 듣고 있질 못합니다."

여호기는 거짓을 잘 못한다. 거짓말하는 것을 보지 못했다. 차라리 입을 다문다. 숨겨놓은 여자 일로 분서왕은 여호기의 그런 성격을 충분히 읽었다. 그런 여호기 입에서 한성백제의 정보가 없었다. 하긴 낙랑연합군 정보를 모아 전쟁 준비에 여념이 없는 것이 당연한데…

"부왕께서 그럴 리 있겠습니까? 라고 생각하고 있었습니다."

정보를 이미 듣고 있었다. 게다가 우복이 하도 설치니까… 우복이 한성백제에서 하는 일조차 알고 있었다. 우복에게 그런 일을 시킨 사람이 바로 자기다. 그런데 우복을 경계하고 있었다. 더 들어보아야 했다. 여호기에게 물었다.

"설리가 새로운 왕자의 탄생에 대해서 자네와 상의한 적이 있는가?"

새로운 왕자의 탄생과 설리. 여호기는 이 질문에 다른 생각을 하지 못했다. 그냥 있는 그대로 자신과 별로 친하지 않기에 여설리 좌장과 그런 자리를 만든 적이 없어서 있는 사실 그대로 말했다.

"없습니다."

이 말이 가져다주는 의미를 여호기는 몰랐다. 그러나 분서왕은 느낌으로 알고 있었다. 설리가 왕자 탄생을 반가워하지 않고 있다. 자신의 남색을 알 정도면 한성백제의 고마성 내에서도 최고로 은밀한 곳. 그 이야기를 아는 것이다. 거기 설리의 정보망이 있다. 그 정보망으로 아비인 자신을 감시하고 새로운 왕자의 생산을 경계하고 있었다. 그런 생각이 분서왕의 머리에 가득해졌다. 여호기는 그제야 분서왕이 이상했다. 설리에 대해 꼬치꼬치 묻는 것도 그랬다. 게다가 남색이라니… 왕께서… 그런 얘기를 도무지 들은 적이 없었다. 그런데 그렇게 물었다. 처음에는 농담이려니 생각했는데 왕의 안색이 심상치 않아 보였다.

"너는 대륙백제 본가 사람이더냐?"
"소신 어려서 부모와 일가를 잃어 정확히는 잘 모릅니다. 다만… 그럴 수도 있습니다. 하지만 저 같은 것이 어찌 백제 본가 사람이겠습니까?"

분서왕은 여호기를 떠보았다. 너는 백제 본가 사람이냐? 비류계로 왕권에 관계가 있느냐? 너도 왕이 되려 하느냐? 그 소문이 사실이냐? 이런 깊은 의미가 담겨 있었던 분서왕의 질문 의도를 여호기는 모른 채, 그렇다고, 아니 그럴 수도 있다고 대답했다. 너도 왕이 되려느냐? 그 질문에 여호기는 아닙니다. 생각하고 있지 않습니다. 그렇게 답한 것이다. 만약에 여호기가 머릿속에 왕권에 관련된 생각을 담고 있었다면 그리 쉽게, 백제 본가 사람일 수도 있다고 즉답을 할 수 없다. 해서는 절대 안 된다. 그것은 목숨을 건 얘기이니까. 그 생각이 있다면 곧바로 말이 나올 수 없다. 별다른 마음을 품지 않았기에 순순히 답할 수 있었던 것이다. 분서왕은 그렇게 생각했다. 거짓말을 잘 못하는 성격의 여호기에게는 자신의 말 그 자체가 진실이었다. 실은 근자부만이 아는 일인데 여호기에게 가르쳐 주지 않았으니… 여호기는 아는 대로만 대답할 수밖에 없었던 것이다. 분서왕은 여호기를 은연중에 시험한 것이다.

"이번 전쟁은 여설리 대륙 백제군 좌장을 중심으로 병관좌평이자 백제 무절의 수장인 여호기 장군이 치른다."

분서왕은 그렇게 말했다. 그리고 모든 전쟁의 전권을 설리에게 주었다. 그러나 실제로 여호기에게는 비상대권까지 주었다. 설리의 병권은 허상이었다. 전략지휘권을 이미 갖고 있던 여호기의 작전을 실제로 수행하는 것에 설리의 병권이 머물렀다. 군수 지원과 지휘권, 모두 후방의 여호기가 휘두르도록 했다. 설리는 그저 최고 수장으로 중군을 책임지는 역할이었다. 모두 다 알게 되었다. 여호기가 군 최고 실력자였다. 설리는 긴장해야 했다.

승패의 책임이 모두 여호기에게 몰렸다. 여호기는 전쟁 준비를 하면서 그 옛날 근자부가 생생하게 들려주었던 옛 단군조선의 명장이자 임금이셨던 치우천왕의 치우대 전법을 다시 쓰기로 했다. 그 기억을 되살려 군 편재를 조금 색다르게 했다.

말갈 선비족은 모용외의 지휘 아래 낙랑태수 장통(張統)을 지원했다. 선비, 즉 숙신의 대군 기병이 낙랑과 대방의 경계, 즉 대륙백제의 전선으로 몰려오고 있었다. 이번 전쟁은 대륙백제의 사활(死活)이 걸려 있었다. 백제에서도 20만 대병을 일으켰다. 특수 별동대인 무절랑군(武節浪軍)의 편재도 마쳤다.

대륙의 패권을 잡기 위해서, 큰 가뭄의 끝에 살아남기 위한 전쟁이 임박했다. 분서왕 6년 가을 추수가 끝났다. 곡식이 창고에 쌓였다. 비록 가뭄이 들었지만, 한겨울은 날 수 있었다. 그러나 북쪽 선비족은 달랐다. 그들은 일부 가축을 죽였다. 살은 말리고 뼈까지 고아 먹어야 했다. 이제 방법은 하나였다. 세력을 더 모아서 백제와 전쟁을 하는 것.

대륙백제다-

그렇게 몰려왔다. 낙랑태수 장통을 비롯한 선비 숙신의 명장들이 다 출전했다. 말을 타고 말 위에서 북부 대륙을 누비던 기마족속 그들의 대정복 전쟁이 시작된 것이다. 백제 그 풍부한 물산을 노리고 달려들었다. 이번 전쟁에서 승리하지 않으면 한동안 기근을 면치 못한다. 기근은 곧 부족의 생멸에 관련된 근본 문제였다.

대칸 모용외와 장통 태수는 백제 무절랑군을 경계했다. 장통이 전면에 나서고 모용씨족의 수장들이 측면을 맡았다. 측면이라기보다는 최전방에 가까웠다. 백제 무절랑군을 피하여 백제의 후방을 치고 적의 보급을 빼앗은 뒤에 백제의 중군을 뒤에서 덮치기로 했다.

백제의 무절랑군과 선봉대는 낙랑군이 접전을 치르고 있다가 중군에서 신호가 오르면 함께 연합해 치기로 했다. 낙랑연합군의 주력 선봉은 모용외가 맡았다. 훗날 연나라의 대칸이 되는 모용외는 남다른 전략가였다. 백제와의 전쟁에서 가장 자신 있는 부분을 극대화하기로 했다. 선택과 집중이다. 가장 약한 곳을 가장 강하게 때려서 일거에 적진을 교란시켜야 했다. 그 비책은 속도였다. 하루에 삼백 리를 달리는 준마들이 있었다. 무엇보다도 말 위에서의 싸움에 능한 모용외의 군사들이 있었다. 무절랑군보다 더 빨리 달릴 수 있는 유일한 기마대. 속전속결로 백제군을 섬멸시키고자 했다.

선비족은 크게 모용(慕容)·걸복(乞伏)·독발(禿髮)·탁발(拓跋) 등의 부족집단이 북부 대륙 각지에 할거(割據)하면서 점차 화북(華北)의 낙랑과 대방지역으로 옮겨왔다. 5호16국(五胡十六國) 시대에는 연(燕:모용씨)·진(秦:걸복씨)·양(凉:독발씨)이 화북에서 각각 나라를 세웠고, 북위(北魏:탁발씨)는 화북 일대를 노려 이른바 북조(北朝)의 기초를 열었다고도 한다. 그 바탕에는 무서운 초원의 돌풍 같은 기마대가 있었다. 다 동이족이다. 전쟁에 능했다.

20만 명의 백제군과 낙랑연합군 19만 명이 대치했다-

백제군 선봉은 5만 명이었다. 그 선봉장 설귀는 대륙에 이름이 이미 높았다. 낙랑태수 장통은 자신의 부장 저위를 내세웠다. 백제군과 낙랑군의 선봉이 부딪쳤다.

"장통 나와라!"

먼저 설귀가 도발했다. 장통 태수 나와라! 그 도발에 저위의 부장(副長)이 나섰다. 무게 50근은 나갈 반월도를 들고 저위의 부장은 말을 몰고 설귀 앞으로 달려왔다. 설귀는 백제 장군검으로 일도(一刀) 획을 그으며 일합을 겨루었다. 털북숭이 부장이 일곱 합을 못 버텼다. 설귀의 칼 솜씨는 눈부셨다. 무예 차이가 났다. 힘보다 검술에서 차이가 났다.

그 시각—

무절랑군 1편대가 귀면(鬼面)을 한 사명(沙名)의 지휘로 낙랑선봉대의 좌측에, 2편대 역시 귀면을 한 찬수(贊首)의 지휘로 우측으로 향하고 있었다. 3편대와 4편대는 설리가 있던 중군(中軍) 측방에 있으면서 신호가 오기만을 기다리고 있었다. 선봉과 중군의 거리는 칠십 리였다. 후방 여호기 부대와도 족히 백 리는 떨어져 있게 되었다. 빠르면 두 시진이요 늦으면 반나절은 될 거리였다. 선봉에서든 후방에서든 연락이 와야 했다.

백제군 후방을 맡은 여호기는 군수품 수레를 일부 기병과 보병으로 나르고 있었다. 보급품 수레 속에 장창(長槍)과 활을 숨기고 2만의 군마들을 보급하려는 듯이 내보이며 이동하고 있었다. 기마병은 거의 보이지 않았다. 말과 보급품을 나르는 보병이 중심이었다. 겉으로는 그렇게 보였다. 그러나 실상은 보급물품을 그리 많이 챙기지 않았다. 여호기는 이번 전쟁을 속전속결 속도전으로 보았다. 적을 기다리고 있었다. 해곤(解昆), 목나(木那)가 지휘하는 무절랑군 3, 4편대는 여호기의 신호를 기다리고 있었다.

드디어 개활지다-

개활(開豁). 드넓게 펼쳐진 곳. 대륙에서의 전쟁에서 기마병이 가장 잘 싸울 수 있는 곳이다. 그곳으로 들어갔다. 저 멀리 산들이 보이고… 드넓은 광야로 보급품을 가지고 백제 후방 보급부대가 진격하고 있었다. 기마병이 공격하기에 더없이 좋은 장소였다. 여호기는 그 개활지에 도달하자 저 멀리 산줄기들을 보았다. 여호기 부대가 거의 다 개활지로 들어설 때, 바로 그때였다.

부우- 부우-

선비족의 진격소리가 들렸다. 뿔로 만든 나팔소리. 그 나지막하고 긴소리에 백제군의 후방은 당황하는 것처럼 진영이 흩어지고 있었다. 그러나

"조금도 동요치 마라! 훈련한 대로만 한다. 알겠느냐?"

여호기의 부대는 준비되어 있었다. 조금도 긴장하지 않고 움직

이고 있었다. 백제군은 작은 부대들이 서로 모였다. 말과 보급품을 중심으로 빙 둘러섰다. 큰 원을 그리기 시작했다.

공격이다-

모용외는 백제군이 제대로 걸려들었다고 생각했다. 드넓은 벌판에서 보급품을 가지고 가는 백제군 군수 지원 보병 5만을 공격하는 것이다. 선비족 기마부대 또한 5만이 넘었다. 보병 5만 대 기병 5만. 이 전투에서의 승리는 당연히 자신의 부대라고 한 치도 믿어 의심치 않았다. 모용외는 백제군의 후방 보급품을 선택했다. 그리고 주력 기마부대를 집중시켜 일시에 적의 보급을 차단하려 했다. 멀리 돌아서 기다리고 있었다. 사막의 거센 돌풍처럼 내쳐 달릴 것이다. 거센 말발굽에 우왕좌왕하는 백제군이 쓰러지는 것을 상상하며 총공격을 명령했다.

부우- 부우-

진격의 나팔이 울리고 있었다. 광활한 대지에 선비족 기병대의 진격 소리. 그리고 신호들… 또 다른 기마부대들이 그 신호를 기다리고 있었다.

왔다-

여호기가 예상했던 신호였다. 모용외가 낙랑연합군에게 보내는 공격 신호. 모용씨족이 보낸 신호에 낙랑연합군 선봉이 공격할 것이고 백제의 중군은 백제 선봉을 지원하러 움직일 것이었다. 그러면 모용외의 부대는 백제 보급부대를 공격하고 바로 달려서 백제 중군을 뒤에서 공격할 심산이었다. 그 신호들이 하늘을 날았다. 백제군 후방 보급부대가 오는 길 쪽이었다. 백제 후방 보급부대로 선비족 최정예 기마부대가 총공격하고 있는 것이다. 해곤(解昆), 목나(木那)가 지휘하는 무절랑군 3, 4편대는 그 신호만을 기다리고 있었다. 거기가 이번 전쟁의 핵심 전투지였다. 지난번 책계왕이 죽은 곳은 중군이었다. 지휘부. 이번에는 백제가 무절랑군으로 지휘부를 방어할 것이니. 선비족 최정예 기마부대는 다른 곳을 공격할 것이었다. 그러면 바로 선봉부대 측면이 아니면 후방 보급부대를 공격하려고 들 것이었다. 이제 적의 공격이 어디로 이루어지는 지가 알려졌다. 백제의 후방 보급부대를 기마대로 치고 곧이어 중군으로 압박해 올 것이다. 여호기는 최우선 전쟁 전략을 이렇게 예상했었다.

역시 그렇게 공격하는구나-

여호기 예상이 맞았다. 해곤과 목나는 무절랑군에 진격 명령을 내렸다. 한 시진에서 세 시진 사이. 얼마나 빨리 달려가느냐 하는 것이 승리의 열쇠가 될 일이었다.

질주했다-

미친 듯이 질주해오는 기마부대는 천지를 진동시킨다. 땅이 울리고 하늘 가득 먼지가 일어난다. 거세게 밀려드는 모용외의 기마부대를 맞이해 여호기의 보급부대는 침착하게 대응했다. 지피지기(知彼知己). 마치 이렇게 덤벼들 줄 알고 있었다는 듯 했다. 그래서 매우 재빠르게 오환진(五環陣), 즉 다섯 개의 동심원을 크게 만들고 있었다. 보급품을 중심으로 원이 다섯 개 만들어지면서 병사들이 빙 둘러섰다. 정 가운데 큰 원과 주변의 네 개의 원. 서로 일정한 거리를 크게 유지했다.

먼저 큰 방패들이 보급수레에서 꺼내졌다. 큰 방패가 맨 앞에 세워졌다. 그 사이에 장창 두 개씩을 든 병사들이 섰다. 장창을 든 군사들은 순식간에 방패 앞으로 하나, 그리고 방패 위로 하나 두 개의 아주 긴 창을 세웠다. 큰 방패 위에 움푹 파진 요(凹)가 있었다. 거기에 장창의 철(凸)이 끼어 맞춰졌다. 마치 서로 받치면서 목책처럼 힘을 세우고 있었다. 그들 뒤에 있던 병사들이 기갑에 싸인 군마들 위에 올라탔다. 왼손으로 작은 방패와 활을 머리 위로 든다. 방패는 곧 활을 받치고 있었다. 경기갑병대였다. 보병이 아닌 기병대가 위장하고 있었던 것이다. 경기갑병대 궁수들이 순식간에 차려졌다. 작은 방패를 들자 활이 적을 향해 겨눠진다. 방패와 활이 섞인 기묘한 자세다. 최대한 가까이 다가올 때까지 기다려라!

더 기다릴 수 없었다―

흥분한 모용씨족의 군사들은 말 위에서 화살을 날리고 있었다. 아무리 활을 잘 쏘는 궁수라 해도 말 위에서 쏘는 작은 활인 단궁(檀弓)으로 살상할 수 있는 거리에는 한계가 있다. 화살이 날아가서 치명적인 상처를 남길 수 있는 거리가 있는 법인데도 모용외의 군대들은 흥분해 있었다. 백제군이 웅크리는 모습을 보이자 더욱 그랬다. 먹이를 앞두면, 그 먹이가 겁에 질린 것으로 보이면 더욱 흥분한다. 질주할수록 말 위에 탄 군사들이 더더욱 흥분한다. 그래서 모용씨족의 부대가 날린 화살들은 여호기의 백제군을 살상하지 못했다. 방패에 맞는 것조차 적었다.

대지는 수만 개의 말발굽 소리에 진동하고 거친 흙바람이 마치 돌풍이라도 일어난 것 같다. 모용외의 군사들이 활을 쏘며 달려들 동안 여호기의 백제군은 기다렸다. 오직 기다리고 있었다. 적의 선두가 비로소 보였다.

이때다―

여호기는 흰색 깃발을 흔들었다. 여호기의 흰색 깃발이 서쪽을 가리키며 크게 흔들리자 그 사다리 망루의 아래에서 큰 북들이 울렸다. 흰색은 서쪽이다. 동쪽은 청색, 남쪽은 적색. 황색은 가운데다. 그 사방을 가리키는 색으로 구별시켰다. 병사들은 그렇게 훈련받았다.

망루-

그렇다. 여호기는 백제군의 중심에 서 있었다. 여호기 근처 수레들 속에 긴 사다리들이 있었다. 그 사다리가 조립되면서 위로 엮어서 순식간에 망루가 만들어졌다. 그 사다리 망루의 높이는 오십을 채 세지 못하는 동안 열 사람 키를 합한 것보다 훨씬 더 높게 올라갔다. 거기서 여호기가 전 군을 내려다보고 있었다. 광활한 대지에 몰려오는 기병들의 말굽 소리. 백제군은 여호기의 망루를 중심으로 거대한 둥근 원을 다섯 개 그리고 있었다. 하나는 여호기가 있는 가운데 중심의 원이고 다른 넷은 사방에 각기 있었다. 선비족 기병대는 서쪽에서 먼저 공격해왔다. 이것이 망루의 이유였다. 보였다. 어느 방향에서 어떤 부대가 어떻게 공격해오는지 알 수 있는 것. 기마전의 최대 약점은 지휘관이 현장에서 전투 상황을 볼 수 없다는 것이었다. 이를 잘 아는 여호기는 한성백제에서 병사들 훈련을 시키는 동안 늘 스승 근자부가 얘기한 것처럼 조립식 망루를 높이 순식간에 지어 전체 훈련을 살폈다. 그 병사들이 지금 여기서 평소 훈련받은 대로 하고 있었다. 모용외는 해를 등진 서쪽에서 집중공격을 선택했다. 햇빛이 적의 눈을 부시게 하는 효과도 있었다. 모든 선비족 기마부대가 서쪽에서 물밀듯 밀려왔다.

됐다. 서쪽이다—

원을 이룬 백제군들은 깃발과 북소리로 훈련되어 있었다. 서쪽에서 집중 공격이 이루어지고 있다는 깃발과 북소리였다. 병사들이 이를 알아들었다. 서쪽 원의 병사들이 긴장했다. 동쪽 군사들도 준비하고 있었다. 가운데 있던 중심 원이 일순 서쪽으로 향했다. 보태졌다. 그리고 동쪽 군사들도 움직이기 시작했다. 서쪽을 향해 있던 두 개의 원의 사이가 약간 더 벌어졌다. 들어오라는 뜻이었다. 동쪽 원들은 서쪽을 지원하도록 중군과 서쪽으로 약간 이동했다. 다섯 개의 원은 거대한 함정을 만들고 있었다. 선비족 기마부대 주력군이 돌진해오는 것을 마치 백제군이 품에 안는 것처럼 서쪽의 두 개 큰 원은 벌어지고 동쪽에 있던 두 개의 큰 원이 중심 원 옆으로 포진하면서 감싸고 있었다.

활을 쏴라—

드디어 사정거리가 됐다. 여호기가 신호를 보냈다. 저 거리면 화살이 날아가 살상시킬 수 있는 거리다. 서쪽 백제군의 두 원에서 먼저 장전됐던 첫 화살을 날렸다. 화살이 하늘을 까맣게 덮었다.

화살-

모용외의 군사들은 조금 당황했다. 막 고슴도치 같은 백제군을 덮치려는 바로 그 순간 하늘이 새까맣게 변하고 곧이어 소나기처럼 화살이 쏟아졌다. 일순 선봉이 무너진다. 말들이 쓰러지고 기마병들이 화살을 맞는다. 그들끼리 엉킨다. 그러나 밀려드는 선비족 기마병들이 화살에 다 쓰러지지는 않았다.

기마대의 기습에서 날릴 수 있는 화살은 적으면 셋이고, 많으면 다섯이며, 고수가 일곱을 못 쏜다. 그런데 모용외의 부대에서 날린 첫 화살에 백제군은 피해가 거의 없었다. 선비족은 일순 선봉이 휘청일 정도로 피해가 컸다.

모용외의 부대가 두 번째 화살을 재는 동안 또 한 떼의 화살이 백제군 뒤에서 날라 왔다. 서쪽을 막고 있던 백제군이 아닌 가운데를 막고 있던 원에서 날린 것이다. 그리고 동쪽을 막고 있던 두 개의 원에서 다시 화살이 날아왔다. 차례로. 선비족이 활을 다시 재는 틈에 연속 세 발의 화살이 백제군에서 쏟아져 나온 것이다. 선비족의 기마대는 당황했다. 자신들이 한 발 쏠 때 백제군은 세 발을 쏘는 셈이었다. 그리고 다시 서쪽 원 안에서 화살이 날아온다. 차례대로 모용외 부대를 향해 쉴 사이 없이 화살이 날아오고 있는 것이다.

　서쪽에서 집단으로 돌진해와 다섯 개의 원과 충돌했다. 모용외의 부대가 침입한 꼴이 되었다. 밀고 들어오는 기마대를 백제군은 받아들이고 있었다. 모용외는 선두에 섰다. 그런데 전투방식이 달랐다. 다르다. 백제군은 싸우려 들지 않았다. 백제군 사이를 지나자 거기 여호기의 망루가 보였다. 그리고 그 앞에서 장창 부대와 활을 쏘는 말 위의 궁수들이 보였다. 그리고 좌우로 동쪽을 지키던 부대가 또 이동해 진용을 갖추고 창을 겨누는 모습이 보였다. 단순 보급부대가 아니었다. 기마부대를 잡기 위해 철저히 준비된 부대였다. 모용외의 판단이 섣부른 것이었다. 함정이었다.

　한쪽으로 뚫고 나가야 한다―

　여호기가 낙랑연합군의 주력부대를 잡기 위한 오환진을 펼쳤다. 다섯 개의 원(圓)은 곧 오방(五方)이다. 어느 한 방향으로 진격해오는 적을 앞선 두 원은 적의 측방으로 향해 벌어지고, 중간 원과 후방의 두 원은 양 측방의 지원을 받아 들어온 적을 가둔다. 그리고 사람 키 높이의 방패와 사람 키의 셋 길이의 긴 창은 말이 덮치지 못하게 하고 덤벼들어도 방책처럼 서로 힘을 받아 쓰러지지 않게 고정했다. 여호기의 부대 또한 기마부대다. 말 위에서 서서 활을 겨누고 쏘았다. 상대방을 빤히 보면서 말 위에서 방패에 활을 걸어 안전하고 정확하게 쐈다.

여호기의 보병은 말 위의 병사가 아닌 말을 노리고 있다. 선비족들의 말들은 큰 방패에 반사된 햇빛에 놀라며 긴 창에 찔릴 것을 겁내고 있었다. 말이 다가와 부딪쳐도 큰 방패로 만들어진 벽은 꼼짝하지 않았다. 단단하게 고정되어 있었다. 거기에 같은 높이에서 작은 방패에서 화살이 쏘아져 왔다. 군마 위에서 겨누고 쏘고 있었다. 이런 상태에서 선비족 기마병들이 할 수 있는 일은 아무것도 없었다. 꼼짝없이 갇힌 꼴이 되었다. 긴 창이 고슴도치의 가시가 되어 말을 겁준다. 긴 창끝에 달린 방울이 소리를 내니 말은 겁을 먹고, 다가가면 찔린다. 큰 방패와 창이 엇갈려 바닥에서 힘을 얻어 무너지지 않는다. 그러니 모용외의 부대의 말들은 벽에 부딪히고 주저앉는다. 말 위의 병사는 땅바닥에 떨어져 내동댕이쳐진다.

모용외는 뚫어야 했다. 탈출할 수밖에 없었다. 저 벽을 넘지 않으면 전멸이다. 그런 생각으로. 그렇게 뚫기 위해 목숨을 걸어야 했다. 사즉생의 결심은 돌파구를 만든다. 모용외는 이런 전투

진을 짠 사람이 궁금했다. 무섭다. 망루 위의 지휘관이리라.

저 사람이 누군가-

모용외는 여호기를 봤다. 스치듯 두 사람의 눈이 마주쳤다. 저 사람이구나. 이 전투는 졌다. 그렇게 생각하면서 질주하는 기마부대의 앞을 열려 하고 있었다. 선비족 기마부대가 다 몰려드니 동쪽 두 개의 원으로는 막기가 쉽지 않았다. 이제 선비족은 말과 선두의 죽음을 발판으로 목숨을 걸고 길을 만들고 있었다.

아귀 지옥 같다-

그 지옥의 아귀들과 부딪칠 필요가 더는 없었다. 여호기는 활로를 모색해야 하는 모용외를 보면서 순간 생각이 들었다. 이겼다. 이겼기에 열어 줬다. 게다가 해곤과 목나의 무절랑군이 오고 있을 터였다. 더 큰 충돌로 후방부대의 피해를 키울 필요는 없었다. 깃발을 흔들었다. 길을 열어줘라. 여호기는 선비족의 전멸을 원하는 것이 아니다. 전쟁에서의 승리와 백제군의 무서움을 알리는 것이 더 컸다. 이 정도면 됐다.

동쪽이 트였다. 모용외 부대는 그 활로를 찾자마자 일부 빠져나가기 시작했다. 모용외가 제일 먼저 동쪽으로 빠져나갈 수 있었다. 5만이 돌진해서 반을 넘게 잃었다. 죽은 병사보다 장창에 놀라거나 걸린 말에서 떨어진 병사들이 더 많았다. 대패 중의 대패였다. 모용외의 부대는 여호기의 백제군을 겨우 빠져나왔다. 그리고 백제군을 보았다. 모용외는 빠져나온 기마부대가 전열을 가다듬기도 전에 여호기의 백제군이 변하는 모습을 보아야 했다. 다섯 개의 원에서 방패들이 치워지면서 곧 기마대가 나오고 있었다. 1만 가까운 기마대가 곧 편성되어 모용외의 부대를 추격하기 시작했다. 남은 보병은 말에서 떨어진 선비족들의 항복을 받아내고 있었다. 긴 창과 작은 칼. 말에서 떨어진 선비족과 백제군은 서로 대적할 상태가 아니었다. 놀란 말에 채인 선비족들은 항복하기 시작했다. 그것이 보였다. 모용외는 모골이 송연해진다.

추격이다-

그 추격은 이미 예상되어 있었다. 낙랑연합군의 주력 기마대가 무너지면 바로 그 뒤를 쫓아 낙랑연합군 본진까지 진격할 예정이었다. 멀리 무절랑군의 군절들이 보였다. 선비족을 추격하는 기마대는 해곤과 목나의 무절랑군 지원까지 받아 대추격전을 벌이기 시작했다.

모용외는 당황했다. 두 개의 무절랑군이 귀면을 쓴 지휘관을 따라 공격해오고 있었다. 낙랑연합군 본진을 공격할 것으로 보였던 무절랑군이 벌써 자신들한테 오고 있는 것이다. 뒤에서도 기마대가 쫓고 옆에서도 달려들고 있었다.

산개하라-

명령을 내리고 냅다 달렸다. 목숨을 부지해야 했다. 모용외의 부대는 그렇게 뿔뿔이 흩어져 저마다 낙랑연합군 진영으로 돌아가야 했다.

無 끝없이

모용외의 부대가 쫓기고 백제 무절랑군이 쫓는 상황은 백제의 승리를 결정짓고 있었다. 게다가 낙랑연합군의 후면을 고구려가 쳐들어왔다. 고구려와 화친하고 백제를 압박했던 낙랑연합군은 고구려의 배반으로 고립되었다. 백제 수군은 낙랑 서현에 이미 상륙했다. 백제 지상군이 올 때까지 성(城)과 포구에서 진을 치고 낙랑군의 수비대와 대치하고 있었다. 낙랑군의 뒤가 터진 것이다. 고구려는 계속 낙랑연합군의 뒤를 몰아세웠다.

낙랑은 대패했다―

백제는 분서왕 7년 낙랑의 서현을 빼앗았다. 낙랑의 서남쪽은 백제가, 낙랑의 동북쪽은 고구려가 점령하게 된 것이다. 낙랑은 삼분되었다. 이제 백제와 고구려, 그리고 선비족의 차지가 되었다. 낙랑태수 장통이 서북쪽 지역을 가지고 선비족에게 투항해버렸다.

선비족에도 큰 변화가 일고 있었다. 모용외는 한 번 맛본 패배를 잊지 않고 새로운 계기로 삼았다. 특히, 군대를 재편했다. 자신이 당한 이유를 알았다. 쉽게 봤기 때문이다. 그리고 기존의 군대로는 필패뿐이라는 것을 알았다. 모용외는 여호기를 기억했다. 그런 전략과 그런 부대를 만들어야 한다고 생각했다. 대륙에서 자신이 상대할 거대한 적을 발견한 것이다. 모용외의 이러한 자극은 훗날 그를 전연(前燕)의 시조로 만들고 있었다.

백제군 대승-

전공(戰功)이 여호기에게 몰렸다. 역시 여호기다. 여호기에 대한 칭송은 대륙백제 위례성 거리를 가득 메웠다. 적장 모용외가 꽁지가 빠지게 도망가더라는 말이 사람들 사이에 자랑이 되고 있었다. 이제 백제군을 당할 자가 없다. 그렇게 백제는 대륙의 패자가 되는 듯 했다.

여호기는 자신의 의도대로 낙랑연합군이 한 치의 오차도 없이 움직일 줄은 몰랐다. 전략, 전술에서의 압승이었다. 여호기는 이 모든 것이 스승 근자부의 덕이라고 생각했다. 이번 전쟁은 단군조선의 치우대 전략과 전술을 그대로 응용한 것이었다. 기마대 중심의 선비족을 상대하는 데 대륙을 기반으로 철갑기병대를 운용했던 치우천왕의 부대 운용법을 적용해 본 것이다. 근자부는 마치 생생하게 보이는 것처럼 그 장쾌한 대서사시를 들려주곤 했다. 그 전쟁의 원리. 다섯 개, 즉 다섯 방위를 환(環)으로써 지키는 오행(五行) 상생(相生)의 원리가 이용된 진법이었다.

하나(一)의 백제군을 적을 기다리는 부대와 적을 공격하는 부대로 크게 둘(二)로 나누고, 이 두 부대를 움직이는 힘(三)으로 바로 세워 지탱한다. 이는 곧 방패와 창이 사람 인(人)자로 서서 들어오지(入) 못하게 입구(入口)를 막은 것과도 통한다. 말 위에 사람이 선다. 활이 곧 또 다른 삼(三)이다. 이는 방패와 창과 활, 무기의 삼합(三合)이기도 하다. 그 말 위의 선 사람, 즉 삼(三)은 넷(四)인 화살을 날리고. 죽음(死)을 준다. 무절랑군(一)은 후군의 다섯 오(五)와 합해 대삼합(大三合) 육(六)을 이루지만 그 무절랑군은 적의 두(二) 측면을 공격해 후군의 오(五)와 칠(七)을 이루면서 적을 섬멸한다. 다섯(五)에서 다시 하나(一)의 중군이 더 생겨 무절랑군 둘(二)과 함께 총 여덟(八)으로 백제군은 점점 더(積)해져서 이긴다. 낙랑의 뒤에 있던 고구려는 열매 과실을 따 먹으려는 여덟(八)에 더할 또 하나(一)이며 낙랑 서현에 상륙하는 백제 수군은 아홉(九)을 완성 시킨다. 그 덕분에 백제는 열(十)을 가질 수 있었다. 빛났다. 얻었다. 완벽하게 낙랑의 서현을 점령하고 백제의 울타리를 칠 수 있었다. 그래서 새로운 질서, 즉 대륙의 별(十)로 빛을 발할 수 있었다. 대륙에 백제의 별이 뜬 것이다. 백제의 위상을 세운 이번 전쟁은 근자부 스승이 가르쳐준 천부경의 수 원리와 치우대의 운용법이 절묘하게 맞았기 때문이었다. 여호기는 잠시 또 스승 근자부의 안부가 궁금해졌다.

여호기를 시기하던 백제의 명문세가 또한 변화하기 시작했다. 여호기를 인정했다. 단 두 사람을 빼고서.

여설리와 설귀였다. 특히, 설리는 선봉에서 설귀가 장통의 정예부대를 깨고, 자신 또한 1만 명 가까이 적을 도륙했건만 모든 칭송은 여호기에게 쏠려 있는 것이 불만이었다. 더욱이 분서왕의 여호기에 대한 편애는 극심했다. 설리의 질시는 극에 달했다.

태자 즉위식이 문제다-

분서왕은 고민했다. 승리를 거두었기에 이제 설리를 태자로 즉위케 해야 했다. 그런데 한성백제의 귀족들이 반발할 것이었다. 정비 하미가 생산한 왕자, 설거가 자랄 때까지 기다리자는 의도가 빤히 보였다. 전쟁에서 이기게 되자 대륙백제에서 설리에 대한 태자 추대 움직임도 같이 일어났다. 대륙백제의 8대 명문세가에서 더욱 그랬다.

분서왕은 여호기를 보내기로 했다. 백제군 대승의 주인공으로 한성백제를 설득해보기로 했다. 엄명을 내렸다. 그래도 설리다. 아직 설거는 어리다. 이런 얘기를 중심으로 밀지를 내렸다. 여호기에게 따로 부탁도 했다. 지금 설리를 버리면 백제는 둘로 나뉜다. 한성백제의 귀족들을 설득하라. 이런 명령을 받고 여호기는 한성백제로 향하는 뱃길에 오른다.

착잡하다-

얻으면 잃는다더니 그러하지 않은가. 대륙백제에서 대승을 거두고 한성백제로 향한 그 길, 분서왕의 명령은 곧 여호기의 모든 것을 잃게 할지도 모른다. 여호기는 그렇게 느끼고 있었다. 설리는 그런 내심을 숨기는 사람이 아니다. 아무리 둔감한 여호기지만 그 정도는 눈치챌 수 있었다. 그만큼 설리의 견제는 심했다. 선화의 일로 오직 군사훈련과 전쟁에만 전념했는데… 한성백제로 돌아가면 부인 하료와 이 일을 상의해야겠다고 생각했다. 하료. 오랜만에 부인을 떠올렸다. 하료는 이런 정치적 판단이나 감각에서 여호기보다 탁월했다. 지금 여호기는 그런 아내 하료가 필요했다.

한성백제. 잔치였다. 전쟁은 멈출 것이다. 이제 백제를 위협하는 세력은 당분간 없을 것으로 생각하고 귀족으로부터 일반 백성에 이르기까지 온통 웃음이 가시질 않는다. 그 중심에 백성의 신망을 얻고 있는 여호기가 있었다.

하료는 기뻤다-

여호기. 잘난 사내다. 자신이 모든 것을 걸고 선택한 남자. 그 남자가 백제의 빛이 되고 있었다. 이십 년 이내에 있었던 전쟁 중에 최대 승리를 얻었다. 그것을 이룬 사내가 바로 자신의 남편이었다.

대천관 신녀는 변화의 바람을 본격적으로 느끼고 있었다. 여호기에 대한 높은 신망은 그 바람의 또 다른 시작이었다. 대천관 신녀는 이번 대륙백제의 승리가 길지 않을 것이라 예견했다. 이제 한성백제는 암투, 즉 권력 대 투쟁의 시기로 들어갈 것이다. 만물의 이치가 그렇다. 오르면 내려가고 얻으려면 잃는 것이 반드시 있다. 백제에도 여호기에게도 변화의 바람이 분다. 여호기는 한 것에 비해 얻는 것이 없다. 오히려 다 잃게 될 것이다. 이것이 변화의 시작이다. 여설리의 등장으로 말미암아 가장 피해 볼 사람. 그 사람이 이번 전쟁을 승리로 이끈 사람이다. 그러나 다 잃게 되면… 그 사람은 이미 힘을 얻고 있다. 백성은 여호기를 보면서 백제의 안녕을 생각하기 시작했다. 귀족들은? 더 그럴 것이다. 그런데 여설리가 절대권력으로 등장한다면? 한성백제의 귀족들에게는 수탈하는 여설리에게 힘이 더 생긴다는 것을 의미한다. 그러다가 분서왕에게 문제가 생긴다면? 여설리는 다 빼앗을 사람이다. 모든 것을 빼앗기는 것이다. 더더욱 이번 전쟁에서의 승리로 왕자 여설리의 대륙 경략 의지는 더욱 강해질 것이다. 이 모든 상황이 백제에 변화의 바람이 불 수밖에 없는 이유였다.

변화는 많고 적음의 차이에서 시작된다-

패배한 낙랑태수 장통은 분노를 삭이지 못했다. 그 와중에 군기를 어지럽힌 한 놈이 잡혀왔다. 칼을 가지고 노는 놈. 얼굴이 희한하게 생겼다. 어떻게 봐도 웃고 있었다. 제 목숨 죽을 곳에 잡혀 와서도 희희덕 웃는 듯 했다. 온 가족이 백제군에 잡혀 죽었다고 했다. 가족들의 죽음을 복수하기 위해 낙랑군에 들어왔지만, 그 웃는 얼굴 때문에 상사들의 호된 문책을 당해야 했다고 했다. 대신 칼을 잘 가지고 놀았다. 칼을 공중에 휘휘- 던지고 가지고 노는데 병사들이 그것을 보고 깔깔거리고 좋아한다. 그 사내. 전쟁에서 대패한 낙랑군의 장수들로서는 못 볼 꼴이어서 사내를 잡아들였다. 군기를 어지럽힌다고 곤장을 치려고 했다. 그러나 장통은 그 사내를 보고 무릎을 탁- 쳤다. 하늘이 주는 기사회생의 수가 있다고 했었다. 아주 작은 꾀로 크게 횡재한다고 흑천 현녀가 말했었다. 그 수가 보였다.

지금이 기회입니다—

여설리는 집요했다. 분서왕에게 대륙의 패권을 쥘 기회는 지금뿐이라고 했다. 백제군의 사기가 최고조에 이르렀을 때 바로 적진을 짓밟아야 한다. 그런 생각이 설리의 뇌리에 가득했다. 그러나 분서왕은 달랐다. 큰 가뭄의 끝이 아직 보이지 않았다. 대륙 북쪽 선비족 숙신의 상황을 다 파악한 것도 아니었다. 낙랑이 문제가 아니라 선비족이 문제다. 더욱이 다소 여유가 있을 뿐이지 막강한 군비를 동원할 상황은 아니다. 이처럼 분서왕과 설리의 판단은 달랐다. 이는 지난 전투에 들어가기 전 여호기와 이미 상의한 결론이었다. 그 결론에 설리가 못마땅해하고 있었다. 설리는 흑천을 통해 선비족, 즉 숙신의 상황을 듣고 있었다. 상세 지도와 식량 현황에 자신이 있었다. 그리고 무엇보다도 무절랑군은 물론 백제군의 사기가 엄청나게 높았다. 대해부가의 열도 지원군은 물론 아직 가뭄의 피해를 보지 않은 열도의 식량이 군량미로 들어올 수도 있었다. 그런데도 여호기의 말에 취한 부왕 분서왕이 군권을 움직이려 하지 않았다. 부왕은 겁쟁이다. 이렇게 설리는 생각했다. 지금이 기회인데….

실은 분서왕도 갈등하지 않은 것은 아니었다. 분명히 기회는 기회였다. 다시없을 기회. 그 기회를 잡았는데 전진을 멈추자는 여호기의 말에 처음엔 분서왕도 반발했었다. 그러나 전쟁에 너무 지쳤다. 백성이 지쳤다. 확률적으로도 완벽하지 않다. 그런 정황이 여호기의 판단이었다. 곳곳에 큰 가뭄으로 군량 차출도 난제였지만 더 큰 문제가, 백제를 제외한 각 세력이 응집되고 있다는 판단 때문이었다. 선비족 숙신은 더 커질 것이다. 지금 비록 패했지만 그러면 그럴수록 더 살기 위해 뭉칠 수밖에 없다. 또한 더 큰 변수가 있었다. 고구려다. 고구려에 낙랑 일부가 편입되면서 대륙백제와 국경을 마주하게 되었다. 낙랑 삼분의 변수는 백제가 낙랑과 선비를 치면 고구려가 다시 백제의 뒤를 칠 수도 있다는 것이다. 전쟁에서 어제의 적이 오늘의 동지가 되고 오늘의 동지가 내일의 적이 되는 것도 다반사다. 특히, 대륙의 패권을 쥐려 하는 오늘날은 더욱 그러하다고 생각했다. 이러한 여호기의 말에 분서왕이 동조했다. 백제 대천관 신녀의 조언도 일조했다. 이번 전쟁은 백제의 승리나 다음은 장담할 수 없습니다. 곧이어 대 위기가 올 것입니다. 신녀는 신탁을 말해주었다. 설리는 안 믿었다. 설리는 힘을 믿는다고 했다. 지금은 백제가 힘이 있었다. 분서왕은 힘을 믿고 낙랑을 정벌하려는 설리에게 태자 즉위를 제시했다.

"태자부터 즉위해라. 그래야 네게 진정한 힘이 생긴다. 한성백제의 귀족들이 너를 경계한다. 아들아. 나는 네 아비다. 그런 내가 너를 위해 진정으로 하는 말이니 들어라. 나는 전쟁이 겁나서가 아니다. 백성을 먼저 생각해라. 알겠느냐?"

왕이 그렇게 말씀하셨다. 설리는 그 말에 따를 수밖에 없었다. 정복 의지도 중요하지만 한성백제의 못난 귀족들의 반대를 먼저 극복해야 했다. 이제 겨우 나이 어린 설거를 바라보는 못난 놈들. 권력의 변수인 태자즉위를 서두르는 것이 더 중요할 것 같아 부왕의 명에 따르기로 했다. 그렇게 대륙백제의 여설리와 한성백제의 귀족들은 서로 다른 생각들이 있었다. 거기 백성은 또 달랐다.

여호기 장군이다-

환호했다. 백성이 모두다 여호기를 반겼다. 고마성에 이르기까지. 포구에서 말을 타고 오는 동안 백성의 엄청난 환영을 받았다. 여호기는 가슴이 뿌듯했다. 적을 이긴 기쁨도 기쁨이지만 백성이 즐거워하는 모습에 더욱 기분이 좋아졌다. 이런 기쁨… 이젠 평화가 필요했다. 백성을 굶주리게 할 수는 없었다. 고마성으로 오는 길마다 여호기를 환영하는 인파들로 넘쳤다. 승리자. 백제 제일자 여호기를 한번 보고 싶은 사람들. 거기에 망아와 은구도 있었다.

와-

감탄뿐이었다. 장군의 행차를 바라본 은구는 감동하였다. 그리고 조금이라도 더 앞으로 가고 싶었다. 사람들에게 치였다. 은구는 수를 냈다. 고하 소도의 아이들을 움직였다. 아이들이 일사불란하게 대오를 짜고 여호기 앞으로 은구를 들이밀었다. 그런 아이들의 움직임을 여호기가 보고 미소를 지어 보였다. 천한 유민조차 여호기를 보고 싶어 했다. 아이 중에 다소 모자란 아이가 행차 맨 앞 기마병 앞으로 밀려 고꾸라졌다.

악-

말이 놀랐다. 그 말이 발을 치켜들자 한 아이가 나섰다. 망아였다. 망아가 멍하게 놀라 쳐다보기만 하는 모자란 아이를 감싸 안았다. 기마병은 기겁했다. 일순 행렬이 소란스러워 졌다. 또 한 아이 은구가 놀란 말을 쳐다보고 손을 내민다. 말은 점차 안정을 되찾았다. 기껏 일곱 살이나 됐나. 그 꼬마 은구는 말이 놀란 이유를 알고 있었다. 다른 모자란 아이가 갖고 있던 거울이었다. 그 거울의 빛에 놀랐던 것. 그래서 말이 튀어 오르자 은구가 그 빛을 한 손으로 막고 다른 한 손으로 말을 안정시키고 있었던 것이다. 사태가 진정되었다.

"누구냐?"

아이들은 인사만 꾸벅하고 겁에 질린 모자란 아이를 데리고 뒤로 잽싸게 물러섰다. 행차를 망친 아이들은 뒤가 빠지게 도망쳤다. 그러자 이놈들이… 하고 놀란 채 서 있던 병사들이 잡으려 했다. 여호기가 말렸다.

"놔두어라. 참 대단한 아이다. 안 그러느냐?"
"예?"
"봐라. 거울 빛에 놀란 말을 한눈에 알아보고 그 놀란 말도 다스리는 아이다. 쓰러진 아이를 감싼 아이도 있다. 겨우 일곱이나 여덟 살짜리가 제 나이보다 훨씬 많아 보이는 아이들을 데리고 다니는구나. 참 기개가 좋다. 훌륭한 백제 무사가 되어서 언젠가 다시 나를 만날 것이다. 알겠느냐. 자, 다시 궁으로 가자꾸나."

여호기는 그 아이들의 모습 속, 한 아이를 떠올리며 참 똑똑한 아이라고 생각했다. 치하했다. 그 아이. 비록 천해 보였지만 예사 아이가 아니었다. 백제의 장래가 밝아 보였다. 그렇게 한성백제 고마궁으로 여호기는 향했다. 그 언젠가 선화를 데리고 포구에서 고마궁으로 향하던 그때 기분이 잠시 들었다. 갑자기 슬픔이 밀려왔다. 그 아이들만 할 터인데…

은구-

여호기의 아들이었다. 선화가 죽음으로 낳은 아기. 그 아기는 자라서 이름도 얼굴도 모르는 아비 여호기를 영웅으로 바라보고 있었다. 자신이 나무칼을 차고

"나는 여호기 장군이다. 다 덤벼라!"

그랬다. 아무도 몰랐다. 은구가 여호기의 아들인 줄은. 그렇게 자라고 있었다. 씩씩하고 영민하게. 현고와 우아의 사랑을 듬뿍 받으면서 고하 소도의 아이들과 함께. 식량이 모자라도 즐거웠다. 은구는 그런 아이였다. 없으면 다른 방도를 찾아서 아이들을 즐겁게 해주었다. 산천에 널려 있었다. 아이들의 먹을거리는 온 산을 헤매면 좋아하는 것은 물론 산삼도 귀한 약재도 캘 수 있었다. 이제 은구는 약초박사 초로를 능가하는 약초 도사가 됐다. 그 재주로 아이들을 다뤘다. 개천에서 잡은 고기를 구워 먹을 때면 은구는 아이들의 우상이었다. 참 잘 잡았다. 그 빠른 물고기를 조용히 기다리고 있다가 잡았다. 게다가 은구는 어른들을 잘 꼬였다. 약선 초로는 물론 기술박사 단복도 잘 꼬였다. 대나무로 물고기 함정을 만들어 주어야 했다. 그 대롱을 속도 빠른 급류에 걸쳐놓고 실컷 물장구치면 구워 먹고도 남을 만큼 물고기가 잡혔다. 은구를 따라다니면 어떻게든 먹을 것이 생겼다. 은구는 자신을 따르는 아이들이 다 먹고도 남을 만큼 먹을거리를 만드는 재

주가 있었다. 그 재주를 통해 다소 모자란 아이들을 먼저 챙겼다. 다른 동네 아이들은 은구네 아이들을 못 당해냈다. 힘센 망아는 싸움을 워낙 잘했다. 게다가 은구의 말썽은 다른 동네 아이들의 머리를 흔들게 했다. 은구는 자신들을 놀리는 아이들도 기상천외한 방법으로 반드시 골탕을 먹였다. 그런 아이 은구. 가난했지만 너무도 행복한 시절을 보내고 있었다.

태자 즉위-

용납해서는 안 된다. 하료는 내신좌평 진루와 의논하고 있었다. 분서왕이 여호기에게 태자즉위를 귀족회의를 통해 추인받도록 했다. 밀지를 보았다. 정비인 하미의 아들 설거는 어리다. 이제 설리를 태자로 만들어야 한다. 분명한 이유를 대고 있었다. 정비인 왕비 하미의 아들 때문에 설리를 반대하는 것 아니냐. 나는 용납하지 않을 것이다. 이런 얘기가 분서왕의 밀지에 숨어 있었다. 곧 분서왕이 한성백제로 올 것이었다. 여호기에게는 사전 작업을 명했다. 여호기로서는 왕명을 거역할 수도 없고 그렇다고 태자 즉위를 강행하도록 귀족들을 설득하기도 만만치 않았다.

"반대해야 합니다."

하료는 단호했다. 여호기를 매섭게 몰았다. 그 정도인가. 여호기는 하료와 상의를 하고 나서 더 힘들어졌다. 설리가 태자가 되는 것이 그렇게도 자기에게 불리한가 생각해보았다. 별로 그럴 것 같지는 않았다. 그런 면에서 여호기는 하료보다는 한참 정치적이지 못했다. 백제 제일자는 오직 한 사람이라는 것. 그래서 한성백제로 오는 동안, 백성의 태도는 여호기에겐 언제든지 독(毒)이 될 수 있다는 것을 여호기는 계산할 줄 몰랐다.

"여호기 장군에게 기대할 수밖에 없습니다."

귀족들은 여호기가 백제의 대승을 이끌었고… 그런 공이 누가 또 있는가. 또 왕비 하미와 하료와의 관계도 있었다. 이 때문에 여호기더러 앞장서 줄 것을 요구했다. 여호기는 계속 난처했다. 곧 왕이 오실 터인데…

진전이 없다―

우복과 상의하기로 했다. 우복은 당연히 반대였다. 설리는 위험합니다. 형님도 저도 목숨을 부지하기가 쉽지 않을 것입니다. 우복은 단호하기까지 했다. 여호기는 더 난감해졌다.

"그럼 왕명을 어기란 말인가?"
"왕께는 제가 말씀 올리겠습니다."

"왕께서는 자네도 다른 뜻이 있다고 생각하네. 그래서 날 먼저 보낸 것이 아닌가."

"알고 있습니다. 그래도 제게 맡겨 놓으십시오. 제가 해결하겠습니다."

우복은 이 일에 제 목숨을 걸어야 할지도 모른다고 생각하고 있었다. 각오였다. 아니면 특별한 일을 벌여야 할지도 모른다는 생각마저 우복은 하고 있었다. 왕비 하미와 하료와 우복. 진루와 대천관 신녀는 여호기 몰래 만약을 준비해야 한다는 것에 공감하고 있었다. 다만 서로 궁극적으로 생각하는 바가 약간 달랐다.

대륙백제에서 변고가─

너무 큰 변수가 생겼다. 선비족이 다시 준동하기 시작했다. 좌장 여설리는 즉시 군영을 꾸렸다. 무절랑군을 재편했다. 설귀를 선봉으로 해서 설리가 대륙 백제군을 이끌고 전선으로 향했다. 낙랑과의 경계에 긴장이 다시 흘렀다. 낙랑태수 장통은 대륙백제에 소문을 흘렸다. 분서왕이 겁쟁이라서 낙랑성을 공격하지 못한다는 소문이 파다해졌다. 설리도 난처했다. 그 소문의 진원지는 낙랑성이었지만 설리도 괜히 부왕의 눈치가 보였다. 그래서 쉽게 낙랑성을 자신이 먼저 공격하지 못하고 있었다. 확전을 막아라! 그것이 분서왕의 명이었다.

분서왕은 소문에 개의하지 않고 태자즉위를 서둘렀다. 백제의 안정이 더 먼저였다. 분서왕은 한성백제로 길을 나섰다. 낙랑이나 선비족은 당분간 백제군을 넘지 못할 것이다. 그럴 수밖에 없었다. 지난 전쟁에서 낙랑과 선비족은 무려 10여 만의 사상자를 냈다. 다시 백제를 향해 전쟁을 선포할 수 있는 상황이 아니었다. 더욱이 지금 백제군은 사기도 군율도 그 어느 때보다도 좋은 상태였다. 힘에서 현격한 차이를 보였다. 전쟁할 수 없는 자가 전쟁을 하겠다고 하는 것은 뭔가 얻을 것이 필요하다는 것이다. 백제를 준동시키면서 고구려의 눈이 백제로 향하게 하는 것이 지금 낙랑이 취할 수 있는 최고의 수다. 그래서 확전을 하지 않으면 대륙백제는 안전하다고 여겼다. 한성백제로 가는 분서왕의 발걸음은 오히려 가벼웠다.

왕의 행차―

분서왕은 낙랑연합군과의 전쟁에서 백제가 대승하며 잠시 찾아온 평화를 만끽했다. 대륙백제 위례성에서 한성백제로 가기 위해 항구로 가는 길에 장터에서 재미있는 구경거리를 보았다.

칼을 장난감처럼 다루는 기묘하게 생긴 재주꾼 주위로 사람들이 빙 둘러 있었다. 왕은 그 사내의 표정이 너무 재미있었다. 이렇게 보아도 웃고 저리 보아도 웃긴 얼굴. 그 얼굴로 칼을 공중 제비 돌리는 모습이 신기했다. 사람들이 그자의 재롱 익살에 넋을 잃고 웃고 떠들어 댔다. 분서왕은 그런 모습을 보고 즐거워졌다.

백성 앞으로 나섰다. 호위들이 말렸다. 그러나 그렇지 않아도 분서왕이 겁쟁이라고 소문이 도는데 백성 앞에 나서기를 두려워하는 모습까지 보이기가 싫었다. 더 다가갔다. 그 사내의 얼굴이 더 환하게 웃었다.

참 재미있는 놈이구나-

그 생각. 그 찰나에 공중으로 올려져야 했던 칼 하나가 분서왕에게로 향했다. 가슴에 박혔다. 칼에는 맹독이 발라져 있었다. 순식간에 분서왕의 얼굴이 검게 변했다. 그리고 아수라장이 됐다. 그 재주꾼은 낙랑태수 장통이 보낸 자객이었다. 대륙백제는 순식간에 혼돈 속으로 빠져들었다.

왕이 죽었다-

분노한 대륙 백제군 좌장 설리는 그대로 무절랑군을 이끌고 낙랑성을 공격했다. 낙랑성에 무절랑군이 도착하기 직전 장통은 선비족 숙신으로 몸을 피했다. 무절랑군은 장통을 쫓아 선비족 숙신 지역 깊숙이 쳐들어갔다.

광명이민 253

匱 담으면

　백제의 무절랑군은 진격했다. 무절랑군을 재편한 설리는 3편대로 재편하여 설귀와 사명에게 귀면을 쓰고 지휘하게 하고 자신은 중앙군을 직접 운영했다. 설리는 선비족의 영토인 북부 대륙으로 낙랑태수 장통을 쫓아 계속 들어갔다. 설리는 반드시 부왕의 원수를 갚고자 했다. 잡힐 듯 잡힐 듯 잡히지 않았다. 설리의 성미가 더욱 돋았다. 무절랑군은 이성을 잃을 정도로 북부 대륙을 질주했다. 3만 명의 무절랑군은 파죽지세였다. 선비족은 도망치기 바빴다. 그래서 더 거세게 몰아붙였다. 다만 문제는 연락이었다. 해곤과 목나가 이끌고 있는 10만 대군의 본대에 연락을 못 하는 상황이 도래한 것이다. 장통의 부대가 쫓기고 백제 무절랑군이 쫓는 상황은 백제의 연전연승이었다. 그것에 취했다. 설리는 그래서 만사 제쳐놓고 장통만을 쫓아갔다. 곧 잡을 듯 했다.

　모용외는 기다렸다. 그냥 선비의 광활한 대지에서 무절랑군이 지칠 때까지 접전은 피하고 도망만 다녔다. 낙랑성은 이미 오래 전에 포기했다. 전투에서는 진다. 그러나 이번 전쟁은 이긴다. 싸움은 뒷전이었다. 오직 장통과 모용씨족을 벌하기 위해 대륙 백제군 좌장 여설리는 무리한 진격을 할 것이다.

그 계산-

백제의 대파란, 그 변수들로 한성백제가 급해졌다. 대륙백제와 다른 상황이었다. 분서왕이 죽었다. 게다가 왕자 설리도 무절랑군을 이끌고 낙랑태수 장통을 추격해 선비 한복판으로 들어가 버렸다. 전쟁 승인을 왕에게서도, 비상대권을 가지고 있는 병관좌평에게도 추인받지 않은 돌발 상황이었다. 이 상황이 귀족들을 움직였다.

백제가 위험하다-

백성이 먼저 동요했다. 대륙백제의 대승이 엊그제 같은데 여호기가 한성백제에 온 직후 바로 대사고가 난 것이다. 문제는 왕이 없다는 것이었다. 백제귀족 대화백회의가 열렸다. 긴급했다. 한성백제를 중심으로 최단기간 소집령이었다.

그 사이 한성백제에는 괴소문이 또 돌았다. 차기 왕이 유력한 왕자 중의 장자 여설리 대륙백제 좌장이 또 전사했다는 소문이었다. 백제 무절랑군이 몰살당했다. 차마 듣기만 해도 두려운 얘기들이 흑우가 상단을 통해, 한성백제로 속속 들어와 백성 사이로 빠르게 퍼지고 있었다. 대륙백제 본대에서는 여설리와 무절랑군의 생사(生死)조차 듣지 못하고 있었다. 연락이 안 된다. 가진 것이 많은 귀족이 아연 긴장하기 시작했다.

분분하다-

백제귀족 대화백회의가 열리자 처음에는 분서왕의 밀지가 문제였다. 밀지는 졸지에 유언이 되어 버렸다. 그런데 여설리 대륙백제 좌장의 실종은 전혀 다른 곳으로 논의를 바꿔 버렸다. 우복은 일이 이상하게 돌아가는 것을 느꼈다. 처음 시작한 주체는 왕비족 진루 내신좌평이었는데 일은 일사천리로 몰아져 가고 있었다. 정비인 왕비 하미의 아들 설거는 어리다. 그리고 설리는 죽었다. 백제는 이제 위기다. 이 위기를 이기고 백제를 구할 사람이 누구냐? 백제를 구할 사람? 당대 누가 백제를 이 위기에서 구할 것인가? 그런 얘기들이 각 귀족 입에서 터져 나왔다. 한 술 더 떠서 대륙백제 명문가들은 이제 대륙백제 본가에서 왕이 나와야 한다고 입을 모으기 시작했다.

아차-

후회했다. 되돌리고 싶었다. 우복은 자신이 대륙백제에서부터 퍼트린 여호기 출생의 비밀이 대륙의 명문세가를 움직인다고 생각했다. 그들은 비류계 세력들이었다. 게다가 여호기가 보여준 지난 전쟁에서의 탁월한 전법과 지도력이 그들의 마음을 사로잡은 것이다. 한성백제 귀족들의 기반인 왕비족 또한 지금의 백제 위기를 구할 사람으로 여호기를 지명하고 있었다. 대세는 일순간 여호기로 몰려갔다. 나이가 어린 왕자는 논외였다. 아예. 그 말을 꺼낸다는 것은 곧 분란을 의미했다. 여기서 어린 왕자의 애기를 꺼내는 자는 다음 정권에서 죽는다. 우복의 빠른 정치 감각이 거기에 미치고 있었다. 왕비 하미를 설득했다. 우선 살아야 한다. 대세는 이미 기울었다. 백제귀족 대화백회의 의장인 내신좌평 진루가 여호기의 장인으로 앞장을 섰다. 우복의 영악한 머리가 재빠르게 돌아갔다. 2보 전진을 위해 우선 1보 후퇴해야 했다. 먼저 움직이는 것이 낫겠다고 우복은 생각했다. 여호기 집으로 급히 달려갔다.

"형님이 나서야 합니다."

우복은 그렇게 말했다. 하료는 그 말이 그렇게 뿌듯할 수가 없었다. 여호기더러 우복이 나서서 왕이 되라 한다. 한성백제의 정보를 다 쥐고 있는 우복이. 여호기의 의제로 형님을 모신지 얼마인가. 그런데 이제 왕이 되라 한다. 하료는 가슴이 벅차 여호기를 보았다. 그러나 문제는 여호기였다.

"뭔 소리, 말도 안 된다. 내가? 아니… 어떻게…"
"지금 백제를 구할 사람은 형님밖에 없습니다."
"못 들은 것으로 하겠네."
"아닙니다. 꼭 그렇게 해야 합니다."

내일이면 백제귀족 대화백회의가 결론을 내린다. 그 사이 우복은 여호기를 준동시키고 있었다. 여호기는 절대 먼저 움직이지 않을 사람이다. 이미 알고 왔다. 핵심은 여호기를 자신이 먼저 추대한다는 것을 알리는 것. 특히, 하료와 이 일을 상의해야 했다.

"반드시 그렇게 할 것입니다. 형수님"
"그래야지요."

역시 하료는 그 뜻이 있었다. 내신좌평 진루가 강하게 나섰고, 백제귀족 대화백회의는 이제 대천관 신녀의 의견만 들으면 된다. 대충 확신들을 하고 있었다. 지금은 여호기가 대세다. 전쟁에서 이긴 사람. 비류천왕의 직계. 백제 제일자다. 이에 반대하는 사람은 곧 죽는다. 우복은 오늘 저녁 실상 모든 결론이 났다고 보았다. 대천관 신녀는 바로 그 여호기를 세상에 내놓은 사람. 참 무서운 신녀다. 대단한 예지력이다. 하긴 현녀도 여호기를 그렇게 보지 않았는가. 여호기의 일에 반대하지 마라. 그가 다 갖기 전에는 절대 반대하지 말아야 한다. 현녀의 얘기 또한 우복의 귀에서 맴돈다. 지금은 아니다. 지금은 여호기다. 우복은 다음 날 만날 것을 약속하고 여호기 집을 나섰다.

우복의 예상대로였다. 내신좌평 진루가 의장인 백제귀족 대화백회의는 명분과 결론을 함께 만들고 있었다. 논의가 거의 불필요 했다. 단 하루 만에 여호기는 왕으로 추대되고 있었다.

대천관 신녀는 하늘의 뜻을 전했다. 근자부가 여호기를 만난 곳. 백제 본가에 있었다. 대천관 신녀는 왕가의 비밀인 백제 본가의 멸망 이유를 말하지는 않았다. 다만 그 횡액에서 유일한 생명이 바로 여호기임을 자신의 아비 근자부에게서 들었다는 것을 말했다. 그리고 근자부가 전해달라던 바로 항아리에서 숨을 쉬게 했던 옷고름을 제시했다. 옷고름에는 선명한 백제 본가의 비단결이 느껴지고 있었다. 이 상황. 하늘은 언제부터 뜻하고 있었을까. 대천관 신녀는 그렇게 하늘의 뜻을 따르고 있었다.

우복은 급히 통정보위를 통해 한성백제의 시급한 내용을 정리했다. 그리고 대대적인 새로운 왕 선출 추대에 대한 준비에 착수

했다. 우복은 여호기의 성격을 잘 알았다. 그에 알맞은 대화합 조치들을 꺼내야 했다. 여호기가 그것을 준비할 리 만무했다. 그저 하지 않는다고 할 것이다. 그래서는 안 된다. 그렇게 우복은 생각하고 즉위 직후 펼쳐낼 정책들을 정리하기 시작했다.

우선 대륙백제의 평화시대를 선포한다. 그래야 한성백제 백성이나 특히 귀족들이 좋아할 것이다. 자신의 씨 설거 또한 살 수 있을 것이다. 대안은 또 있었다. 과부나 노인, 어린 가장들에게는 곡식 서 말 정도씩을 내리게 할 것이다. 이를 위해 가장 먼저 자신의 흑우가 상단에서 차출을 하기로 했다. 진상이다. 흑천도 내기로 했다. 그래서 우선 각 상단을 통해 곡물을 확보하는 것을 타진했다. 그리하기로 했다. 이제 한성백제 귀족들도 기꺼이 낼 것이다. 백제 백성의 사기가 급격히 올라갈 것이다. 우복은 모든 문서 준비와 시행할 준비를 마쳤다. 한밤이 다 지났다. 우복은 급히 여호기의 집으로 향했다. 마침 백제귀족 대화백회의에서 여호기 병관좌평을 모시고 오라는 전갈을 내위군장을 통해 받았다. 그 일은 우복의 일이었다. 우복이 달려갔다.

"형님, 이렇게 해야 합니다."

우복이 마련해온 안은 매우 훌륭했다. 역시 아우답다. 여호기는 그렇게 생각했다. 그렇지만 자신을 왕으로 밀려는 우복이 부담되기도 했다. 그 큰 짐을 내가 왜? 스승 근자부가 있었으면 물어볼 일인데… 어제 여호기는 밤새 잠을 한숨 못 잤다. 아내 하료가 집요하게 여호기의 결심을 묻고 있었다. 그래서 지금은 반쯤은 녹초가 되어 있었다. 무조건 받아야 한다. 당신은 왕이 되어야 한다. 아이고. 여호기는 도망가고 싶었다. 그런데 아침 일찍 백제귀족 대화백회의에 참석하라는 연통을 받았다. 거기 가서 또 무슨 난리를 당해야 하나 싶은데… 우복은 한 술 더 떠서 탕평책안과 더불어 바로 시행하는 방안들을 준비해 왔다. 그에 따른 재원도 마련하고. 이제 결심만 하란다. 그런 일. 잘 준비된 그 일이 여호기 마음을 조금 움직였다. 가여운 백성에게 곡식 서 말씩을 내어 주고, 오랜 대륙전쟁에서 평화를 만들 수 있는 사람. 그것이 왕이었다. 여호기는 그 우복의 제안이 마음에 들었다. 그래서 왕이 되는 것에 대한 강한 부정이 아주 조금씩 꺾이기 시작했다.

　　백성을 위해서라-

　그렇다면… 백제귀족 대화백회의에 참석한 여호기는 질의에 응답해야 했다. 여호기는 혹시 자신이 왕이 되면 이라는 생각을 해본 적이 없었다. 그래서 귀족들의 질문이 쏟아질 때 제대로 답을 하지 못했다. 우복이 준비해준 것이 다행이었다. 다만 백성을 위해서 이렇게 해야 한다. 반드시 해야 한다…. 백제는 백성을 위해 그리하면 좋겠다. 백성을 위해서 많은 얘기를 들어야 하며 자신은 그렇게 듣겠다고 강하게 말했다. 왕으로서가 아니라. 백성을 위해서, 그 백제를 위해서 어떻게 해야 한다는 답으로 대신했다.

그것이 주효했다-

자신이 먼저가 아닌 백성을 먼저 생각하고 먼저 듣고 먼저 보겠다는 사람. 권력을 위해서 왕이 되겠다는 것이 아니라 백성을 잘살게 하려는 그 사람이 귀족들 앞에 있었다. 이제 여호기는 달라 보였다. 아홉 명의 대표 귀족 원로들은 특히 그렇게 생각했다.

결론은 났다-

아홉 명의 귀족들이 먼저 무릎을 꿇었다. 그리고 차례로 백제 귀족 대화백회의에 참석한 모든 귀족이 무릎을 꿇어 경하했다. 왕이시여. 그렇게 여호기가 분서왕 뒤를 이을 백제의 왕으로 추대되었다.

비류천왕-

그분의 큰 뜻을 받들어 비류왕이라 칭하기로 했다. 진정 백제 제일자가 된 것이다. 근자부에게 출세하겠다고 선포한 후 무예대

전에 나와 백제군의 전설이 되더니 어찌할 수 없는 상황이 여호기를 백제의 왕으로 만든 것이다.

즉위식 풍경은 대단하다–

은구는 고하 소도의 아이들을 이끌고 언덕 위에서 새로운 왕의 행차를 보고 있었다. 신임 비류왕은 천제단으로 향하고 있었다. 궁인들이 주욱– 나열을 서고 왕과 왕비, 왕자들은 동명성왕 묘에서 천제를 지내기 위해 궁을 나서고 있었다.

그 길을 따라–

은구네 아이들도 따라가고 있었다. 아니 더 먼저 향하고 있었다. 백성이 따라와 행렬을 제대로 볼 수가 없었다. 은구가 다른 방안을 찾았다. 어차피 그 길이니까. 동명성왕 묘 제단으로 향하는 길을 먼저 가서 전망 좋은 길목 곳곳에서 왕의 행렬을 보자고 했다. 은구는 마음이 뿌듯해졌다. 자신이 나무칼을 차고 '나는 여호기 장군이다.' 이렇게 외치며 전쟁놀이를 했는데… 그 사람이 왕이 되었다. 드디어 왕이 되었다. 이런 생각이 어린 은구를 흥분되게 했다. 아이들은 왕의 행차를 서너 번 보더니 산길이 힘들어 더 가기 싫다고 했다. 은구는 동명성왕의 묘에서 벌이는 천제도 꼭 보고 싶었다. 망아더러 같이 가자고 했다. 둘만 왕의 행차에 앞서 동명성왕의 묘로 향했다.

　동명성왕의 묘에서 벌이는 천제는 제가 왕이 되었습니다. 좋은 왕이… 훌륭한 왕이 되겠습니까? 라는 비류왕의 신탁을 받는 것이기도 해서 매우 중요한 행사였다. 그 행사에 대천관 신녀는 주제관이었고 비류왕 여호기는 곧 주체였다.

　천제가 열렸다-

　대천관 신녀는 이번 기회에 하늘의 뜻을 확실하게 하나 더 물어볼 것이 있었다. 그래서 여호기의 아들들을 데리고 가게 했다. 여호기의 신탁은 안다. 반드시 왕이 될 것이다. 그런 생각을 버려본 적이 없었다. 그런데 그 애들, 걸걸과 걸서는 달랐다.

　알아보리라-

　제물을 왕이 직접 바쳤다. 그 제물. 피가 뿌려지는 데 왕재가 이어진다. 어쩌면 다음 왕이 더 강할지도 모른다. 아니 더 강하다. 대천관 신녀는 비류왕 여호기의 아들들, 왕자 걸걸과 걸서를 쳐다보았다. 왕자들이 엄숙하다. 걸걸도 걸서도 이 일이 힘들었다.

아닌데…

그리고 또 제물을 태우기 시작했다. 연기가 오른다. 곧장 두 연기다. 한 연기를 넘어 또 한 연기가 쳐 올라가는 데… 이어진다. 계속 연기가. 이럴 수가. 이럴 수가 없다. 그만큼 장관이었다. 역시 큰 왕기. 대왕재. 대군장의 기(氣)가 뻗쳤다. 그 연기. 천제는 대성공이었다. 대천관 신녀는 도무지 믿기지 않는다. 신녀는 제물은 물론 나무 하나하나 정성을 다했다. 그리고 온 힘을 다해 정성껏 신탁을 받으려 했다. 그런데 놀랍게도 절대무왕은 여호기로부터 이어진다고 한다. 더 강한 왕기(王氣). 또 보았다. 어쩌면 창업군왕이 나올 정도의 강한 왕기를 내보였다. 그 기운을 보고 대천관 신녀는 도대체 이해할 수가 없었다.

하늘의 뜻-

궁으로 돌아온 왕비 하료는 대천관 신녀의 신탁에 대한 설명을 듣고 기뻐서 어쩔 줄 몰라 했다. 대천관 신녀는 왕과 왕비만 아시라고 했다. 왕자 중의 한 명이 하늘의 큰 뜻을 이어받으리라고 했다. 이는 놀라운 의미였다.

비류왕 즉위에 따른 조치들이 이어졌다-

백성도 환호했다. 곡식 서 말은 한 계절을 넘을 양이었다. 더욱이 여호기가 누구인가. 대륙을 벌벌 떨게 했던 백제의 귀신같은 장군이 아닌가. 백성의 기쁨은 한성백제와 대륙백제 모두를 만족하게 했다. 대륙백제는 비로소 대륙 본가의 직통 맥에서 왕을 얻었다. 왕의 탕평책은 온조계도 감동하게 했다. 비류왕은 즉위식 때 분서왕의 왕비 하미를 태왕후로 하고 그의 아들 설거를 자신의 양자로 입적시켰다. 즉 정식 후계자로 만들었다. 하료와 진루, 대천관 신녀도 말릴 수 없었다. 비류왕 여호기의 뜻이 워낙 완강했다. 이 일이 벌어들일 후환을 그는 알지 못하고 있었다. 대천관 신녀는 이 또한 하늘의 뜻인가 싶었다. 절대무왕의 왕기를 가진 분서왕 여호기의 아들과 왕재인 분서왕의 왕자 설거가 경쟁해야 했다. 여호기 다음은 피를 부르는 경쟁이었다. 대천관 신녀는 하늘의 뜻을 되새기고 있었다. 비류왕의 탕평책에 가장 만족한 사람은 우복이었다. 태왕후 하미의 아들, 즉 자신이 뻐꾸기 둥지에 낳은 알도 살았다. 다음 기회는 우복 자신에게 있을 것으로 생각했다.

여호기가 비류왕으로 등극하면서 대공신이 된 사람은 누가 뭐래도 우복이었다. 왕비가 된 하료도 다른 사람이 아닌 우복에게 만큼은 관대했다. 사람들은 그 이유를 모르고 있었지만 우복은 여호기의 성품을 믿었고 하료의 계산과 비밀을 믿었다.

그러나 믿지 못할 것이 사람이다-

은구는 현고에게서 종아리를 맞고 있었다. 동명성왕 묘의 천제를 다녀오는 바람에 밤늦게 고하 소도에 돌아왔다. 문제는 밤늦은 것 보다 왕의 행차와 천제를 보고 온 은구가 자신도 왕이 되겠다고 떠드는 바람에 현고에게서 회초리를 맞은 것이다.

왕이 되겠다-

함부로 낼 말이 아니다. 그래서 현고는 있는 힘껏, 태어나서 거의 처음 은구의 종아리를 모질게 때렸다. 아이들이 다 울고… 망아도 운다. 대신 맞겠다고 한다. 그래도 현고는 은구가 잘못했다는 소리를 안 하자 계속 종아리를 때렸다. 은구는 현고가 아비인가 싶었다. 그렇게 모질게 매질을 해대고 있었다. 그래도 잘못했다고 말하고 싶지 않았다. 종아리에서 피가 났다. 피가 튀었다. 아이들은 더 울어댔다. 그러나 은구는 안 울었다.

은구는 천제단에서 보았다. 비류왕. 그 늠름한 모습을. 백성의 자리가 아닌 궁인들이 장작을 나르던 그 장막 옆 아주 가까이에서 숨어 보고 있었다. 호위 군사들도 제물이나 제기를 나르는 시동으로 보았는지, 은구와 망아에게 신경을 쓰지 않았다. 천제단 바로 그 옆에 있을 수 있었다. 그리고 그 자리에서 은구는 비류왕의 풍모를 보고 왕자들을 보면서 커다란 꿈을 꾸기 시작했다. 나도 왕이 될래. 그런 생각이 강한 집념으로 드러났다. 망아는 보았다. 은구의 이마가 빨갛게 돋는 것을. 그 성질. 화가 나면 아무도 못 말리는 그 성질이 또 돋았다. 망아는 은구가 사고를 칠 수도 있을 것으로 생각하고 은구를 잡아끌었다. 은구는 꿈쩍도 하지 않았다. 그렇게 천제가 끝날 때까지 지켜보고 있었다.

질린다-

은구를 때리던 현고는 질렸다. 은구는 잘못했다고 하지 않는다. 우아가 나서야 했다. 우아가 현고를 말렸다. 그리고 은구를 안았다.

피다-

종아리가 온통 피투성이였다. 그런데도 은구는 잘못했다고도 다시는 안 한다고도 하지 않았다. 은구를 우아가 울면서 다독였다. 아가 아프지. 아파. 잘못했다고 하지. 그러지. 어미가 아프다. 네가 이러면… 우리 다 죽을 수도 있어.

어미의 눈물-

울음 속에 나지막한 다 죽을 수도 있다는 말이 은구를 깨닫게 했다. 자신이 얼마나 잘못했는지. 왕이 되겠다는 말을 함부로 하면 안 된다. 우리 다 죽을 수도 있다. 퍼뜩 들었다. 다시는 하지 말아야 할 말. 그랬다. 그런 생각이 어린 은구에게 들었다. 그러자 종아리가 아파져 왔다. 어미 품에서 같이 울었다. 어린 은구는 강한 것에는 한없이 강했다. 약한 것에는 더없이 약하고. 그런 아이였다.

 현고에게 실컷 종아리를 맞고 은구는 며칠 현고 곁에 가지를 않았다. 기술박사 단복(單複)에게만 말했다.

 "내가 잘못했어. 그래서 아버지가 화나 있어."
 "다 부족해서 그런다."
 "내가 왕이 된다고 그러면…"
 "역모를 꿈꾸는구나. 네 편은 다 역적이 되겠구나?"
 "여호기 장군은 역모를 안 했잖아."
 "근데 그렇게 왕으로 추대될 때까지 왕이 되겠다고 떠들고 다녔든?"

 아, 이거였구나. 은구는 단복의 말에 깨닫는 것이 있었다. 여호기 장군도 무예대전으로 등장하기 전에는 아무도 몰랐다. 장군이 되고 백제의 대승을 이끌었어도 왕이 된다고 하지 않았다. 그랬다. 그런데… 왕이 되었다.

 '그런 거다. 내가 뭐가 되겠다고 설치는 것이 아니라… 다들 인정해주는 것이다. 왕이 되어서 백성을 편하게 해달라고 그렇게 인정을 받는 것이다.'

 은구는 다시는 왕이 되겠다는 생각을 밖으로 내비치지 않겠다고 마음먹었다.

 "은구야? 물은 어디에 고이니?"
 "웅덩이!"
 "…!"

 단복의 말에 은구는 알았다. 물은 얕은 곳에 고인다. 겸손하라는 뜻이다. 그래도 은구는 지기가 싫었다.

 "하늘에 구름도 물이 있어? 고이기만 하는 건 아니야!"

 참 지기 싫어하는 놈. 저놈의 저 기운을 어떻게 숨기나. 만약 은구가 웬만한 집 아이였다면 벌써 신탁을 확인하려 했을 것이다. 고하(古下) 소도 같은 곳이 아니었다면. 천하고 좀 모자란 아이들과 함께 어울려서 그렇지 만약 일반 아이들 사이에 있었으면 더 크게 눈에 띄었을 터. 이미 그 집안은 풍비박산 났을 수도 있다. 저 관상. 저 말솜씨. 단복은 천만다행이라고 생각했다. 현고가 은구의 종아리를 때린 것도 그 이유일 것이다. 불안하다. 은구 때문에 고하(古下) 소도에 닥칠 일이 불안해지기 시작한 것이다. 자랄수록 더 커지는 기운. 그 기운이 겁나는 것이다.

왜 저 아이를 데려가지 않으시는가-

이런 궁금증도 해가 바뀔수록 더해갔다. 막상 데려가겠다고 하면 다 따라간다고 할 것이면서도 이제는 근자부가 기다려진다.

化 변하여

 백제의 무절랑군이 돌아왔다. 무절랑군은 여설리의 명대로 선비족 숙신의 영토인 북부 대륙으로 낙랑태수 장통을 쫓아 계속 들어갔다. 반드시 부왕의 원수를 갚고자 했다. 그러나 졌다. 처음 3만 명의 무절랑군은 파죽지세였다. 그러나 선비족에게는 이미 모용외라는 걸물이 있었다. 모용외는 두 번 질 수 없었다.

 그냥 기다려라—

 숙신의 그 광활한 영지에서 무적의 무절랑군이 지칠 때까지 접전은 피하고 도망만 다녔다. 백제 무절랑군의 군량이 다 소비되었다. 군량이 바닥을 드러내고 있었다. 문제는 긴 가뭄 끝의 숙신에서는 식량으로 구할 것이 없었다. 너무 오래 머물고 있었다. 여설리의 군은 차츰 힘이 빠져 버렸다.

추격을 당했다-

백제 무절랑군은 무려 천 리를 들어가서 천오백 리를 추격당했다. 지리 현황도 잘 모르는 무절랑군이 천오백 리를 돌아서 추격당하는 그 길은 처참했다. 3만의 병사는 어느덧 수천을 헤아렸다. 중앙 본대에 오기까지 여설리의 무절랑군은 무려 2만 3천을 잃었다. 그리고 들었다. 비류왕. 여호기가 백제귀족 대화백회의에서 왕으로 추대되었다. 대륙 백제군 좌장에는 해곤이 무절랑군 수장은 목나가 이미 임명되어 있었다. 자신이 숙신 지역을 헤매는 동안 대륙백제도 한성백제도 그렇게 변해 있었다. 설리는 분노했다. 하지만 할 수 있는 것이 아무것도 없었다. 여호기의 승리도 자신의 패전으로 공염불이 되어버렸다. 대륙백제는 더욱 커지는 선비 모용씨족의 세력을 경계해야 했다. 모용외 대칸은 보통 인물이 아니었다.

대륙백제 명문세가들-

난감지경. 자신들이 모시던 설리가 패전 후 살아 돌아왔다. 그리고 온조계 맏형으로서 당연히 왕이 되어야 했던 설리는 왕위를 부하에게 빼앗기고 졸지에 오갈 데 없는 신세가 되어 버렸다. 백제의 선택은 둘 중 하나였다. 설리를 살리든지 죽이든지 해야 했다. 대륙백제의 명문세가들은 비류천왕의 직계인 비류왕의 등장으로 설리에게 기댈 이유가 없어졌다. 명문세가 처지에서 이제 설리는 있어도 되고 없어도 되는 그런 존재가 되어 버렸다. 설리 역시 둘 중 하나였다. 그러나 그에게는 힘도 세력도 명분도 없었다. 패장 설리는 반감금 상태가 되었다. 한성백제로 급히 연락이 갔다.

"설리를 제거해야 합니다."
"…?"
"두고두고 우환이 될 것입니다."
"꼭 그래야 하나?"
"예, 그래야 합니다."
"그러면? 무엇이 백제에 유리한가?"

비류왕 여호기는 생각해보았다. 우복은 설리를 경계했다. 그러나 아무리 생각해도 이는 내전이다. 그러기엔 대륙백제의 설리 세력이 너무 많았다. 한성백제와 달랐다. 이미 대륙백제에 고이왕과 책계왕, 분서왕에 이르기까지 약 80여 년간 설리의 핏줄이 중심인 온조계가 장악한 것이 너무 깊었다. 장차 대륙백제 설리의 은조계와 한성백제의 비류왕이 한바탕 전쟁을 치러야 할지도 모를 일.

그런데 죽인다? 오히려 한성백제의 비류왕 여호기는 설리가 살아 돌아왔다는 것에 진심으로 기뻐했다. 그런데… 죽여야 한다? 그럴 이유가 전혀 없었다. 이이제이(以夷制夷). 비류왕은 설리에게 대방, 낙랑태수와 대륙백제 좌장 상위를 다시 제수했다. 다만 대륙 백제군의 좌장은 해곤 그대로였다. 즉 설리를 대륙백제의 수장으로 인정하면서 동시에 설리에게서 등을 돌린 대륙 명문세가로 하여금 군권을 쥐고 감시하게 한 것이다.

대륙백제는 묘한 균형을 찾았다. 수장은 설리인데 손발은 이미 여호기의 세력이 되어 버린 대륙의 명문세가에게 묶였다. 명문세가와 설리. 이제 서로 어쩌지 못하는, 서로서로 견제해야 하는 처지와 사이가 되어 버린 것이다. 이것이 한성백제를 더욱 굳건하게 했다. 한성백제의 귀족들은 이제 대륙백제를 위한 조달창구 역할을 더는 안 해도 되었다. 한동안 평화시대가 올 것으로 여겨졌다.

대천관 신녀는 비류왕 여호기의 일 처리를 보면서 많은 생각을 하게 되었다. 지도자. 한 국가를 지켜낸다는 것은 달라야 한다. 먼저, 격물의 이치를 알아야 한다. 그러나 그것은 나의 부족함을 알아야 한다는 명제도 있지만, 사람을 볼 줄 알아야 한다는 의미도 있다. 그것은 격물의 다음 단계인 정심(正心)에서 볼 수 있다. 올바른 마음이어야 사물을 올바르게 보기 때문이다. 올바르다는 것은 바로 명(明)을 말하고 명(明)은 곧 밝음이며 밝음은 맑음을 얘기한다. 이런 마음이어야 사물의 이치를 터득하게 된다. 즉 격물(格物)의 이치에 바로 서야 모든 것이 제대로 보이게 된다. 이런 사람이어야 사회의 정의로움을 지키고 새롭게 변화시킬 수 있다. 이런 사람이어야 자기 구속력에서 변할 수 있으며 절대 권력의 유혹에서 벗어나지며 제대로 치국(治國)을 할 수 있다. 이것인가?

하료는 불만이다. 드디어 남편 여호기가 왕이 되었다. 비류왕. 대륙백제 비류계의 대표를 상징하면서 동시에 백제 왕 계보의 적자임을 알리는 이름이었다. 이제 하료는 왕비가 되었다. 비류왕은 즉위 기념으로 백성에게 잠시 전쟁을 멈출 것을 선포한다. 전쟁에 지친 한성백제인들은 환호성을 보냈다. 거기까지였다. 그런데 비류왕은 분서왕의 어린 아들들도 모두 자신의 후계에 편입하여 온조계와 비류계 모두에게서 신망을 얻는다고는 하나 그것이 분란의 싹임을 남편 여호기는 모른다고 생각했다. 그것이 아니라면 지나친 자신감이었다. 동명성왕 묘에서의 천제에서 받은 신탁이 매우 좋았기에 비류왕 여호기의 뜻대로 분서왕의 아들들을 살려두는 데 하료는 더 반대하지 않았다. 하지만 불쑥- 후환의 싹은 잘라버려야 한다는 정치적인 계산이 들기도 했다. 왕비 하료는 비류왕의 처세가 마음에 들지 않았다.

그러나 우복은 아니다—

겪으면 겪을수록 비류왕 여호기는 그릇이 컸다. 하미와 하미의 아들 왕자 설거의 일도 그랬지만, 대륙백제 설리의 일은 더 의외였다. 설리는 할 말이 하나도 없었다. 패전한 장수는 곧 유구무언(有口無言)이다. 그리고 백제의 왕이 된 비류왕 여호기의 최대 정적이 바로 설리가 아닌가. 장차 반란의 우두머리가 될 수 있는 사람이다. 백제 왕위는 그렇게 온조계와 비류계의 찬탈로 이어져 왔다. 그런 설리를 살려주는 것도 모자라 예전의 지위를 모조리 인정해주다니… 그러나 이것이 원했든 원하지 않든지 간에 다른 결과로 나타날 것으로 생각했다.

백성은 안다—

귀족들도 다 안다. 설리를 비류왕이 살려주었다. 민심을 얻지 못한 설리는 비류왕에게 대들지도 못하고 대륙백제에서 자신의 세력을 유지하기에도 급급했다. 어쩌면 이를 여호기는 기대했는지도 모른다. 비록 사람의 종자가 다르고 그 습성을 버리지 못한다는 것이 고금의 진리라고 해도 그렇게 믿고 행했다. 그래야 백성이 편하니까. 백제 내전으로 같은 군사끼리 싸울 필요가 없으므로. 권력에 집착하지 않는 비류왕 여호기의 생각이었다.

백성이 우선이다—

비류왕 여호기는 스승 근자부가 가르쳐준 말이 생각나 이를 실천했다. 소도의 경당을 확대해 국학으로 키우기로 했다. 각 소도 경당에서 인재들을 키워 담로 읍이나 현으로 보내게 했다. 관제(官制), 즉 공립학교를 설립하고 이를 다시 국가의 학교, 즉 태학 전당으로 연결하게 했다. 비류왕 여호기는 백제의 교육을 대폭 개선하고자 했다.

경당을 키우고 박사를 장려하자—

소도에 평화가 왔다. 경당은 장려되고 전쟁에서 남편과 아비를 잃은 과부와 아이들에게는 지속적으로 그 지역 귀족에게 책임지고 보살필 의무를 갖게 했다. 보육과 교육에 있어서만큼은 나라에서 책임질 수 있는 제도를 만들고자 했다. 심혈을 기울여서 내치에 전념했다.

"군사제도를 효율적으로 재편해야 한다. 이는 백제에 새로운 제도없이 대륙과 반도, 열도를 연계해서 다스리는 것이 불가능하다는 것을 의미한다. 연락을 한 번 취하는 데 열흘… 한 달씩이 걸리는 데 그 사이 전쟁이 두세 번은 끝나지 않겠는가."

내해(內海), 즉 황해(黃海)가 문제가 되리라는 것을 비류왕 여호기는 간파하고 있었다. 그래서 비류왕은 백제 무절과 병관좌평을 분리했다. 대륙백제에서 설귀를 불러 백제 무절의 수장을 삼았다. 병관좌평은 다시 해곤을 시켰다. 설귀를 무절 수장으로 만들고 백제 군사의 훈련원 태감을 겸하게 했다. 그리고 각 지역의 백제군에 별도 무절 훈련군의 장을 두어 크게는 군사의 수련과 운용을 분리하고 각 단위부대에서는 통합시켰다. 즉 신병 훈련에 대한 지휘 감독은 별도로 만들고 지역별로 훈련과 모집 능력을 강화했다. 지역 단위로 생산과 군사력이 더욱 복합화되도록 했다. 이는 각 지역에 자위능력이 더욱 강화되게 하는 효과가 있었다. 대륙백제에는 설리와 경쟁적 관계가 되는 한성백제의 왕비족이자 태왕후 하미의 아비 진탄이 훈련을 총괄하게 했다. 행정과 법령 등 자치권을 가진 태수와 전쟁이 아닌 시기에 군사 훈련을 담당하는 사람, 그리고 경계를 맡은 군권을 행사하는 사람이 모두 다르도록 했다. 이로써 견제와 균형이 이루어지게 될 것이다. 행정에는 권위가 있는 왕족계보. 막강한 군권에는 실력 있는 자가. 이를 견제하는 자는 외척이. 그렇게 서로 견제하고 균형을 갖도록 나라의 체계를 바꾸어 나갔다.

설귀의 한성백제로의 귀환은 한편으로는 설리의 심복인 설귀를 대륙백제의 설리와 따로 떨어트려 놓은 면도 있었다. 불만이 많은 사람이 모이면 모사가 된다. 불씨를 바람과 따로 놓아야 불을 일으키지 않는 법이다. 또 설귀만큼 무예가 뛰어난 백제인도 없었다. 그것을 높이 샀다.

대방태수 겸 낙랑태수인 대륙백제 좌장 여설리 또한 자신이 이렇게 초라하여진 것이 모두 낙랑태수 장통 때문이라 여겼다. 그런 이유로 비류왕에게 왕권을 넘겨주고 이런 수모를 당하고 있다고 분함을 떨치지 못했다. 그래서 설리는 우선 낙랑태수 장통을 없애는 데 총력을 기울이기로 했다. 설리는 긴 충성의 맹세를 비류왕 여호기에게 보냈다. 목숨을 살려준 고마움도 있었다.

대륙 북부-

거기에 비류왕 여호기의 묘수가 또 하나 숨어 있었다. 비류왕은 대천관 신녀와 우복을 불렀다.

"우복, 아우가 가야겠다."
"하오나… 그들이 따를까요?"
"한다. 그 모용외는 그렇게 할 것이다."
"그럼. 지금 우리에게 그것이 유리한 일입니까?"
"우리에게 유리하고 불리하고가 아니야. 우리 백성이 거기 있다. 내 군사들이 거기 선비족에게 잡혀 노예가 되어 있으니 그것을 먼저 보아라. 우복 자네에게 다시없는 기회가 될 것이야. 이를 성사시켜라. 백제가 최소한 이, 삼십 년간은 안정될 중대한 일이다."

대천관 신녀는 비류왕의 말에 크게 감동을 하였다. 내 군사. 설리가 무절랑군 2만을 넘게 잃었다. 그 중 1만 명이 넘는 백제 군사들이 지금 선비족 숙신에서 노예가 되어 있을 것이다. 이를 되찾아 와라. 포로교환이다. 모용씨족의 군사들은 여호기가 잡아 놓은 수가 2만 5천 명이 넘었다. 대륙백제에는 약 3만 명이 넘는 선비족 병사들이 군사 포로로 잡혀 있었던 것이다.

"먼저 백제 군사가 얼마나 잡혀 있는지를 파악하라. 그리고 두 명을 주고서 한 명을 데려오면 네 공을 치하하겠다."

비류왕 여호기의 엄명에 우복은 황당했다. 둘을 주고 하나를 받아 와도 된다니… 여호기의 심중이 충분히 우복에게 전달되었다.

"가서 네 재주를 보여라, 그리고 반드시 데려와라!"

말솜씨와 판단력. 그리고 상대방의 약점을 찾는데 천하제일 기재인 우복. 적임자였다. 대천관 신녀는 그런 비류왕 여호기의 변모에 깜짝 놀랐다. 자기 백성을 귀하게 여기지 않는 군주(君主)는 임금의 자격이 없다. 비류왕 여호기는 그렇게 했다. 대천관 신녀에게도 명이 내려졌다. 하늘에 제사를 지내 될 수 있으면 낙오자 없이 백제 군사를 다 데려올 수 있도록 정성을 다하라는 것이다. 먼저 죽은 군사들을 위해 천제를 지내고 이어 노예로 있는 군사들을 무사히 데려올 수 있도록 전 백제신궁 사람들은 기도하라!. 비류왕 여호기는 북부 대륙에 새로운 희망을 만들고 싶었다. 그것은 반드시 전쟁이 아니어도 됐다. 전쟁이 아닌 방법으로 상대를 무력하게 하는 것. 그것이 비류왕 여호기만의 전쟁이었다. 이것만 성사되면… 그런 생각으로 우복을 보냈다.

대륙의 별… 모용외-

우복은 선비 모용씨족으로 가기 전, 북부 대륙에 대한 모든 정보를 모아 취합했다.

먼저, 단군조선의 계승자였던 부여를 중심으로 부여의 서쪽에는 선비족 숙신이 있고, 동쪽에는 읍루가 있으며, 남쪽에는 고구려가 있고, 북으로는 눈강(嫩江)이 있었다. 동이(東夷) 중에서 부여만이 광활한 평원을 차지하여 곡식을 심고 가축을 길렀다. 노인들은 그들 선조가 오래전에 고리(高俚)에서 예맥 땅으로 피난을 왔다고 전한다.

부여의 왕실 창고에는 대대로 전해져 내려오는 옥으로 만든 보물들이 보관되어 있다. 우복에게 부여는 낯선 나라가 아니다. 백제의 뿌리 또한 부여가 아닌가. 관직의 명칭은 마가, 우가, 저가, 구가 등 가축의 이름을 사용한다. 하위직은 몇백의 호구를 거느리고 고위직은 몇천의 호구를 거느린다. 정월에 하늘에 제사를 지낼 때에는 매일같이 술을 마시고 노래하며 춤을 춘다. 마치 의식을 치르듯 술잔을 깨끗이 닦아 상대방에게 권한다. 길로 다닐 때는 늙은이 젊은이 할 것 없이 모두 노래를 부르기 때문에 노랫소리가 온종일 그치지 않는다. 부여는 백제다. 그래서 문화적 전통이 같았다.

부여 사람들은 흰옷을 숭상하고, 금과 은으로 장식된 모자를 썼으며, 흰 베로 만든 큰 소매가 달린 위 저고리와 바지를 입고, 가죽신을 신는다. 형이 죽으면 아우가 형수를 아내로 삼는다. 갑옷과 무기를 각자의 집에 보관하며, 귀족, 즉 제가(諸家)들은 자신이 직접 전투에 나가지만, 하층민은 그들에게 먹을 것을 공급한다. 사람을 죽여서 순장하는데, 많을 때는 백여 명에 달했다.

읍루는 말갈, 여진이라는 선비족 숙신 중의 하나다. 부여 동북방의 삼림이 우거진 산악지역에 있었으며 동해안에 이르렀다. 생김새는 부여 사람과 흡사하나 언어는 부여와 고구려와 다소 달랐다. 거칠었다. 곡식과 삼베를 재배하고 소와 말을 기른다. 사람들은 매우 용감하고 힘이 세다. 왕은 없지만, 마을마다 우두머리가 있다. 칸이다. 항상 삼림 속에 토굴을 지어 살면서 부여보다 훨씬 혹독하게 추운 기후를 견뎌낸다. 식용으로 돼지를 기르며, 그 가죽으로 옷을 만들어 입는다. 겨울철에는 바람과 추위를 막기 위해 돼지기름을 몸에 두텁게 바른다. 그들 활의 위력은 쇠뇌(弩)와 같다. 청석(靑石)으로 만든 화살촉에 독을 발라 백발백중 정확하게 활을 쏜다. 읍루 사람들은 한(漢)나라 때부터 부여에 예속됐는데, 부여가 세금과 부역을 무겁게 물리자 일단의 모용씨족을 중심으로 부여에 반란을 일으켰다. 부여는 읍루에 여러 번 원정군을 파견했으나 끝내 굴복시키지 못했다. 비록 읍루 사람들이 그 수는 적지만, 아주 험준한 산속에 살았기 때문에 우거진 삼림을 뚫고 들어가 모두 무서워하는 독화살을 무릅쓰고 그들을 복속시킨다는 것이 힘들었다.

285년. 모용외는 부여를 공격해 부여 왕을 자살하게 한 적도 있었다. 그가 지금 백제와 전쟁을 하는 것이다. 일설에는 모용외가 또 북부여를 공격하여, 부여 왕을 비롯해 5만여 명을 포로로 잡았다고도 했다. 선비족의 연(燕)나라. 그렇게 모용외는 왕국을 세우려 하고 있었다.

송화강과 눈강이 합류하는 지역은 만주 최상의 농경지이자 유목 초지다. 요하 지역과는 나지막한 구릉들을 사이에 두고 연결이 되어 광활한 동북평원을 이루고 있다. 눈강에서 송화강과 요하를 따라 남북으로 이어지는 물길과 만주의 삼림을 관통하는 고대 교통로를 이용해 바이칼호수 주변지역과 대륙의 서북부지역 사이에 옛날부터 통교(通交)가 있었다.

진서(晋書)에서는, 모용외(慕容廆)의 조상이 여러 세대에 걸쳐 북방 야만인들 사이에서 살았으며, 동호라 불리었다고 한다. 위(魏) 왕조 초기에 모용외의 증조부는 휘하 부족민들을 거느리고 요서로 이주해 정착했다. 그 후, 모용외의 부친이 283년에 죽자, 부친의 동생이 모용씨족의 지도자가 되었으나, 285년에 부하에게 살해되었고, 대신 모용외가 부족장으로 추대되었다고 했다.

이이제이(以夷制夷)다-

우복에게 틈이 보였다. 그 틈은 새로운 대륙 백제의 활로였다. 이를 비류왕 여호기가 이미 보고 있었다. 우직하면서 때론 우둔해 보이는 사람. 비류왕 여호기는 그런 사람이다. 그런데 이럴 때 보면 여호기는 매우 날카롭게 정세를 파악하고 있었다. 뭘까? 우복은 비류왕 여호기에 대해 소름이 끼치는 것을 느낀다. 여호기는 보고 있었다. 이미 오래전부터 보고 있었던 것 같았다. 자신이 더 많은 정보를 얻고 취합하는 자리에 있었다. 그 자료들을 다 보지도 않고 비류왕 여호기는 꿰뚫어 보고 있었던 것이다. 여기서 수를 내라 한다. 묘수를 찾아 백제의 안녕을 도모하라고 한다. 대륙백제가 싸우지 않아도 안정할 방안. 그 방안을 모색하라고 한다.

三 삵이다

 변하게 한다. 은구는 비류왕의 동명성왕 묘에 다녀온 이후 변하기 시작했다. 아비 현고에게서 종아리를 흠씬 맞아서인지 아니면 깨달음인지 은구는 다소곳해졌다. 더는 왕이 된다고 하지 않았다. 대신 아이들과 어울려 강을 따라 더 멀리 더 높이 다니고 싶어 했다. 초로(草露)는 은구에게 여러 가지 해독 법을 가르쳐주었다. 경당에서의 학문보다 산에서 들에서 배우는 것이 더 많았다. 특히, 다소 모자란 아이들, 일명 장애아들이 많았던 고하(古下) 소도(蘇塗)에서 망아와 은구 같은 아이에게는 그 장애아들을 돌보며 해야 할 일들이 많았다.

 "은구야… 애가 또 이상한 풀을 뜯어 먹고…."

 사색이 됐다. 한 아이가 독초 잎을 먹었나 보다. 그런 일이 가끔 있었다. 근처에 어른들은 아무도 없고… 믿을 건 은구뿐이다. 독초 잎이나 줄기, 뿌리에 중독되었을 때… 은구는 비방을 찾았다.

"생강즙을 마시게 하기엔 생강이 없고, 까맣게 태운 보릿가루를 물에 끓여 마시는 것은… 보리도 없다. 검은 콩 2돈, 감초 1돈을 물에 달여 마시는 것도 없고… 미음에 볶은 소금을 타서 여러 번 마시게 하는 데… 미음 한 사발에 볶은 소금을 밥숟가락으로 세술 정도… 죽염이 있으면 더욱 효과적인데… 달걀노른자를 한 번에 15개 정도 먹으면 독이 어느 정도 중화가 된다."

그렇게 약선 초로의 흉내를 내다가 대뜸 비웃는다-

"그런데 말이야. 약선 할아버지는 다 틀렸어. 왜냐… 산에서 닭알 15개를 어디서 구해? 바보. 정답은 칡뿌리… 칡뿌리를 구해와. 형아- 빨리…"

망아와 아이들은 칡뿌리 캐는 데는 도사다. 배고프면 산에서 칡뿌리를 캐서 먹었다. 그리고 은구는 옷을 벗었다. 삼베옷이다. 삼베옷을 펴놓고 주변을 두리번거려 절굿공이가 될 만한 돌을 찾았다.

사색이 된 아이는 느긋한 은구를 보며 배를 잡고 데구루루 구른다. 은구는 이런 일을 많이 겪은 어른 같다. 아이들이 칡뿌리 여러 개를 캐왔다. 은구는 칡을 개울물에 깨끗하게 씻게 했다. 그리고 돌로 쳤다. 칡을 으깨고 또 으깼다. 그리고 망아더러 으깬 칡을 삼베옷으로 짜서 탈이 난 아이에게 먹이게 했다. 계속. 정신 차릴 때까지.

아이들의 놀이가 되었다―

망아와 다른 아이들은 아픈 아이 입에 칡즙을 계속 먹인다. 그렇게 한 시진. 먹고 또 먹은 아이의 입 주변이 온통 칡즙이다. 먹이다가 흐른 칡즙이 목으로 내려가 목덜미가 거무죽죽하다. 그런데 어느 순간. 아이는 평안해졌다. 칡즙을 달게 먹고 있었다.

"은구야. 괜찮은가?"
"뭐 벌써 살았네… 칡즙 먹고 싶어서… 눈 안 뜨고 있네."
"뭐? 어라. 이놈이"

망아는 눈 감고 있던 아이를 보았다. 은구는 진즉에 눈치를 채고 있었다. 미안해서 아이는 도망친다. 망아가 혼내주러 따라가고. 그렇게 아이들이 어울려 뛰었다. 그랬다. 은구는 그렇게 아이들과 함께 잘 자라고 있었다. 은구는 약선 초로가 좋았다. 고마왔다. 이런 것을 배워서 다른 아이들에게 유효하게 써먹을 수 있어서 더 좋았다.

약선 초로는 가르치면서도 맨 날 은구에게 당했다.

"독초 잎, 열매 등을 먹고 중독되었을 때에 말이다. 한약재 육계, 즉 계수나무 껍질을 두껍게 벗겨 말린 것… 한 줌 정도를 물 한 되에 넣고 달여 물이 반으로 줄면 그것을 여러 번 나누어 마시면 된다. 대 여섯 번 반복하면 효과가 있다. 그리고 감초를 생강과 함께 같은 양으로 물에 달여 수시로 마시면 중화를 시킬 수 있다. 찔레 열매나 장미 열매를 한 홉의 물에 달여 마시면 되는데 물 한 되에 넣어 반 되가 되도록 졸여 단번에 마시면 설사를 한 후에 곧 해독된다."

"어이구 잘도 아셔…"

은구가 농을 하고 버섯구이를 맛있게 먹었다. 그러더니… 슬쩍 권한다. 약선 초로는 아무 생각 없이 버섯을 맛있게 받아먹었다. 그렇게 몇 번. 한순간. 목이 콱- 막힌다. 약선 초로는 급히 그릇을 찾았다. 먹다가 입에 남은 일부 버섯 조각을 뱉고, 생강 몇 쪽을 썰어… 약간의 밥에 넣고 비벼본다. 새까맣게 변한다. 독이다. 독버섯. 저놈- 약선 초로가 은구를 쳐다보자 은구는 버섯을 맛있게 먹는다. 그 버섯, 자신에게 준 것이 맞다. 독버섯인데. 생각해본다. 아, 그리고 당했다. 우선 급했다.

연잎을 구해야 하는데… 생 연잎이 없으면 마른 연잎이라도 물에 달여 자주 마시면… 그런데 늘 있던 자리에 연잎이 없어졌다. 그 순간 은구를 쳐다보자

"잘해 보세요."

연잎 주머니를 가지고 도망간다. 은구는 그렇게 초로에게 골탕을 먹였다. 지난번 약선 초로가 시범을 보였다. 소금물로 은구에게 구토를 내게 한 것에 대한 복수였다. 약선 초로는 할 수 없이 연잎 대신 소금을 불에 볶아 참기름에 타서 몇 차례 먹어야 했다. 그래야 해독이 될 터였다. 그리고 설사를 해야 했다. 그렇게 은구는 소금물을 약선 초로에게 먹였다.

"나도 같이 독버섯 먹었어. 비록 버섯을 소금에 절여 이 삼일간 지난 후에 소금기가 빠지도록 맑은 물에 헹구어 씻어낸 다음, 그렇게 독 기운을 다 뺀 버섯을 먹었지만 말이야…"

참 기묘하게 이용한다. 한 번 배운 것을 이렇게 저렇게 잘 써먹는다. 장난이 너무 지나친 것을 빼면 참 재주 많은 아이다. 약선 초로의 눈에 눈물이 나도록 설사를 하면서도 은구가 마냥 기

특했다. 달려가서 아이들에게 자랑할 은구의 모습이 눈에 가득 들어온다. 윽– 독버섯이 용트림하니 얼른 소금물을 다시 마셔야 했다. 또 구토하든 설사를 하든 해야 할 것이었다.

짜다–

바닷바람은 짠 내를 담고 있다. 이를 활용해야 한다. 그렇게 우복은 생각하면서 대륙백제로 향했다. 이이제이(以夷制夷). 동이족을 경계 할 수 있고 제압할 수 있는 것은 동이족밖에 없다. 이는 오랜 대륙 화(華) 일족의 숙원이었던 동이족 천하를 무너뜨린 전술이었다. 동이(東夷)는 동이(東夷)로 제압할 수밖에 없다. 아니면 진다. 그래 왔다.

단군조선을 무너뜨린 전술. 이이제이(以夷制夷). 동이족의 분란. 제후국들의 분란이 결국 한(漢)나라의 득세를 가져왔다. 분열은 곧 망(亡)이다. 국가의 분열은 곧 백성이 망하는 길이다. 그런데 같은 민족이, 같은 전투력을 가진 제후국들이 서로 싸운다. 이는 멸망(滅亡)이 되었다. 작은 이익(利益)을 위해 결국 나라가 멸망하는 것이다. 옛 단군조선이 그렇게 멸망했다. 그 이후로 힘이 없을 때, 때로 다른 힘을 이용할 때 그 힘의 상징, 즉 이(夷), 동이(東夷)의 패망을 예를 들고 경계해왔다. 이이제이는 곧 힘 있는 자들이 이(夷)족이었음을 반증하는 말이기도 하다.

그 전략이 지금 필요했다-

대륙백제의 좌장 여설리는 기가 막혔다. 하지만 반대할 그 어떤 명분도 없었다. 우복이 화친의 태사자로 모용씨족에게 간다고 했다. 화친의 상징으로 우선 포로 일천 명을 데려간다. 비류왕 여호기의 엄명에는 선비족 숙신의 포로에 대한 모든 권한을 우복이 갖고 있었다.

설리는 우복과 포로 노예들을 선비족 숙신으로 보내놓고 곰곰이 생각해보았다. 기가 막힌 전법이요 전략이긴 하다. 선비족 숙신을 얻는다. 얻기만 하면 좋겠지만 저렇게 낮은 자세로 될까? 우복은 묘수가 있어서 저렇게 가볍게 가는 것인가? 참으로 알 길이 없으니 답답할 노릇이었다. 잘하면 낙랑태수 장통의 목도 가져올 수 있을 것으로 생각했다. 비류왕 여호기와 우복. 할 수 있을까?

할 수 있다-

우복은 그런 생각이 들었다. 포로 노예들을 보면서 우복은 가슴이 부풀어 올랐다. 우선 우복은 포로들을 따뜻하게 대했다. 우선 발을 편하게 풀어주었다. 선비족 숙신으로 간다는 말에 일천의 포로들은 환호했다. 노예생활에서 해방이다. 고향으로 간다. 특히, 부상이 없는 자들을 많이 선발했다. 고향으로 간다는 소리. 배부르게 먹여주는 백제군에 의아했던 것도 확실하게 고향으로 간다니까 더 달라졌다. 어서 갑시다. 어서 가요. 한시라도 빨리 고향으로 가고 싶어 그렇게 우복을 재촉했다. 사신단의 행진은 그 어느 때보다 빨랐다. 느린 노예들이 더 서두르는 것이다. 자진해서 짐을 들어주는 자들도 있었다. 오직 고향으로, 부모 형제가 있는 그 땅으로 가는 것에 그렇게 적과도 함께 즐거워할 수 있었다.

선비족 숙신의 대칸 모용외는 적지 않게 당황했다. 일천의 포로 노예를 데리고 왔다. 백제 태사자 우복은 느긋했다. 가만히 있었다. 인사를 나눌 때 보니 보통내기가 아니다. 그리고 가만히 있는 이유가 뭘까? 뭘 원하는가… 상대가 말이 없으니 당연히 불안한 것은 모용외 쪽이었다. 그러나 어쨌든 우호적이다. 백제가 바라는 것이 크다. 적어도 일천의 병사를 노예로 쓰거나 죽이는 것보다 크다. 그렇게 생각했다. 그래서 모용외는 잠시 여유를 두었다. 그리고 속셈이 무엇이든 우선은 좋았다. 일천의 병사가 살아 돌아왔다. 선비족 숙신은 이제 나라로서의 덩치를 키워가고 있었다. 북부 대륙에서 고구려와 경쟁하고 있었다. 백제군에서 더 좋은 기운이 몰려왔다. 백성은 환호한다. 그런 것이다. 살아온 남편이 자식이 귀하고 좋을 수밖에 없었다. 모용외는 좋아하는

가족들의 모습에 뜨거운 눈물이 흐르는 것을 느꼈다.

대단하다-

선비족 숙신의 대칸 모용외는 느꼈다. 비류왕의 의도를. 그리고 백제 태사자인 우복을 성대하게 대우하도록 했다. 우복에게 최상의 대우를 해주었다. 곧 상대해야 할 사신이었다. 모용외가 물었다.

"비류왕은 어떤 사람인가?"

모용외가 먼저 비류왕 여호기에 대해 물어왔다. 우복은 한껏 자신을 과시했다.

"제 의형입니다. 백제 제일자. 그분이십니다."
"백제 제일자?"
"백제 제일의 무예 실력을 갖추고 계십니다."
"오호- 왕께서"
"예, 백가제해 천하제일 무예대전 우승자입니다."
"오호라- 대단하신 무예가요. 그럼. 익히 듣던 사람이겠구려!
"예. 지난 전쟁 때…"

우복은 말끝을 흐렸다. 모용외가 패전한 전투였다. 거기 지휘관이 바로 여호기. 비류왕이 아닌가. 괜히 자랑 끝에 감정 산다고 모용외를 모독하는 것일 수도 있었다. 그것을 모용외가 간파했다.

"지난 전쟁에서 나를 패하게 했던 백제의 장군이…"
"예. 지금의 비류왕이십니다."
"허허. 나와는 인연이 많으신 분이군. 내 그분 덕에 많은 것을 배웠어. 내 인생에 가장 큰 깨달음이 그 전쟁에서 있었지. 앞으로 절대 그런 실수는 하지 않을 것이야."

우복은 그때 보았다. 모용외. 그릇이 크다. 자신이 망가진 전쟁. 그 전쟁의 적장을 칭찬한다. 그리고 그분이라고 말했다. 귀하게 여기고 있다. 비류왕 여호기와 상대한 것을… 거기서 패하고 배운 것을 귀하게 여긴다. 깨달음이라고 했다. 모용외 역시 그릇이 남달랐다.

그랬다. 모용외는 비류왕 여호기를 높게 평가했다. 왕으로서가 아닌 전략가요 병법가인 전쟁의 장수로서 여호기를 알아주고 있었다. 모용외는 잠시 그때 그 순간을 기억해냈다. 사람 열 키는 넘는 망루 위에서 오색 깃발을 들고 있었다. 그 사람과 눈이 마주쳤다. 저자가 지휘관이다. 그 지휘관이 자신을 내려다보고 있었다. 그 암울한 느낌. 어쩌면 전멸할지도 모른다.

여기서 다 죽게 됐다-

이런 생각이 들었던 그 순간. 그 사람과 눈이 마주쳤다. 그 사람의 눈빛이 잠시 흔들렸다. 흔들린다고 생각했다. 그리고 그때 모용외는 보았다. 청색. 동쪽 깃발이 흔들렸다. 그리고 모용외가 달려가던 그쪽 군사들이 움직이기 시작했다. 방패와 장창으로 잘 짜여진 그 벽에서 틈이 생겼다. 그리고 모용외는 그리로 달려야 했다. 뚫었다. 그리고 또 달렸다. 그렇게 오만 중에 이만이 빠져 나올 수 있었다. 아니면 몰살당할 것이 자명했다. 이는 오직 모용외만이 알 수 있었다. 백제군을 죽일 수 있는 것은 기껏 오륙천이었을 것이다. 우리는 전멸… 그런 계산이 낙랑연합군으로 달리는 내내 들었다. 그리고 그 생각이 들 때마다 더 생각했다. 그 사람 왜 그랬을까? 자신이라면 다 죽였을 것이다. 오환진에 걸려든 기마대. 준비가 너무도 잘 되어 있었는데… 그 함정이라면 오천의 내 병사를 죽이고 적 오만 명을 죽일 수 있었다. 그랬다. 그런데 그 장수는 자신과 자신의 부대를 살려준 것이다. 이는 오직 모용외, 자신만이 안다. 이 생각이 자신만의 생각일까? 그도 알고 있을 것이다. 그런데 그는 왜 그렇게 했을까. 가끔 그때 생각을 하곤 했다. 그런데 그 사람이 백제의 왕이 되었다고 한다. 백제에서 왕으로 추대되었다고 한다. 명백한 왕의 후계자들을 제

치고. 온조계 왕족 왕자들이 있었다. 평범한 무사에서 장군으로 그리고 이제 왕이 된 것이다. 찬탈도 아닌 추대로. 모용외는 비류왕을 높이 평가했다.

그래서인가-

선비의 대칸 모용외는 우복을 진심으로 대하고 있었다. 모용외는 자신의 딸을 내어 우복을 모시게 했다. 거친 황토 벌판에서 객고를 풀지 않으면 죽을 듯이 몸살이 나는 것을 잘 알고 있었다. 환대한 것이다. 자신의 병사 천 명의 목숨 값으로 딸은 전혀 아깝지 않았다.

여인-

우복은 모용외의 환대를 거부할 수가 없었다. 모용외의 사위가 되는 기이한 인연도 갖게 된다. 별로 손해나지 않는 셈법이 작동했다. 그리고 뻣뻣하고 긴장되는 외교 전쟁에 여자는 전혀 다른 부드러움으로 작용한다.

우복은 탐했다. 최상의 여인을 온 정성을 쏟아서 탐했다. 여인은 강한 듯 했다. 튼실한 살집들을 가지고 있었다. 가슴과 엉덩이 다 나무랄 것이 없었다. 그렇게 우복이 온 정성을 쏟듯 여인도 그랬다. 엄명을 받았다. 이제 너는 저 태사자의 것이다. 그가 거부하거나 데려가지 않으면 아버지 모용외는 자신을 죽일 것이다. 이는 부족을 위해 중차대한 일이다. 그 풍습 그대로 여인은 목숨을 걸고 태사자 우복을 모셨다. 그런데 그런 이유가 아니더라도 그녀는 우복이 좋았다. 한눈에 보기에도 잘 생기고 그 손길은 부드러웠다.

둘의 기나긴 밤은-

그렇게 뜨거웠다. 백제 태사자와 선비족 숙신의 대칸 모용외의 딸이 보낸 그 밤은 달콤하고 행복했다.

나른함에 늦도록 잤다. 우복은 자신의 곁에 있는 이 여인이 다른 느낌으로 채워졌다. 지금은 비록 적으로 만나 겨우 하룻밤 풋살을 나누었지만 앞으로는 모를 일이었다. 이렇게 기분 좋은 교접은 참 오랜만이었다. 하미가 처녀 시절. 그 무예대전 직전에 통정했던 바로 그 느낌. 그것을 느끼며 한낮의 아침을 맞이했다. 몸이 가뿐해졌다.

"더할 나위 없이 좋습니다."

그렇게 대칸 모용외에게 인사를 했다. 그날 저녁 다시 잔치가 열렸다. 선비족 숙신의 대칸 모용외는 연사흘 우복을 직접 상대했다. 선비족 숙신의 관례로 보면 친형제 같은 환대였다.

얘기들이 돌았다. 백제군에서 잡혔던 병사들은 우복이 대륙백제에서부터 자신들에게 잘해준 사실을 떠들고 다녔다. 고구려와 다르다. 백제는 자신들에게 먹을 것도 잘 주었다. 그럴 수밖에 없었다. 먹을 것이 귀한 산악지대 고구려는 포로들에게 제대로 된 먹을 것을 줄 수가 없었다. 다소 물산이 풍부한 백제는 그래도 사정이 고구려와는 달라 가끔 생선도 고기도, 소금을 쳐서 제대로 먹일 수 있었다. 백제군에서 포로생활을 했던 천 명의 병사들이 고향의 선비족 군사며 사람들에게 백제를 칭찬했다. 고구려와 다르다. 백제는 다르다.

낙랑태수 장통은 긴장했다. 선비족 숙신의 대칸 모용외의 태도도 그렇고 백성도 그랬다. 갑자기 백제에 우호적이 되었다. 천 명의 포로가 귀환하고 우복이 오면서 모든 것이 달라졌다. 원수 백제에서 좋은 백제로 바뀐 것이다. 낙랑성을 가지고 선비 모용 씨족에게 투항했던 낙랑태수 장통은 모용외의 속셈이 궁금했다.

"백제는 우리의 원수입니다."
"아니… 원래는 낙랑의 원수이지."

모용외의 말에 장통은 긴장했다. 달라졌다. 모용외는 그런 장통의 한계를 읽었다.

"태수. 오늘의 적이 내일의 동지가 될 수도 있소. 지금 백제는 그것을 원하고 있소. 백제는 고구려와 다르오. 포로를 교환하자고 하고 있소. 백제 비류왕은 자신의 백성을 진심으로 사랑하는 임금이요. 그런 임금이 있는 한 백제는 무너지지 않소. 우리가 백제와 전쟁을 다시 치르면 이제 낙랑의 삼분지 일을 점령한 고구려는 곧 우리를 칠 것이요. 이를 아시지 않소."

그랬다. 낙랑은 백제 대방을 쳤고, 대방이 백제와 연합해 낙랑을 공격할 때 낙랑의 연합군이었던 고구려는 낙랑의 뒤통수를 쳤다. 낙랑의 삼분지 일의 영토가 고구려 손에 들어갔다. 백제와 다르다. 낙랑태수 장통은 그제야 모용외의 의도를 알아챘다. 이제 자신의 선택만이 남았다. 자신이 필요할 것이다. 장통은 아들 장무이를 불러 함께 이를 상의했다. 장무이는 우복을 만나야 한다고 생각했다.

백제가 원하는 것은-

달라야 한다. 뭔가 달라야 내해(內海), 즉 황해(黃海)를 품는 대 제국을 세울 수 있다. 한성백제의 비류왕 여호기는 밤잠을 설쳤다. 우복이 한시 빨리 대륙백제의 안정을 가져오기만을 기다리고 있었다. 여호기는 우복에게 말했다. 필요하다면 모용외의 딸이라도 얻어 와라! 그렇게 농담을 했다. 선비족 숙신, 연(燕)나라와의 화친은 북부 대륙에서의 안정을 얻는 축이다. 그런 큰 그림을 한성백제 고마궁에서 비류왕 여호기는 그리고 있었다.

이럴 때 선화가 살아 있었다면 정말 좋았을 텐데…

한성백제의 밤이 깊으면 가끔 비류왕 여호기는 대해부가의 선화. 위(倭) 야마다 비미호 여왕 신녀였던 선화를 생각하곤 했다. 한꺼번에 둘을 잃은 상황. 그 선화는 어디로 갔는지 살았는지 죽었는지도 모른다. 그런 자신이 왕이 되었다. 왕이 되어서 모든 것을 다 갖게 되었는데 그 사랑은 잃었다. 온 백제를 뒤져서라도… 그렇게 생각한 비류왕 여호기는 사람을 불렀다. 그리고 밀명을 내렸다.

찾아라-

자신의 기억을 더듬어 화공(畫工)에게 선화에 대한 용모를 그리게 했다. 그리고 명했다. 반드시 찾아라! 목숨을 걸고.

백제가 통교를 원한다-

대해부가 상단은 비류왕의 등장을 위(倭) 야마다 비미호 여왕 신녀인 인화(印花)와 천인(天人) 대해부(大海夫)에게 보고했다. 대해부는 꿈쩍도 하지 않았다. 대해부는 비류왕 여호기를 보면 선화가 떠오를 것 같았다. 대해부는 왕비 하료를 의심했다. 하료가 선화를 해(害)할 수 있는 유력한 사람이었다.

백제가 다릅니다-

인화는 설리를 겪었다. 그래서 딸 연희(戀喜)를 낳았다. 그런데 설리는 지금 몰락했다. 백제에 여호기가 비류왕이 되었다. 이해득실(利害得失)이 쉽지 않다. 그런 생각으로 인화는 대해부를 설득했다. 그러나 대해부는 완고했다. 이제는 열도의 정력을 백제에 한성백제 비류왕에게 바칠 이유가 없었다.

近肖古大王
근초고대왕

제 2 권 光明利民 (광명이민)

하늘과 땅, 인간이 근본으로
하늘의 근본 시작이 쌓여서 완성하려는데
그 완성은 인간에서 이뤄진다.

지은이 : 윤영용
발행인 : 정혜현
제 호 : 우즉 양진니
진 행 : 강일권
협 력 : 전회규 / 이승영
포 토 : 양웅준
삽 화 : 김순곤
편 집 : 이문형
펴낸곳 : 도서출판 웰컴

출판등록 2010. 1. 26. 제319-2010-6호
서울시 동작구 상도동 445경향렉스빌(아) 102동 903호
전화 02-785-4133, 팩스 02-6008-2889

ⓒ 윤영용. 2010. Printed in Seoul. Korea

값 12,000원
ISBN 978-89-963900-3-9 04910
ISBN 978-89-963900-1-5 세트

※ 이 책의 판권은 도서출판 웰컴에 있으며, 이 책의 내용의 전부 또는 일부를 재사용하려면
반드시 양측의 서면동의를 받아야 합니다.
※ 이 서적은 저작권법에 의하여 한국 내에서 보호를 받는 저작물이므로 무단전재 및 복제를 금합니다.

http://gunchogo.com